Von Paule Constant erschienen
in der Frankfurter Verlagsanstalt:
OUREGANO, Roman
WHITE SPIRIT, Roman
DIE TOCHTER DES GOBERNATORS, Roman
VERTRAUEN GEGEN VERTRAUEN, Roman *(Prix Goncourt)*

Paule Constant

Sex und Geheimnis

Roman

Aus dem Französischen
von Michael Kleeberg

Frankfurter Verlagsanstalt

Für Mathilde

Die meisten Personen tragen die Namen von Hurrikans.
Der Hurrikan Dennis verwüstete North Carolina und Virginia.

Es folgte ihm aber nach ein großer Haufe Volks und Frauen, die klagten und beweinten ihn. Jesus aber wandte sich zu ihnen und sprach: Ihr Töchter von Jerusalem, weinet nicht über mich, sondern weinet über euch selbst und über eure Kinder. Denn siehe, es wird die Zeit kommen, in welcher man sagen wird: Selig sind die Unfruchtbaren und die Leiber, die nicht geboren haben, und die Brüste, die nicht genährt haben.

LUKAS XXIII, 27–29

»Oh, eure Sorte kenn ich«, sagte die Frau. »Die anständigen Mädchen. Zu gut, um was mit gewöhnlichen Leuten zu tun zu haben. Mit den halbwüchsigen Jungens rückt ihr nachts aus, aber laßt bloß mal einen Mann daherkommen.«

WILLIAM FAULKNER, *Die Freistatt*

I

Ich hatte gerade damit begonnen, diese Frau zu beschreiben, die sich schminkt, bevor sie zu einer Hinrichtung geht, da unterbrach mich Richter Edward:

– Das ist die Frau in Schwarz!

Sie war in ganz Virginia berühmt wegen ihrer fanatischen Neugierde für die zum Tode Verurteilten, berühmt wegen ihrer zerstörerischen Liebschaften und ihrer besessenen Versuche, bei jeder Hinrichtung dabei zu sein.

– Den Schatten der Frau in Schwarz zu erblicken, heißt, die Nadel in seiner Vene zu spüren, sagte Richter Edward mir lächelnd. Ein Sprichwort von hier!

Die Frau in meinem Buch hat keinen Namen. Sie ist noch nicht angekleidet. Sie trägt einen Büstenhalter und darüber einen Nylonbody. Sie schminkt sich nicht nackt, nicht in ihrem Alter. Sie will, während sie ihr Gesicht zurechtmacht, im Spiegel nicht ihren schwer gewordenen Körper sehen. Sie malt sich einen schreiend blauen, fast elektrischen Lidschatten auf. Sie schminkt sich die Augen für den letzten Blick des Verurteilten, der im Zentrum ihrer Pupille enden wird, mitten in ihrer braunen Iris, im Weiß ihres Auges, unterhalb des metallisch blauen Lids.

– Sie interessieren sich für die Todesstrafe? fragte mich Richter Edward.

Ich interessiere mich für die Augen, die eine Frau sich schminkt, bevor sie zu einer Hinrichtung geht. Zweiundzwanzig Uhr, Haupteingang, schriftliche Einladung obligatorisch, den Ausweis mit sich führen. Es wird empfohlen, eine Stunde vor Beginn vor Ort zu sein. Mein ganzes Projekt liegt in diesem Augapfel, im geschminkten Gesicht einer Frau, die nicht mehr jung ist und die sich im Zimmer eines Motels ihrer rituellen Zeremonie hingibt. Auf dem Bett liegt ihr Kleid in einer durchsichtigen Plastikhülle, in der sie es von der Reinigung geholt hat. Ich stelle mir vor, daß sie es erst im letzten Moment anziehen wird, um den Kragen nicht mit Make-up zu beflecken.

Ich habe Richter Edward gefragt, ob es seiner Meinung nach denkbar wäre, daß im allerletzten Augenblick, genau im Moment der Injektion, eine Frau ihr Gesicht gegen die Scheibe des Zuschauerraums pressen könnte, damit der Verurteilte sie sehe. Er verneinte. In Greenleaves sei der Raum mit Einwegspiegeln versehen, ein Sicherheitsgeländer halte die Zeugen von der Scheibe entfernt, und die Stühle wären festgeschraubt.

Professor Philip erklärte, daß die halbe Stunde, die die Hinrichtung dauere, die Zuschauer in eine derartige Angst versetze, daß sie in sich selbst verschwänden.

– Sie fallen in sich selbst zusammen, sie erstarren, schrumpfen. Sie leben den Tod mit, sie begleiten ihn. Sie halten die Luft an, als sollten sie nie wieder einen Atemzug tun. Die meisten schließen irgendwann die Augen oder schlagen sie zumindest nieder. Man schweigt. Es sind nicht dieselben, die einer Hinrichtung beiwohnen und die demonstrieren. Diejenigen, die es gesehen haben, machen sich wortlos davon, die haben genug. Es sind die anderen, die schreien, weinen und beten.

Richter Edward sagte, daß ich einmal eine Hinrichtung sehen müsse. Er fragte mich, ob ich dabei sein wolle.

– Besuchen Sie wenigstens Greenleaves. Wie wollen Sie denn Ihre Geschichte schreiben, wenn Sie nicht einmal die richtige Kulisse kennen, wenn Sie nicht den richtigen Darstellern näherkommen, wenn Sie nicht mit einem richtigen Todeskandidaten reden. Sie sollten David Dennis treffen, der wird Ende des Monats hingerichtet. Er wird Ihnen mehr über die Todesstrafe erzählen können als wir hier alle zusammen, mehr als eine ganze kriminologische Bibliothek.

Das war das erste Mal, daß ich von David Dennis hörte, der seit neun Jahren im Todestrakt von Greenleaves wartete. In diesem Moment, im Haus Richter Edwards, während des Empfangs, den die Universität von Rosebud für mich als Fellow-Schriftstellerin gab, wurde er mir als ein kleiner krimineller Opportunist beschrieben, der gerne gegen die Todesstrafe polemisierte, was er mit einigem Talent tat. Er würde sich geschmeichelt fühlen, wenn ein Schriftsteller es auf sich nähme, ihn zu besuchen.

David Dennis war in diesem Kreis kein Unbekannter. Sehr rasch war das Gespräch auf ihn gekommen. Professor Philip und Richter Edward waren derart von ihrem Gegenstand gefangen genommen, dass sie damit gar nicht mehr von mir abließen. Drei oder vier Gäste hatten sich unserer Gruppe zugesellt. Es schien, als würden sie in David Dennis den Helden einer schmutzigen Geschichte sehen, die sie alle betraf.

Ich stellte fest, wie wenig Chancen eine vollständig erfundene Person wie meine Frau, die sich die Augen mit diesem unpassenden Blau anmalt, gegen die sehr reelle, wenn auch für mich noch fiktive Person David Dennis hatte. Ich sah die Frau, die sich schminkt, unter David Dennis verschwinden, so wie ein Feuer in einem anderen Feuer aufgeht. Meine Bemühungen, mich nicht für die Existenz von David Dennis zu interessieren, mein fester Wille, keine Fragen zur Art seines Verbrechens zu stellen, das alles war seiner so augenscheinlichen Wirklichkeit nicht gewachsen. Ich hatte der mich umgebenden Gewißheit nichts entgegenzusetzen als das verschwommene Bild einer Frau, die es noch nicht gab und die es vielleicht auch für mich erst nach Beendigung meines Buches geben würde, wenn andere sie auch sehen würden.

Um uns herum drängten sich die Leute. Ich erkannte den Rektor der Universität wieder, den ich bereits in seinem Büro getroffen hatte, sowie zwei auf Strafrecht spezialisierte Männer, die offiziellen Anwälte von Rosebud. Sie fragten mich, warum ich mich für die Todesstrafe interessierte. Richter Edward antwortete an meiner Stelle, daß ich einen Roman darüber schriebe.

– Aber warum Amerika? fragte der Rektor. Ich glaube, er wollte Rosebud sagen. Ja, ich glaube sogar, er wollte mir zu verstehen geben, das Thema nicht mit den Studentinnen des Creative-Writing-Kurses zu behandeln, mich mit leichteren Gegenständen zu befassen und – was mir unverständlich sein mußte – nicht eine alte Greueltat ans Licht zu zerren, wo jeder hier sich bemühte, die Erinnerung daran zu tilgen.

In meiner überstürzten Antwort ignorierte ich die Verbote, mit denen die Frage des Rektors vermint waren. Es war gar keine Frage gewesen, sondern eine Warnung. Ich sagte also in triumphierendem Ton, so sehr juckte es mich, diese Erklärung loszuwerden – die ich, seit ich in den USA war, bereit gehalten hatte –, daß es nicht mehr so viele zivilisierte Staaten gebe, die die Todesstrafe praktizierten, als daß ich eine große Auswahl gehabt hätte. Angesichts seines konsternierten Schweigens schränkte ich ein, daß dies nicht eigentliches Thema meines Buches sei. Es wären eher die Frauen, die um die Verurteilten herum lebten, die Frauen von Golgatha. Ich hätte das Gesicht einer Frau im Kopf, die sich schminkt, bevor sie zu einer Hinrichtung geht, und an den letzten Blick des Verurteilten denkt, der den ihren kreuzen würde.

Die Idee kam den Zuhörern absurd vor, die Vorgehensweise ebenso. Wie konnte ich denn, anstatt von einer Handlung, von einer Figur ausgehen, ja mehr noch, wenn sie recht verstünden, von einem Detail dieser Figur?

– Und weiter? fragte der Rektor mich.

– Weiter weiß ich nicht.

An der Art seines Erstaunens sah ich, daß mein Vertrag als Fellow-Schriftsteller noch nicht unterschrieben war. Er könnte, morgen schon, problemlos Gründe für eine Aufhebung finden.

Die beiden Anwälte räumten ein, daß die Hinrichtungen seltsame, oft ungesunde Leidenschaften hervorriefen. Man müßte aus denen, die dafür Schlange standen, die richtigen heraussieben. Richter Edward erklärte ihnen, daß er mir bereits von der Frau in Schwarz erzählt habe.

– Die Frau in Schwarz! riefen beide gutgelaunt.

Und dann rezitierten sie dem Rektor im Chor:

– Den Schatten der Frau in Schwarz zu erblicken, heißt, die Nadel in seinen Venen zu spüren!

– In *seiner* Vene, präzisierte Richter Edward.

Damals, glaube ich, habe ich die sich schminkende Frau verloren, weil ich zu viel von ihr geredet hatte, ohne ihr eine andere Realität mitzugeben als jenes Blau auf den Lidern, das ich allerdings ganz genau sah. Und so wich die namenlose Frau der erdrückenden Präsenz von David Dennis, dessen Name, von der dauernden Erwähnung geschmiedet, gehärtet und poliert, so wahrhaftig klang. Die Realität ist unwiderstehlich, und ich hatte ihr nichts entgegenzusetzen oder doch kaum etwas.

2

Richter Edward hatte mir vom ersten Blick an gefallen. Er hatte uns, Professor Philip und mich, schon am Eingang von Rosebud abgefangen, um uns zu seinem erstaunlichen gläsernen Haus zu begleiten, wo er diesen Empfang zu meinen Ehren gab. Er hatte uns am Tor abgeholt, seine junge Labradorhündin an der Leine. Der Zweck dieser Begleitung war ebensosehr, mir die pflanzliche Wunderwelt Virginias vor Augen zu führen, wie in einem kitzligen Moment ihrer Dressur ein wenig Zeit mit seiner Hündin zu verbringen und ihr das Bei-Fuß-Gehen, das Stehenbleiben und das Hinsetzen beizubringen. Auch wir gehorchten den Befehlen des Richters, die wir schneller begriffen hatten als der Hund, der sich mehrere Verstöße erlaubte, die sogleich mit einem trockenen Ruck am Halsband geahndet wurden.

Beim Gehen, Stehenbleiben und Weitergehen im Rhythmus seiner kurzen Kommandos führte Richter Edward uns das Schönste vor, was Amerika zu bieten hat: Virginia, Rosebud, ein gläsernes Haus im Herzen einer unberührten Natur, den Süden in seiner ganzen Perfektion. Er nannte uns die Namen der Pflanzen und Bäume, aber es waren keine lateinischen, von Botanikern benutzen Namen, es waren die Namen, die die Pioniere im Laufe ihrer Eroberungen und auf den Schwingen ihrer Entdeckerfreude verteilt hatten, je nach ihren Hoffnungen und Sehnsüchten: der Vorname einer geliebten Frau, der eines toten Kindes; ein ganzes wohlbekannt und dennoch seltsam anmutendes Alphabet, das Virginia in einen neuen Garten Eden verwandelte.

– Das sind hier unsere Kunstwerke, sagte Richter Edward mit einem Stolz, den meine Bewunderung nur noch verstärkte. Diese Bäume hier sind die wahren Denkmäler Amerikas. Sie sagen: Dieses Schloß ist aus dem 17. Jahrhundert. Wir sagen: Dieser Baum ist dreitausend Jahre alt. Dieser hier stammt aus Urzeiten, er ist der Anbeginn von Rosebud, seine Wurzeln bedecken den ganzen Hügel.

In Rosebud hatte er Pamela gefragt, ob sie ihn heiraten wolle. Pamela Edward war eine ehemalige Studentin dieser Mädchen-Universität. Sie war in den großen Zeiten von Rosebud dabei gewesen, als alles, was der Süden an reichen Erbinnen zu bieten hatte, hier durchgeschleust wurde. Nichts hatte der Richter mehr bewundert als die Prinzipien dieses höchst exklusiven Clubs. Die Betonung, die auf die Natur, den freien Raum, die Kontemplation gelegt wurde, hatte schon damals einen einzigartigen Ort entstehen lassen. Sein Leben lang hatte er gehofft, hier einmal wohnen zu dürfen, und dann hatte der Verwaltungsrat ihm gestattet, hier sein Traumhaus inmitten der schönsten und ältesten Bäume des Besitzes erbauen zu lassen, direkt über dem See.

Richter Edward erklärte die Transparenz seines Hauses und seine Architektur, die sich unter den Bäumen duckte, sie umkurvte und bis zu ihrem Blattwerk hinaufstieg, darum bemüht, den Wald zu respektieren. Eines Tages würde das Haus verschwinden, und die Bäume würden keine Spur davon zurückbehalten. Zum Dank für die ihnen gewährte Gunst hatten Pamela und er das Haus Rosebud auf der Stelle als Schenkung überlassen.

– Nach uns wird es der Fachbereich Ornithologie der Universität übernehmen und danach ... danach wird es verschwinden, ohne daß man auch nur einen einzigen Zweig gekrümmt oder einen Baum verletzt hätte.

Ich entdeckte das Haus im Altweibersommer, im ausgehenden Nachmittag, in den großen Fensterfronten der Fassade spiegelten sich die noch grünen Schatten der Bäume. Der Herbst sei, so Richter Edward, ein Wunder in Purpur und

Gold und der Frühling im Schutz der silbrigen Ulmen und baumhohen Farne ein einziger Zauber. Er wolle gar nicht vom Winter sprechen, seiner liebsten Jahreszeit, wenn alles sich auf seine Essenz reduziert. Dann nahm er die Nacktheit der Bäume zum Anlaß, sie mit Kohlestift nachzuzeichnen.

– Wir haben hier zehn Häuser in einem, sagte er, indem er die Eingangstür beiseite gleiten ließ, wie man einen Theatervorhang aufzieht.

Mein Blick fiel auf die noble Gesellschaft von Rosebud: den Rektor, die Professoren, die Forscher, die Verwaltungschefs, die Mäzene und Künstler, sie standen ebenso starr da wie auf einem Fresko, so, als verlangten sie, auf der Stelle entsprechend gewürdigt zu werden, was ich nun schwerlich leisten konnte. Ich war noch niemals Leuten begegnet, die ein derartiges Gefühl fürs Repräsentieren besaßen, für das Gewicht ihrer Funktion, ein derartiges Bewußtsein ihres eigenen Wertes, und die ebendies mit solcher Selbstsicherheit deutlich machten. Jeder hier war jemand, und da ihre Namen der Fremden, die ich war, nichts sagten, setzte Philip vor jeden von ihnen, damit ihre Wichtigkeit mir deutlich werde, ein »der bedeutende«, »der berühmte« in einem Flüsterton, den derjenige mit einem gnädigen Lächeln quittierte.

Ich stellte für sie zweifelsohne überhaupt nichts dar, weder als Schriftstellerin noch als Französin. Frankreich assoziierten sie mit weit zurückliegenden Zeiten und einem weit entfernten Ort, Europa, wo ihnen das entzückende Italien ein weitaus geläufigerer Begriff war. Wenn sie überhaupt an etwas dachten bei meinem Anblick, was keineswegs sicher ist, dann an Italien, an Rom, an einen Moment ihrer Jugend, eine Studienreise, womöglich die Hochzeitsreise, die sie bis nach Venedig oder Florenz geführt hatte. Vor meinen erstaunten Augen stellte die Gesellschaft von Rosebud sich ausschließlich selber zur Schau. Sie liebte es, ihre eigenen Namen und Funktionen erklingen zu lassen, registrierte Philips Auftritt als das, was er war: die Ehrerbietungen eines simplen Literaturprofessors.

In diesen Hofstaat brachte Richter Edward eine menschliche Wärme und Entspanntheit, die seiner Position des Gastgebers geschuldet waren, die sie aber nicht vollständig erklärten. Eine Frau, die ich zunächst für Pamela Edward hielt, die aber lediglich eine ihrer Freundinnen war, löste sich aus der zusammengeschweißten Gruppe, die am Ende des Salons stand. Sie näherte sich mir voller Liebenswürdigkeit. Zu meiner großen Überraschung redete sie auf französisch auf mich ein. Sie fragte mich übergangslos, was ich über das Verhältnis von Literatur und Kino dächte. Sie wartete erst gar nicht auf eine mehr oder weniger kohärente Antwort, die ich zu formulieren suchte, sondern fuhr fort, daß sie jedes Jahr im Museum für moderne Kunst von Richmond eine Woche des französischen Films organisierte.

Sie fragte mich, woran ich gerade arbeitete. Als ich beginnen wollte, ihr die sich schminkende Frau zu beschreiben, unterbrach uns Richter Edward. Er wollte, daß ich von den virginischen Austern probierte. Er nahm mich am Arm und bugsierte mich an einen Ort, der wohl eine Küche sein sollte, in diesem Haus ohne Zwischenwände jedoch lediglich eine Fortsetzung der Wohnräume war. Inmitten eines sympathischen männlichen Getümmels, in dem ich mich dankbar verlor, begann er Austern zu öffnen. Im Kreise dieser Brüderschaft von Biertrinkern führte ich aus, was ich mit der Dame des Museums von Richmond begonnen hatte, nämlich die Geschichte einer Frau, die sich schminkt, bevor sie einer Hinrichtung beiwohnt.

Der Richter hörte mir zu und spülte zugleich etwas Geschirr. Er brachte einen alten Porzellanteller in Sicherheit, wusch zwei, drei Gläser ab. Ich nehme an, man war bei den Edwards nicht in Verlegenheit, was jemanden für die Hausarbeit betraf, doch das Entscheidende war, daß der Richter diese Aufgabe selbst wahrnahm und am anderen Ende des Salons Pamela Edward, die nicht aus ihrer eisigen Reserve getreten war, sich betont müßig zeigte. Inmitten der untätigen Frauen beobachtete sie aus ihren Vogelaugen das Getue der Männer, die dem Richter eifrig schmutzige Teller und Bestecke brachten. Zufrieden zog sie ihren dünnen Schal aus Rohseide enger um ihre schmalen Schultern.

3

Ich lehnte mich neben Richter Edward gegen die Spüle und fragte ihn, da ohnehin von nichts anderem die Rede gewesen war, wie er über die Todesstrafe denke. Er sagte mir, er hätte sie mehrmals verhängt und, da er es getan hatte, habe er niemals an der Richtigkeit seiner Entscheidung gezweifelt. Und als ich protestierte, kam er mir mit dem Recht der Opfer. Dabei wurde er von den anderen Gästen unterstützt, den selbst ernannten Kellnern oder heimlichen Biertrinkern, die, waren sie auch vom Prinzip her einverstanden, die Todesstrafe für Geisteskranke und Minderjährige ablehnten. Seelenruhig diskutierten sie und kratzten dabei die Essensreste von den Tellern in den Zerhacker im Abfluß. Ich erwog die Möglichkeit, daß dabei auch ein Unschuldiger hingerichtet werden könnte.

– Ah! Das Totschlagargument der Abolitionisten! Was für ein Unschuldiger? Meinen Sie denn, Sie wären hier bei den Wilden, wo jeder Sheriff seine Kanone zieht, um Selbstjustiz zu üben, oder wo irgendwelche Bauerntrampel einem armen Schwarzen den Strick um den Hals legen, um ihn am nächsten Ast aufzuhängen? Schauen Sie sich um, wo Sie hier sind!

Mit einer weitausholenden Geste zeigte der Richter mir das riesige gläserne Haus, dessen Transparenz so etwas wie der unwiderlegliche Beweis dafür war, daß hier nichts verschleiert wurde.

– Glauben Sie, daß hier nicht ebenso kompetent Recht gesprochen wird wie in Europa? Ebenso demokratisch? In aller Offenheit? Glauben Sie, daß es sie wirklich gibt, solche Unschuldigen, nach all den Ermittlungen und Instanzen? Ich habe sie gesehen, Ihre Unschuldigen mit ihren Berufungen und Revisionen, von den besten Anwälten beraten, durch zehn, fünfzehn Jahre Verfahren hindurch und mit allem, was sie an falschen Zeugen beibringen konnten. Oh ja, ich hab sie ihre Unschuld beteuern hören, trotz aller Beweise und bis in den Hinrichtungsraum hinein. Aber es genügt nicht zu behaupten, man sei unschuldig, um auch schon unschuldig zu sein.

– Nein, aber man ist unschuldig, wenn man sich unschuldig weiß!

– Wo ist denn in Ihrer Vorstellung Platz für die Wahrheit? Unschuld wird nicht von den Zeitungen verfügt. Sie stellt sich im Laufe der Ermittlungen heraus, der wissenschaftlichen Analysen, des Prozeßverlaufs.

– Und warum bitte fragt man dann die Geschworenen nach ihrer inneren Überzeugung? Warum lässt man sie abstimmen, und wenn sie dann mit einer Stimme Mehrheit abstimmen ... ist man dann bis auf eine Stimme unschuldig oder schuldig?

– Glauben Sie denn, die Geschworenen, die Richter, die Anwälte verstehen weniger von der Sache als Sie, verhalten sich unmoralischer als Sie, haben weniger Überzeugungen oder Zweifel als Sie, ja sind blutrünstiger als *Sie*!

– Wäre da auch nur ein einziger Unschuldiger ... begann ich.

– Dann wäre das *ein* Unschuldiger, mehr nicht. Und was mich beschäftigt, mich schmerzt, mich erschüttert, sagte er leiser und mit dem Kopf auf die Ecke der Frauen deutend, das ist *sie,* die Mutter von Candice, dem jungen Mädchen, das ermordet worden ist.

Er deutete auf eine Frau, ich wußte nicht auf welche. Trotz meiner Anstrengungen gelang es mir nicht, ein Gesicht mit der Mutter von Candice in Verbindung zu bringen. Ich hatte sie gesehen und wieder vergessen. Ich hatte sie flüchtig angeschaut, damit mein Blick nicht aufdringlich wirkte, und dann hatte ich sie wieder vergessen, weil man die Mutter eines ermordeten jungen Mädchens nicht anstarrt. Ich versuche, mir die Gesichter aller Frauen, die ich auf diesem Empfang kennengelernt habe, ins Gedächtnis zurückzurufen. Jede von ihnen hätte die Mutter von Candice sein können. Vielleicht war ich ihr an diesem Tag vorgestellt worden. Es mußte eine ganz normale Frau gewesen sein, aber sobald man bescheid weiß, wird einem klar, daß diese Normalität Wahnsinn ist.

Ich hatte mich mit Richter Edward in ein Zwiegespräch verstrickt, zu lange und zu exklusiv für eine Gesellschaft, die auf Distanz und Small talk hielt. Geistesblitze und Schlagfertigkeiten, schnell gefällte Urteile und amüsierte oder abfällige Bemerkungen abspulend, hatten die Gäste der Edwards alle Zeit gehabt, ihre Gesprächsthemen erschöpfend zu behandeln, sofern sie denn noch Themen zum Ausschöpfen hatten, die in all den Jahren ihres endlosen gemeinsamen Lebens nicht versiegt waren. Sie blickten alle zu uns herüber, stocksteif, starr wie Schaufensterpuppen.

Ich hatte nicht begriffen, daß die Haushaltstätigkeit, die Richter Edward entfaltet hatte, ein verliebtes, ja fast erotisches Schauspiel war, das Pamela Edward galt, die es vor den anderen Professorengattinnen von Rosebud ganz besonders genießen mußte. Indem ich mich einmischte, um meinerseits abzuräumen, indem ich auf meinem Anteil am Geschirrspülen bestand, brach ich ein subtiles ungeschriebenes Gesetz. Ich verhielt mich wie jene ordinären Frauen, die mit dem auffälligsten Mann flirten, ich trat aus dem Kreis anständiger Frauen heraus. Ich spielte nicht auf ihrer Seite. Nicht genug damit, daß ich sie erniedrigte, kehrte ich auch noch einen Stil heraus, der ihre Weiblichkeit verletzte.

Ich glaube, Richter Edward, indem er es ablehnte, daß ich mich am Geschirrspülen beteilige, ließ mich das mehrmals spüren. Er versuchte, sich vor Pamela zu rechtfertigen, indem er auffällig zeigte, daß er alles in seiner Macht stehende tat, um mich loszuwerden. Er schützte mit seinem Körper das Geschirr, verstellte mir den Weg zur Spüle, aber ich hockte mich dennoch, Geschirr Geschirr sein lassend, neben ihn auf das Küchenmöbel, in einer Haltung, die jedermann hier schockieren mußte und mich zum natürlichen Feind der anwesenden Frauen stempelte. Zur Antwort formierten sie sich rund um Pamela Edward – ich rekonstruiere all dies aus dem Gedächtnis, denn in jenem Augenblick verstand ich nicht, was sich da abspielte – in einer Bewegung, die etwas von Ehrenspalier und Leibwache besaß.

– Man sollte darauf bestehen, sagte mir Richter Edward, daß jedesmal, wenn die Presse das Photo des Mörders verbreitet, sie auch das Photo des Opfers veröffentlichen muß. Und zwar auch die Photos von der Leiche des Opfers. Wenn sie den Körper von Candice gesehen hätten, ihr Gesicht, könnten Sie den Anblick nie wieder vergessen! Und sie da drüben, sie wird ihn nicht vergessen. Wir alle werden ihn niemals vergessen.

Dann zog er sich auf die Terrasse zurück. Unvermittelt schloß er mir die Tür vor der Nase, wie um mir zu befehlen, ihm nicht zu folgen. Ich sah, wie er sich auf einer Chaiselongue ausstreckte. Er lockte seinen hübschen Hund herbei und legte ihn auf sich. Ich sah einen seelenruhigen und grundehrlichen Mann vor mir, der bestirnte Nächte liebte, die Gerechtigkeit und Hunde. Er streichelte den langgestreckten blonden Bauch, und die Hündin, ganz gelöst, legte den Kopf über seine Schulter. Mit geschlossenen Augen verzog sie ihre schwarzen feuchten Lefzen zu einem Lächeln. Da griff er nach ihrem Kopf und küßte sie leidenschaftlich auf die Schnauze, zwischen ihre schmalen Lippen und ihre winzigen Schneidezähne.

4

Jetzt verstehe ich auch, was der Empfang bei Richter Edward an Symbolischem hatte. Unter den zehn möglichen Häusern hier, angefangen von dem des Rektors, über das Professor Philips, der mir als Führer diente, bis zu dem der Witwe des Fellow-Schriftstellers, den ich ersetzte, kurz: unter allen möglichen Kombinationen – auch ein Empfang in der Studentenbibliothek wäre ja denkbar gewesen – hatte die Gesellschaft von Rosebud das des Richters Edward für den Anlaß ausgewählt, das Haus des gewählten Bezirksrichters, des Präsidenten der Richterkammer von Virginia. Das Haus Richter Edwards thronte inmitten der zweitausend Hektar von Rosebud, mit Blick auf seinen See, im Herzen einer so fest und von altersher verwurzelten Natur, daß sie sogar den letzten Hurrikan unbeschadet überstanden hatte, dem sie, wie eine Art Gabe zur Besänftigung seiner Wut, eine von vor dem Sezessionskrieg stammende Magnolie geopfert hatte.

Alle Welt in Rosebud lebte den Kult der immensen Weiten und der Einsamkeit. Die Werbebroschüre von Rosebud verwies darauf, die einzige Universität der USA zu sein, die zwei Hektar Lebensraum pro Studentin garantierte. Diese Weite tat das ihre dazu, eine isolierte Gemeinschaft zu formen, die den Mund nur öffnete, um sich leise und bedächtig auszudrücken, mit seidigen Lauten, die niemanden schmerzten. Rosebud ignorierte die Professoren, die es anstellte, und vergötterte die Studentinnen, aus denen es seine enorme Reputation zog. Sein Geschmack am Geheimnis erklärte allerdings auch im Gegenzug das Verlangen dieser Gesellschaft danach, zu schreiben, und dementsprechend rückhaltlos war der Konsum an geladenen Schriftstellern, Writers in residence und

Fellow-Schriftstellern, die einer auf den anderen folgten, um die Stille zu befruchten und aus den Hirnen und Seelen der Studentinnen mittels Zangengeburten Werke der Dichtung zu befördern.

Mit dem zeitlichen Abstand heute glaube ich, daß es eine zutiefst depressive Gesellschaft war, an jener Form von Melancholie leidend, die durch alte Sanatorien spukt, die man in Seniorenheime umgewandelt hat. Zumindest hatte etwas in der Art durch die so maßvolle Rede Professor Philips durchgeschimmert, der mir in einem kleinen Elektroauto den Campus vorführte, um mir alle seine Schönheiten zu eröffnen, vom See, wo ich einen wilden Schwan schwerfällig auffliegen sah, bis hin zum Denkmal der jungen Rose, das auf einem Kap stand und die majestätische Weite der Bucht von Chesapeake überblickte.

Die junge Rose, achtzehnjährig mitten im Sezessionskrieg gestorben und Namenspatronin der Stiftung von Rosebud, war auf ein Hügelgrab gestellt, ihr langes Haar offen, mitten in ihrem Lauf dem Ozean entgegen eingefroren, während sie ihm die Arme entgegenstreckte, um die Unendlichkeit zu umfassen. Zu ihren Füßen die Gräber der Professoren von Rosebud. Ich las Namen, Ämter, Daten. Sie waren jung gestorben.

– Krebs, erklärte mir Professor Philip.

Er eröffnete mir, daß er bald in Rente gehen und in Frankreich leben würde. Er sagte es, als spräche er von einer rettenden Flucht, an die er nicht recht zu glauben wagte. Er hatte noch zwei Jahre durchzuhalten, in denen der Krebs von Rosebud ihn erwischen und unter dem Denkmal der jungen Rose einschließen konnte, unter dem Schutz ihrer grazilen Arme, deren Bronzeguß die vom Ozean kommenden Stürme und Orkane nicht hatten entstellen können.

Ich empfinde Dankbarkeit für diesen Literaturprofessor, der mich im tiefsten Kansas aufgestöbert hatte, um mir diesen Posten als Fellow-Schriftstellerin einer der glänzendsten Mädchen-Universitäten anzuvertrauen, oder zumindest dessen, was hier ein College genannt wird. Er gab mir zu verstehen, worum es sich bei Rosebud handelte. Eine Erziehungsanstalt von zweitausend Hektar Größe für die reichen Erbinnen der gigantischen Schweinemästereien North Carolinas, der immensen Hühnerfarmen Virginias, die ihren Gestank nach Geld in die Meeresbrise hinaus ausdünsteten. Vor der deprimierenden Wirkung der Örtlichkeiten retteten sie sich in eine zwanghafte Sexualität und in eine konventionelle Phantasie, deren schlußendliches Ergebnis eine Reihe gedruckter Bücher war, die neben all den anderen Ergüssen der Schülerinnen Rosebuds, die über Rosebud geschrieben hatten, in einer eigens für die Schülerinnen Rosebuds reservierten Bibliothek abgestellt wurden.

Die Studentinnen standen vor den Kursen für kreatives Schreiben Schlange, und ihr Leben nahm romanhafte Züge an. Die Studentin ging mit dem Fellow-Schriftsteller ins Bett. Skandal, Ausschluß, Abreise ... In den meisten Fällen ging der Schriftsteller an eine andere Universität, um dort Kapital aus seiner Kunst zu schlagen, selbst wenn es anderswo weniger gut funktionierte, derart einzigartig war die Inspiration, die vom genius loci von Rosebud ausging, und derart schwierig war es – ich selbst merke es jetzt – außerhalb von Rosebud über Rosebud zu reden. Manchmal – das war vorgekommen – ehelichte die Studentin den Schriftsteller, sie konnte es sich leisten, und das Paar schloß sich in Rosebud in seiner eigenen Geschichte ein, die irgendwann erdrückend wurde. Sie wußten nicht mehr, lebten sie oder schrieben sie – zweifellos taten sie beides gleichzeitig, das eine dem andern immer eine Nasenlänge voraus – lagen auf der Lauer nach ihren Eindrücken und Empfindungen, und all das in einer von so und so vielen Romanen, Gedichten und Erzählungen ausgewalzten, wie bis ins Unendliche vervielfältigten Umgebung.

Bei diesem Spielchen ließ die Studentin, jünger, spontaner und ungleich ungebildeter, ihren Schriftsteller-Lehrer k.o. gehen. Der Schriftsteller, der beim ersten Kuß geglaubt hatte, sein künstlerisches Potential zwischen den Lippen seiner Schülerin erneuern zu können, versank in der Depression. Er war zu nichts anderem mehr gut, als die künstlerischen Hervorbringungen der Rosebud-Schülerinnen zu verwalten. Der letzte Schriftsteller, der, dessen Nachfolge ich antreten sollte, hatte Selbstmord begangen. Auf seinem Grabstein las man noch keine Inschrift, weder seinen Namen, noch seine Geburts- und Sterbedaten, noch seine Funktion, auch nicht die Titel seiner Bücher, wie er es in seinem Abschiedsbrief verlangt hatte, der einen größeren Glauben an den Stein als an Bibliotheksregale ausdrückte. Um diesen Teufelskreis zu durchbrechen, hatte Rosebud jetzt eine Frau engagiert. Von mir wurde erwartet, aus dieser ehrwürdigen weiblichen Universität eine feministische Universität zu machen oder doch wenigstens einen solchen Ruf in Umlauf zu bringen.

Ich erblickte ein junges Mädchen und unterdrückte den gleichen bewundernden Ausruf, den ich auch angesichts des Schwans auf dem See bereits auf den Lippen gehabt hatte. Ich war entzückt darüber, die Schwalbe entdeckt zu haben, die einem den Sommer ankündigt. Dabei war es bei zwei Hektar pro Schüler in Rosebud unwahrscheinlicher, einer Studentin zu begegnen, als eine der Schwalben zu sehen, die hier zuhauf gediehen. In der Cafeteria, wo ich mein Frühstück eingenommen hatte, hielt sich keine einzige Studentin auf. Dabei erwarteten prächtige Frühstücksbüffets sie. Das Hauspersonal stand bereit, um alles zu servieren, aufzuwärmen, zu kochen oder zu grillen, alles, was sie nur wünschen würden, ja selbst ihren Eisbecher – gleich dreiundzwanzig Geschmacksrichtungen standen zur Auswahl – mit bunten Streuseln oder geschroteten Pralinen zu dekorieren. Vielleicht war es zu früh, vielleicht hatte das Semester noch nicht wieder begonnen, oder es war der

Vorabend irgendeines Feiertags oder der Rückreisetag nach dem Wochenende, jedenfalls bekam man sie nicht zu sehen.

– Pst! flüsterte Philip mir zu, sie ist schöpferisch tätig.

Ich war sprachlos, an einem solchen Ort die schöpferische Tätigkeit auf frischer Tat zu ertappen. Ich sagte mir, daß die Inspiration in Rosebud ebenso anspruchsvoll war wie das Angebot in der Cafeteria. Sie bedurfte nicht weniger als eines Sees mit Schwänen, eines Strandes mit Lustschlößchen, ein paar Lauben der Erleuchtung und der Natur geweihte Tempel. Das junge Mädchen war ganz alleine schöpferisch tätig. Sie lag auf einem Steg, die Augen ins Weite und Vage gerichtet. Sie war rothaarig, sehr jung und unendlich schön.

Sich vor eine Landschaft von vollkommener Schönheit legen, von einer Schönheit, von der man nicht nur einen Ausschnitt betrachten kann, so wie wir es aus lauter Angst, etwas Häßliches mit aufs Bild zu bekommen, zu tun gewöhnt sind, sondern einer 360 Grad-Schönheit mit Baumwipfeln, Himmel und Vögeln, eine Schönheit ohne Trickaufnahme; seine Gefühle aufsteigen lassen und sie dann auf die schönstmögliche Art und Weise in Worte zu übersetzen, das nannte man in Rosebud schreiben! Die Vorstellung, ich läge hier vor dem See und suchte seine grüne Oberfläche ab, über die die Schwäne hinglitten, um meinerseits ein einziges Bild, einen einzigen Gedanken zu angeln, kam mir wie Barbarei vor.

Mein Fluchtpunkt war dagegen das Ungerade, das Ungewöhnliche, das Ungeheure. Danach mußte ich nicht lange suchen, denn ich hatte es ja in mir, es pulsierte nur so an die Oberfläche. Ihm vermochte ich Sprache zu geben. Aber womöglich stellte die Schülerin, das schöne, junge, rothaarige Mädchen, dort unterhalb von uns auf seinem Steg ausgestreckt, sich den See umgekehrt vor, suchte dessen düstere Konturen vielleicht am Himmel. Vielleicht floh auch sie vor dieser prallen Fülle mit Hilfe einer anderen Vorstellung von Überfluß: bewegt und aufgewühlt. Sich einen solch vollkommen schönen Ort für das schöpferische Arbeiten zu wählen, ist für einen wirklich schöpferischen Menschen unerträglich. Einer nach dem anderen waren die Professoren für kreatives Schreiben in der Depression versunken. Keiner war auf die Idee gekommen, sich in dem See zu ertränken. Der letzte hatte sich eine Kugel in den Kopf geschossen. Der Rosebud-Krebs erlöste sie, und sie endeten unter den Armen von Miss Rose, umarmt von derselben Geste, mit der sie die Welt umfangen wollte.

Ja wirklich, angesichts des Sees von Rosebud, von dem ich hier weder Form, noch Farbe, noch die Umrisse wiedergeben will, noch auch die undeutliche Anziehung, die von ihm ausging, war mir klar, daß ich nicht hier bleiben würde, um die aufgezwungene Idylle zu liefern. Was ich aber noch nicht wußte, war, daß alles um mich herum in Bewegung geraten und ich schon bald die verrücktgewordene Nadel eines Kompasses sein würde, der seine Orientierung verloren hat.

5

In diesem Moment trafen wir auf Richter Edward. In einem elektrischen Wägelchen gleich dem unseren sitzend, war er auf der Suche nach uns. Mit einem selbstzufriedenen Lächeln sagte er, er habe genau gewußt, daß er uns hier finden würde, am Ufer des Sees, in einer für die Kreativität so idealen Umgebung. Er folgte unseren Blicken und entdeckte seinerseits die Studentin.

– Ah! sagte er, indem er Wort für Wort Philips Ausdruck wiederholte, sie ist schöpferisch tätig. Vielleicht haben Sie ja Glück, und sie findet sich in Ihrem Seminar wieder.

Er gab sich ihrem Anblick freudig hin und berichtete mir dann, sich von der Aussicht losreißend, daß es ihm gelungen war, ein Treffen mit David Dennis zu arrangieren, und zwar für den selben Nachmittag, in Greenleaves.

– Er freut sich sehr, einen französischen Schriftsteller kennenzulernen. Er hat mich gefragt, ob Sie eine Frau wären.

Er hielt mir einen dicken Umschlag hin, auf dem das Wappen des Gerichts von Norfolk prangte.

– Lesen Sie sich vorher diese Dokumente durch. Ich habe die wichtigsten Informationen zu dem Fall zusammengestellt. Lassen Sie sich nicht unterkriegen.

Wieder wandte er seinen Blick dem jungen Mädchen zu. Sie, völlig gleichmütig, hatte nicht einmal gezwinkert.

– *Sweet and secret*, sagte Richter Edward zu Philip gewandt, als handele es sich um ein Codewort.

Mit belustigtem Gesichtsausdruck erklärte er mir, daß *sweet and secret* die wichtigsten, den Charme der Virginierinnen ausmachenden Zutaten waren, die ihre melancholische Sanftmut erklärten, diese nicht greifbare Zurückhaltung, jenen unüberbrückbaren Abstand, den als Hochnäsigkeit oder Verächtlichkeit zu empfinden man Unrecht täte.

– Das *sweet and secret*, das ist ganz eigentlich die weibliche Seele des Südens.

– Wie würden Sie das übersetzen? fragte ich Philip.

– Den Sinn oder die Alliteration?

– Die Alliteration, die dem Sinn am nächsten kommt.

– Anmutig und abgründig?

Ohne die Beklemmung, die der Besuch in Rosebud, diesem der Schönheit geweihten Konzentrationslager, in mir ausgelöst hatte, wäre ich nie nach Greenleaves gegangen und hätte David Dennis nie kennengelernt. Aber alles war besser als dort zu bleiben und den See mit seinen Schwänen und das junge Mädchen zu betrachten. Das Gefängnis zu besuchen, das hieß auch, die Frau mit den blaugeschminkten Augen in die Falle zu locken und sie mir zu einem späteren Zeitpunkt vorzustellen, nach dem Schminken, nachdem sie ihr Kleid angelegt hatte, in dem Augenblick, wenn sie das Gefängnistor durchschritten hat und sich vor das verspiegelte Fenster des Hinrichtungsraumes setzt. Es hieß, zu meinem Buch zurückzukehren, dem Schreiben seinen Platz einzuräumen, neue Kapitel vorzubereiten, vorwärtszukommen.

– Gehen wir, sagte ich zu Philip.

Lange blieben wir auf dem Gebiet von Rosebud, dann, als wir die Richtung nach Greenleaves einschlugen, tauchten wir ins gewöhnliche Amerika ein. Mit seinen Landstraßen und Wäldern, seiner üppigen Pflanzenwelt besaß Virginia genügend Reize, um mich einhundert Kilometer lang gefangenzunehmen. An Greenleaves dachte ich eigentlich erst wieder, als wir das Hoheitsgebiet des Gefängnisses erreichten. Verlassene Straße. Keinerlei Hinweisschild. Wir wurden übers Handy vom Gefängnis selbst, das uns den Weg beschrieb, herbeigelotst. Wie bei einer Schnitzeljagd riefen wir von jeder Etappe aus an. Dann hörte der Wald schlagartig auf. Wir rollten durch ein Niemandsland, das entlaubt war wie eine Raketenabschußbasis und gesichert wie ein Atomkraftwerk.

– Halten Sie an, bat ich Philip. Ich will nicht weiterfahren.

– Kann ich nicht, unsere Fahrt wird aufgezeichnet, die erwarten uns in fünf Minuten.

– Kehren wir um, fahren wir nach Rosebud zurück.

– Das geht jetzt nicht mehr.

Er hatte kaum ein wenig Gas weggenommen, er war darauf bedacht, die Strecke in der exakt bemessenen Zeit zurückzulegen.

Wir fuhren auf einer schnurgeraden Straße, weit und breit kein Bewuchs, im Blickfeld derer, die uns von den Wachtürmen aus beobachteten. Philip fuhr gleichmäßig, eher gravitätisch als langsam. Wir ließen uns mustern. Ich stellte mir vor, wie sie uns mit ihren starken Gläsern im Innern des Autos unter die Lupe nahmen und unseren Gesichtsausdruck prüften. Ich zwang mich dazu, gleichmütig auszusehen. Philips Gesicht blieb ausdruckslos.

Den Wagen mußten wir auf dem Parkplatz abstellen. Ich kam nicht aus meinem Sitz hoch, aber dasselbe Gesetz, das unsere Fahrtzeit festgelegt hatte, forderte auch, daß wir nicht trödelten, sondern uns raschen Schritts zum Eingang bewegten. Bevor ich aus dem Auto stieg, klappte ich die Sonnenblende herunter, um mich in dem kleinen Make-up-Spiegel zu sehen. Ich kann mich nicht an den Anblick meines Gesichts erinnern. Angst, Schmerz verhindern, daß man sich selbst sieht. Im übrigen gab es auf der Rückseite der Blende gar keinen Spiegel.

Nichts in meinem Leben bestimmte mich dazu, hier zu sein, und trotzdem beschrieb alles in meinem Kopf mir Greenleaves als die letzte Stufe meiner Faszination für die Gefangenschaft. Und schon wurde ich von jener Sehnsucht angezogen, die von der anderen Seite der Mauern kam, von jenseits des Stacheldrahts, nicht mehr von der, die mich hierher gestoßen hatte und nichts anderes war als der Wille Richter Edwards, sondern von der Sehnsucht des David Dennis, die von hier ab die Führung übernahm und die ungleich fordernder war. Richter Edward hatte mich auf den Weg nach Greenleaves gebracht. David Dennis zog mich zu sich, von Sicherheitstür zu Sicherheitstür, über Leibesvisitationen und Wartezeiten. Jedesmal öffnete sich eine Tür und wurde wieder verriegelt. Der Raum, bis zum Gefängnis ein freier Raum, schloß sich jetzt hinter mir, Stück für Stück, mit einer Sorgfalt, die mir deutlich machte, daß es weniger darum ging, mich einzulassen als zu verhindern, daß ich wieder hinauskam.

Es war ausgeschlossen, jetzt noch umzukehren. Hätte ich auf meine innere Stimme gehört, dann hätte ich mich auf den Boden gelegt und Arme und Beine angezogen. So zusammengerollt, hätte ich die Augen zugemacht. Stattdessen bewegte ich mich vorwärts, gehorchte den Befehlen, bemühte mich, alles zu tun, was man von mir verlangte, und es gut zu machen. Die Arme auszustrecken und die Beine zu spreizen, meine Handtasche zu öffnen, die Taschen auszuleeren. Bewegte mich auf die gleiche Art vorwärts, in der das Auto das Niemandsland durchquert hatte, die entschiedene Art, in der wir zum Eingang marschiert waren. Es war nicht mehr Philip, der mir Rat gab, der war draußen geblieben. Ich handelte ganz alleine, so wie man es von mir erwartete, so wie ich es mein ganzes Leben lang mit lästigen Pflichten gehalten hatte, ohne sie in Frage zu stellen.

Diese selbe innerliche Entschlossenheit mußte es sein, die die Gefangenen aufrecht bis in den Hinrichtungsraum gehen ließ. Sie stürzten sich nicht dorthin, so wie man sich in den Selbstmord stürzt, sie ließen sich nicht mitschleifen, sie gingen mutig hinein. Was für ein Mut ist das, zu dem man sich ermannt, um aus dem Schützengraben zu klettern, in den Kampf zu ziehen, in einen Zug zu steigen, der nie wieder zurückkehrt? Ich teilte mit der Menschheit ein winziges Stückchen dieses Muts. Und mutig ging ich zu meinem Treffen mit

David Dennis. Bis zum letzten Augenblick dachte ich an nichts anderes als daran, meine Angst vor der Begegnung mit einem zum Tode Verurteilten zu beherrschen, meine Furcht, ihn zu sehen, meine Furcht, hier zu sein, meine irrsinnige Lust, anderswo zu sein. Und ich versuchte, meine Gesichtsmuskeln so in den Griff zu bekommen, daß er, den ich nicht kannte und dem zu begegnen mir so nah bevorstand, niemals ahnen würde, wie sehr er mich in Angst und Schrecken versetzte. An der Tür zum Sprechzimmer angekommen, war ich nur mehr ein Opfer, das flüchten will.

Anrufe hin und her. Ein Wärter fragte mich, ob ich ein Treffen mit Kontakt oder ohne Kontakt wünsche. Da meine Besuchserlaubnis dies nicht näher spezifizierte, hatte ich noch die Wahl.

– No contact, hörte ich mich sagen.

Es war das einzige Nein, das ich herausbrachte. No contact, allein schon bei dem Gedanken, das Gegenteil wäre möglich gewesen, brach ich in Panik aus. Voller Erleichterung hörte ich, wie meine Entscheidung weitergegeben wurde bis ans Ende des Gefängnisses: no contact. Man schloß mich ins Sprechzimmer ein und setzte mich in eine Box mit einem Telefon vor einer Glasscheibe. Ich war alleine in dem Raum. Die Box gegenüber war leer. Ich wartete.

Zuerst sah ich seine Umrisse, als er, begleitet von drei Wärtern, durch den Korridor ging. Er trug einen orangenen Trainingsanzug und eine Mütze. Man nahm ihm seine Fesseln ab. Um den Leib, die Hände, die Füße. Ich hatte nicht gewußt, daß sie dermaßen angekettet wären, und meine Furcht wandelte sich zu Mitleid. Denn dort war kein Tier, kein gefährlicher Bär, kein wilder Stier, sondern ein Mensch. Das Licht wurde angemacht. Ein junger Mann, schlank, liebenswürdig, lächelnd, setzte sich mir gegenüber.

– Hello! begrüßte er mich, in den Hörer sprechend. Sie sind also Schriftstellerin?

6

– Er ist unschuldig, sagte ich, als ich mich ins Auto rettete, in dem Philip auf mich gewartet hatte. Er ist unschuldig, und der Hinrichtungstermin ist schon festgesetzt.

– Wer ist unschuldig? fragte mich Philip.

– David Dennis. Er ist unschuldig. Das ganze ist eine entsetzliche Manipulation.

Die Worte drängten aus mir heraus, es waren die von David Dennis, die ich in einem Schwall wiedergab. Ein aus New York gekommener Fremder, ein Yankee, ein mittelloser Student, gezwungen, sich seine Studiengebühren zu verdienen, und den man eines Verbrechens anklagte, das die Söhne der virginischen Elite kompromittiert hätte. Die gute Gesellschaft, von Norfolk bis Richmond, hatte es nicht dulden wollen, daß er mit einer Rosebud-Studentin ins Bett ging. Das Mädchen war von Mitgliedern einer Studentenverbindung bestraft worden. Die Ermittlungen waren schlampig geführt worden, man hatte Beweise unterschlagen, Zeugenaussagen nicht gewürdigt, das Gutachten der Autopsie gefälscht. Allesamt steckten sie bis zum Hals drin, der Sheriff, der Gerichtsmediziner, der haßerfüllte Staatsanwalt, der ihn beschuldigt hatte, sein Pflichtverteidiger, der ihn reingerissen hatte und vor allem Richter Edward, der auf die Verurteilung zum Tod hingewirkt hatte.

Den Zündschlüssel drehend, räusperte Philip sich unauffällig.

– David Dennis ist alles andere als unschuldig. Der Gentest hat ihn überführt.

Ich unterbrach ihn energisch.

– Kein Wunder, er war der Liebhaber dieses Mädchens,

und er hat auch nie bestritten, sexuellen Kontakt zu ihr gehabt zu haben, auch in der Nacht, als sie gestorben ist. Aber es wurde ja gar nicht nach anderen Beweisen gesucht, niemand ist auf die Idee gekommen, ihre Verletzungen zu analysieren.

– Sie meinen die Bisse in den Körper und ins Gesicht.

Philip war sehr ruhig, ich fand ihn fast kalt. Mit einem Mal zeigte er mir ein anderes Gesicht als das wohlwollende und sensible, an das ich mich bereits gewöhnt hatte. Er erklärte leidenschaftslos die Spielregel, er sagte, was man sagen mußte, wenn man aus Rosebud kam und in Rosebud war. Er setzte es mir präzise auseinander, fast mechanisch. Ich hatte ihn für freundschaftlich gehalten; wenn er es gewesen war, dann war er es jetzt nicht mehr. Verglichen mit dem, was ich soeben im Gefängnis durchlebt hatte, war der Kontrast einschneidend. Mit Philip fand ich diesen intensiven Einklang nicht wieder, der sich mit David Dennis auf der Stelle, in aller Dringlichkeit, hergestellt hatte, und der mich dazu zwang, seiner Geschichte zuzuhören, sie zu verstehen, sie zu glauben.

Es gab auch nichts Glaubwürdigeres als diesen Ritualmord, den einige Studenten auf einer Strafexpedition vollbrachten, die auf perverse Weise nicht nur das Mädchen, das gesündigt hatte, zu Tode züchtigen wollten, sondern das Verbrechen auch noch dem zugereisten Liebhaber in die Schuhe schoben, dem Studenten von auswärts, dem Typen aus dem Norden, und ihn in die Fallstricke einer perfekten Anklage stießen, aus denen auch er nur als Toter herauskäme. »Hören Sie mir zu«, hatte David Dennis zu mir gesagt, um meine Aufmerksamkeit noch mehr gefangenzunehmen. »Hören Sie mir zu!« Und um ihm zu zeigen, daß ich mich völlig auf seine Geschichte konzentrierte, machte ich eine zusätzliche Bewegung, um näher am Fenster zu sitzen. »Sie haben ihr Spiel gewonnen. Und wo sind sie jetzt, zehn Jahre später? Sie sind Geschäftsleute, Anwälte, alle vom Gesetz, vom Geld, von ihrem guten Ruf beschützt. Einer von ihnen hat sein Praktikum sogar bei meinem eigenen Anwalt gemacht. Und Richter Edward, der hat seine Bude mitten im Park von Rosebud hochgezogen!«

Philip, der nette Philip, der neben mir saß und so ruhig dem Ausgang entgegenfuhr, wobei er allen aus dem Gefängnis kommenden Anweisungen folgte, war auch ein Teil der Gesellschaft Richter Edwards. Nichts, was er mit mir oder für mich unternommen hatte, das nicht vom Richter abgesegnet gewesen wäre. Ich fragte mich, ob es sonderlich klug war, mich ihm derart anzuvertrauen und ihm zu offenbaren, bis zu welchem Punkt ich mich auf die Seite von David Dennis geschlagen hatte.

Ich legte also meinerseits eine unbeteiligte Haltung an den Tag, um zu hören, was er mir von dem Opfer mitteilte. Er erzählte mir von Candice, siebzehn Jahre alt, einem echten jungen Virginia-Mädchen, die einige Wochen vor dem Verbrechen in Rosebud eingezogen war. Sie kam aus Richmond, der Stadt, in der die Reiterdenkmäler der Generäle des Sezessionskrieges Wache halten, nach Norden gerichtet, wenn sie gesiegt haben, nach Süden gerichtet, wenn sie im Kampf gefallen sind. Wie alle Richmonder Debütantinnen war Candice in Scarlett O'Haras Reifrock die legendäre Treppe der Oper hinabgeschritten. Ihre Mutter war die engste Freundin der Edwards.

Mein Herz zog sich zusammen. Welche Chance hatte David Dennis, in eine derartige Falle geraten, je gehabt, wieder herauszukommen? Das gesamte Räderwerk seiner vorgefertigten und programmierten Schuld drehte sich unablässig, die Zähne des Rades, das ihn auf seinen Tod zu transportierte, griffen paßgenau in andere, maßgefertigte Zahnräder. In die Umtriebe dieses falschen Spiels, das ebenso effizient funktionierte wie eine jener komplizierten Reihen von Dominosteinen, die alle, bis hin zum letzten, fallen werden, platzte jetzt ich herein, als letztes eingebautes Hindernis, wie um der

Hoffnung eine Nase zu drehen, wo der Mechanismus seines bevorstehenden Todes doch bereits in Gang gesetzt war. Auch Philip steckte irgendwo in diesem Mechanismus, ein isoliertes, aber notwendiges Einzelteilchen, das im großen Masterplan seine Rolle spielte. Mit einem gewissen Ekel hörte ich ihm zu, wie er die exemplarische Jugend eines perfekten jungen Mädchens schilderte, das am Ende seiner Schulzeit vor der Wahl zwischen Sweet-Briar, Randolph-Macon und Hollins gestanden hatte und dessen Eltern dann auf die inbrünstige Empfehlung von Pamela Edward hin Rosebud ausgewählt hatten, weil die Tochter schreiben und später einmal eine große Journalistin werden wollte.

Ich traute Philip nicht, ich traute überhaupt niemandem. Ich hatte Angst, und das war eine Angst, die ich von David Dennis übernahm, als er am Telefon von Candice' Tod erfahren hatte, während er gerade ein neues Leben in Maryland begann. Ich zitterte vor derselben ohnmächtigen Wut, die ihn hatte erzittern lassen, als man ihn an den Tatort schleppte und ihn zwang, die Gesten eines Mordes nachzuspielen, den er nicht begangen hatte. Wir beide hatten dieselben Feinde. Die ihn zum Tode verurteilt hatten, würden niemals zulassen, daß ich seine Unschuld bezeugte. Ich konzentrierte mich darauf, welche Mittel ich würde benutzen müssen, um heil da raus zu kommen. Ich durfte eigentlich nicht nach Rosebud zurückkehren, sondern mußte einen Ort finden, von wo aus ich die Mutter von David Dennis anrufen konnte, um sie von meiner Gegenwart in Kenntnis zu setzen, und, falls sie Wert darauf legte, sie in North Carolina aufzusuchen. Ich hatte ihre Telefonnummer in meine Handfläche geschrieben. Ich wußte nicht, wie ich das erwähnen sollte, ohne daß es Konsequenzen nach sich zog. Ich fragte mich sogar, ob ich das Recht hatte, diese Nummer zu besitzen, ob Philip diese Tatsache nicht gegen David Dennis benutzen würde.

Ich wartete, bis wir außerhalb des Gefängnisses waren,

jenseits der Kameras und Ferngläser und Telefonverbindungen. Als wir den ersten Autos begegneten, bat ich Philip anzuhalten und mich aussteigen zu lassen. Er sagte mir, daß man in Virginia die Leute nicht einfach am Straßenrand absetzte.

Meine Panik nahm überhand. Ich sah mich schon in der Sogkraft von David Dennis' Geschichte mit Gewalt nach Rosebud zurückgebracht, dort eingeschlossen, ermordet, auf dem Grund des Sees versenkt, vergessen. Ich vermochte nicht mehr an mich zu halten. Mein Körper befahl mir die Flucht. Ich versuchte, den Sicherheitsgurt zu lösen und die Wagentür zu öffnen. Wäre nicht die Zentralverriegelung gewesen, ich hätte mich nach draußen geworfen. Als Philips Arm sich über meinen Körper legte, um mich daran zu hindern, den Türgriff zu bedienen, an dem ich rüttelte, schrie ich auf. Diesen Schrei höre ich noch, er stieg aus dem Bauch hoch und zerriß mir die Kehle.

7

Vor dem Schnellrestaurant ein Stück weiter, wo Philip anhielt, zitterte ich noch immer. Endlich hatte ich die Möglichkeit, aus Leibeskräften davonzulaufen, und vermochte keinen Fuß vor den andern zu setzen. Es war nicht mehr diese schlaffe Benommenheit, die Besitz von mir ergriffen hatte, als ich das Gefängnis betrat, und eine musterhafte Besucherin aus mir gemacht hatte. Ich bewegte mich wie eine Marionette, starr vor Angst, den Kopf zwischen die Schultern gezogen, mit einer blutleeren und mechanischen Steifheit. Philip gegenübersitzend, am anderen Ende des Tisches, an dem wir platzgenommen hatten, schluchzte ich beinahe vor Angst.

Philip redete. Er sagte mir, daß er meine Aufgewühltheit verstehe. Daß Besuche an solchen Orten schrecklich seien. Daß er mich dafür bewundert habe, dort hinein zu wollen. Daß er angenommen habe, ich sei besser vorbereitet auf das, was mich dort erwartete. Die Art und Weise, wie ich über die Frau geredet hatte, die Hinrichtungen beiwohnt, hätte ihm, ihm und auch den anderen, den Eindruck vermittelt, ich wisse besser über das Thema Bescheid, ja ich sei sogar sehr vertraut damit. Sie hätten mich nicht dort hingehen lassen sollen, jedenfalls nicht so schnell, ohne mich zuvor über den Fall zu unterrichten. Richter Edward hatte mir eine Akte vorbereitet. Ich hätte sie lesen sollen, bevor ich David Dennis aufsuchte, wenn er auch verstehen könne, daß ich, bedacht auf Gerechtigkeit, nicht mit einer vorgefertigten Meinung dort habe erscheinen wollen. Jedoch was im Leben an und für sich eine gute Vorgehensweise sei, sei es in diesem besonderen Fall keineswegs gewesen, da ich einem diabolischen Menschen habe gegenübertreten müssen, der, wie alle sexuell Perversen, auch ein großer Manipulator sei.

Er, Philip, kannte die Geschichte von A bis Z. Das Verbrechen, die Ermittlungen, den Prozeß, er hatte alles miterlebt, jede einzelne Stunde davon, zwangsweise, in einem Rosebud, das von dieser ganzen Geschichte zutiefst erschüttert gewesen war. Er hatte David Dennis gesehen, er hatte mitangehört, wie er voller Unverschämtheit die Gesellschaft von Rosebud angegangen war, und, schlimmer noch, die Mutter von Candice verhöhnt hatte, indem er ihr zu verstehen gab, ihre Tochter sei alles andere als eine Unschuld vom Lande gewesen. Er sei nicht der erste bei ihr gewesen, er hätte sie erst nach einer Menge anderer gehabt, und es sei gut möglich, daß in der bewußten Nacht nach ihm noch ein paar andere über sie drübergerutscht wären. Weswegen er auch zusätzliche Gentests verlangt habe, um die verschiedenen Spermarückstände in ihrer Vagina zu bestimmen.

Ich bestellte ein Glas Schnaps bei der Serviererin. Sie machte eine empörte Miene, als wolle sie auf der Stelle die Bullen rufen. Philip bemühte sich, sie zu beschwichtigen, und erklärte ihr, ich sei fremd hier und wisse nicht, daß der Ausschank und der öffentliche Konsum von Alkohol verboten seien. Die Bedienung beruhigte sich nicht vollständig, der Gedanke, die Bullen zu holen, ging ihr immer noch durch den Kopf, und alarmiert nahm sie hinter ihrer Kasse Beobachtungsposten ein. Philip bestellte für mich ein Eis mit kandierter Ananas und Kirschsoße.

– Etwas möglichst Süßes wird Ihnen gut tun. Ein kleiner Shoot, das ist besser als Alkohol, Sie werden sehen.

Er behandelte mich wie eine seiner Studentinnen, die er, da er sie nicht umarmen konnte, mit Bonbons, Marshmallows, kleinen durchsichtigen Gelatine-Krokodilen und bunten M&Ms tröstete. Zwanzigjährige Praxis hatte ihn gelehrt, daß in Fällen von existentiellem Zweifel das Bonbon am besten funktioniert. Wurde es angenommen, füllte und beschäftigte es den Mund, erstickte jegliche Forderung, stillte die Tränen.

Das bekümmerte junge Mädchen begann sich auf ein Wohlgefühl einzustellen, das mit zunehmender Lutschdauer immer eindeutiger wurde und aus seinem Munde das Zentrum dieses Wohlgefühls machte. Kaum eines wies das zweite Bonbon zurück. Danach konnten sie erleichterter sprechen, die Zukunft sah schon weniger düster aus. »Es gibt keine Probleme, es gibt nur Lösungen«, versuchte es Philip dann und ermutigte sie zu einem dritten.

– Das ist reine Chemie, sagte mir Philip und streichelte dabei meine Hand, die gierig einen Löffel voll kandierter Ananas zum Mund führte. Was wollen Sie denn jetzt tun?

Ich sagte ihm, daß ich David Dennis versprochen hatte, seine Mutter anzurufen, um ihr von unserer Begegnung zu erzählen.

– Ja, das müssen Sie tun, sagte Philip und hielt mir sein Handy hin, aber ich lehnte ab. Sie sollten sie besser gleich anrufen als später, für sie ist das sinnvoller. Durch Sie hindurch wird sie ihn ganz nahe fühlen, fast als wäre er bei ihr.

Ich nahm das Telefon. Wie spricht man die Mutter eines zum Tode Verurteilten an? Eines Todeskandidaten, für den schon der Countdown läuft.

– Hallo?

– Ich möchte gerne mit Mrs. Dennis sprechen.

– Wer spricht da?

– Aurore Amer. Ich möchte ihr sagen, daß ich heute nachmittag in Greenleaves ihren Sohn getroffen habe und daß es ihm gut geht.

– Warten Sie, bleiben Sie dran ... Martha, da ist jemand, der David gesehen hat ...

– Hallo? Sie haben David gesehen? Ich bin seine Mutter.

– Ja, ich habe ihn gesehen, es geht ihm gut, er hat eine gute Moral, er hat mir gesagt, ich solle es Ihnen ausrichten.

– Sind Sie seine Anwältin?

– Nein, ich bin Schriftstellerin.

– Wir warten auf seinen neuen Anwalt. Was will er denn mit Ihnen, was er braucht, ist ein Anwalt. Es geht ihm also gut?

– Es geht ihm sehr gut.

Ich hörte, wie sie weinte. Die andere Frau dahinter hörte nicht auf zu reden. Sie sagte ihr, sie solle mich fragen, warum ich ihn besucht hatte, ob ich ein Buch über ihn schreiben wolle, sie solle mir sagen, die Rechte an seiner Geschichte seien bereits verkauft. Mich fragen, wie es mir gelungen sei, bis zu ihm vorgelassen zu werden, wer das Treffen arrangiert hätte, mit wessen Erlaubnis ... Die Mutter brach unter dem Ansturm von Fragen der anderen Frau zusammen.

– Madam, kommen Sie her, bitte, kommen Sie. Ich kann ihn nicht besuchen, wir haben keinen Anwalt mehr, und ohne Anwalt, verstehen Sie, kann das Aufenthaltsverbot für mich in Virginia nicht aufgehoben werden. Wir sind nicht weit, gleich hinter der Grenze, es wäre kein weiter Weg für Sie, Madam, und wenn Sie Ausgaben haben, dann kommen wir dafür auf. Kommen Sie, Madam.

Sie weinte. Sie war nicht in der Lage, noch weiterzusprechen. Die andere Frau nahm den Hörer und sagte mir, ich solle kommen, es sei wichtig für Davids Mutter, und wir könnten reden. Und dann könne ich ihnen auch erklären, warum ich mich für David Dennis interessierte. Sie gab mir die Adresse eines Motels in Nags Head. Ich versprach, noch am selben Abend dort zu sein.

8

Philip hörte mit. Er wusste also, dass ich versprochen hatte, Davids Mutter in North Carolina zu treffen. Er erklärte mir, daß Nags Head auf einer langen und sehr schmalen Halbinsel zwischen dem Ozean und mehreren Lagunen lag. Eine hübsche Sommerfrische, die der letzte Orkan vollständig verwüstet hatte.

– Seltsame Idee, sich in einem Loch niederzulassen, aus dem jedermann geflohen ist!

Ich sagte ihm, daß er mich bis Norfolk bringen könne, von wo aus die Straße nach Rosebud führt, und daß ich in Norfolk schon irgendeine Lösung finden würde. Er zuckte die Achseln.

– Das ist kein Problem. Wenn Sie nach Nags Head fahren wollen, werde ich Sie hinbringen.

Wir fuhren wieder los, und meine Aufmerksamkeit wurde von neuem von allem, was ich von Amerika aufnehmen konnte, ergriffen. Alles interessierte mich, die Farben der Bäume in diesem wundervollen Altweibersommer, die endlosen Vorstädte mit ihren so liebevoll farbig bemalten Holzhäuschen, vor denen die Konföderierten-Fahnen im Wind flatterten. Nördlich von Norfolk sah ich die Ländereien von Rosebud, den dazugehörigen Golfplatz, den Wald, in dem Richter Edward sein gläsernes Haus hatte erbauen lassen, und schließlich, auf dem Kap über dem Ozean, die junge Rose, diese zerbrechliche Freiheitsstatue, die mit ausgestreckten Armen einen Tanzschritt andeutete.

– Bereuen Sie es noch nicht? fragte Philip und fuhr langsamer. Nicht mal einen kleinen Umweg, um Ihren Koffer zu holen?

Ich krampfte mich zusammen, biß die Zähne zusammen, ich konnte es nicht erwarten, Rosebud zu entkommen.

– Was ist denn mit Ihnen selbst? fragte ich ihn. Wäre es für Ihre Karriere nicht besser, wenn Sie mich hier aussteigen ließen?

– Meine Karriere! äffte er mich ironisch nach. In zwei Jahren bin ich nicht mehr hier und werde auch nicht mehr zurückkommen, und Rosebud wird mich vergessen. Sie sind es, die mir Sorgen macht. Nach allem, was Sie heute erlebt haben, werden Sie jetzt noch einen Gang höher schalten müssen. Ich muß Sie vor diesen beiden Frauen warnen, die Sie kennenlernen werden. Das sind zwei grausige Spinnerinnen, hysterisch, mythomanisch, ausgeflippt. Die Mutter von Dennis vereint all die mildernden Umstände auf sich, die ihr Sohn nötig gehabt hätte. Und Rosario Aguirre, die Bibliothekarin, ist vorbestraft wegen Falschaussage. Sie hat unter Eid geschworen, David Dennis sei ein Musterschüler gewesen, gewissenhaft und ohne Fehl und Tadel. Das Problem ist nur, er hat nie einen Fuß in ihre Bibliothek gesetzt, besser noch, er war noch nicht einmal eingeschrieben, und wissen Sie auch warum? Weil David Dennis überhaupt nie Student bei uns gewesen ist.

– In Rosebud? Ich dachte, die Universität wäre nur für Mädchen.

– Nein, in Stone, dem männlichen Pendant von Rosebud, der Universität von Norfolk. Die Mädchen von Rosebud gehen traditionell mit den Jungs von Stone. Während des ersten Monats seines vermeintlichen Studiums in Stone und seiner Zugehörigkeit zu einer der Studentenverbindungen von Stone, hat David Dennis als Kellner, Strandpächter und Liegestuhl- und Bootsverleiher in Virginia Beach gearbeitet. Da, wo die Leiche von Candice gefunden wurde.

Ich widerstand mit allen Kräften.

– Alle Studenten jobben. In den USA sind alle Kellner Studenten.

– Ja, sagte Philip, nur daß David Dennis ausschließlich Kellner war!

– Er hätte sich schon noch eingeschrieben, er hat nur darauf gewartet, genügend Geld für die Anmeldung zu haben.

– Sie werden sich bestens mit Rosario verstehen. Seit dem Prozeß hat sie alles aufgegeben und sich mit Haut und Haaren David Dennis verschrieben. Ich möchte nicht, daß Sie den gleichen Irrtum begehen, auch wenn mir klar ist, daß Sie in Ihrem Falle nicht genausoviel Zeit verlieren werden. Der Fall David Dennis wird in drei Wochen definitiv abgeschlossen sein, haargenau an dem Tag des Mordes an Candice. Ein schönes Jubiläum! Aber wenn es Stoff für Ihr Buch liefert ... Mit der Mutter und der Bibliothekarin jedenfalls werden Sie was für Ihr Geld bekommen, das einzige, was Ihnen dann noch für Ihre Frauen von Golgatha fehlt, ist Heather Heath, die Dritte im Bunde!

Er war voller Ironie, und ich weiß nicht, was mich mehr schockierte: daß er Witze über das Bevorstehende machte oder daß er mein Schreiben zur simplen Dokumentation herabwürdigte. Ich war auf die gleiche Art verletzt wie jemand, den man dazu zwingt, ein Geheimnis preiszugeben, das man hinterher gegen ihn selbst verwendet. Ich hatte die ewig wiedergekäute Frage: »Woran arbeiten Sie?« ehrlich beantwortet, indem ich die Frau beschrieb, die sich schminkt, um einer Hinrichtung beizuwohnen. Dieses Bild, durch Richter Edward jetzt Wirklichkeit geworden, hatte mich in den Todestrakt geführt und zwang mich jetzt dazu, zu irgendwelchen Unbekannten zu eilen, die am Telefon weinten. Jeder einzelne, den ich kennengelernt hatte, hatte das Buch, an dem ich schrieb, an sich gerissen und schrieb es durch mich hindurch weiter, führte mir die Hand und bestimmte das Tempo, das ich nicht mehr kontrollierte. Sie sahen voraus und steuerten, was ich sagen würde. Sie machten mein Buch an meiner Stelle, und ich verstand nicht, was sie mich da schreiben ließen.

Ich wollte meinen eigenen Rhythmus zurückerobern, mit der gleichen schmerzhaften Anstrengung, die man macht, um wieder in einen Traum zurückzukehren, nachdem man brutal aufgeweckt wurde. Ich wußte aus Erfahrung, daß einem das nie gelingt und daß der unterbrochene Traum starr stehenbleibt und einen heimsucht, gerade weil er unfertig ist. In seltenen Fällen, wenn es einem gelang wieder einzuschlafen, bastelte man an einer schlecht gestrickten Geschichte weiter, die niemals die jenseits aller Logik liegende Kohärenz ihrer ersten Version besaß. Ob der Literaturprofessor Philip das wohl verstehen konnte?

Was mir ebensowenig gefiel, war, daß er sich den Ausdruck von den Frauen von Golgatha angeeignet hatte, den ich selbst nur ganz selten benutzte und nie anders, als ihn höchst anstößig findend; ich hatte das schmerzhafte Gefühl, damit eine Grenze zu überschreiten, wie jedesmal, wenn ich es wagte, einen religiösen Gedanken mit einer trivialen Realität in Verbindung zu bringen. In Philips Mund war »Frauen von Golgatha« nicht einmal ein Sakrileg. Indem er es besonders salbungsvoll aussprach, machte er etwas Lächerliches und Aufgeblasenes daraus, das mich umso mehr traf, als die Begegnung mit David Dennis in mir das skandalös Religiöse dieses Bildes erneut wachgerufen hatte.

Die Erscheinung von David Dennis im Glorienschein der schlechten Beleuchtung des Sprechzimmers, sein wundersames Lächeln waren an sich schon erschütternd gewesen. Aber das Todesurteil, das trotz seiner behaupteten Unschuld über ihm schwebte, der Kreuzweg, den diese langen Jahre im Todestrakt bedeutet hatten, rechtfertigten in meinen Augen vollkommen, daß die Frauen, die ihn begleiteten, eben genau dies waren: Frauen von Golgatha.

Wir fuhren noch immer, vorbei an Baumwollfeldern, die zu dieser Jahreszeit von dürren Bäumchen bedeckt waren, die in lauter weißen Kugeln zu explodieren schienen. Die ganze

Legende des Südens lag in diesem Bild. Die Tabakplantagen, die Baumwolle, aber keine Sklaven mehr auf den Feldern, es war eine Maschine, die die flauschigen Bäusche aberntete. Ich entdeckte die Allgegenwart der Baumwolle mit ihren so weichen Bäuschen an ihren so harten Zweigen und ihrem trockenen Laub, das einem die Hände verletzt. Ich erinnerte mich an die riesigen und schweren Ballen, die von Frauen, die Taschentücher auf dem Kopf trugen, bis in den Abend hinein durch die Hitze des Südens getragen wurden. Ich wußte von der Tradition, Flaschen in der Erde zu vergraben, um sie ein wenig kühl zu halten, und des wassergefüllten Zubers, den der Herr auf einem Wagen schicken ließ, um die Frauen zu tränken. Hier jedoch, hier gab es nur eine Maschine, die arbeitete, und weil ich die Baumwolle sah, kam mir auch der ganze Rest wieder in den Sinn, und ich verstand den Süden, so wie er war. Den Süden, nicht Amerika, denn ich war von Beginn an in die Irre gegangen, indem ich mir hier ein Bild von Amerika machen wollte. Es gab hier nur den Süden, den immerwährenden, unsterblichen, unbeugsamen Süden. Den Süden, einzig in seiner Art und abgefallen von Amerika.

David Dennis hatte mir die altüberkommene Einsamkeit des Südens deutlich gemacht, sein neurotisches Funktionieren, das mit seinem Haß auf den Norden zusammenhing. Wer aus dem Norden kam, wurde noch immer als Yankee behandelt, mit derselben Verachtung wie früher. Und die Konföderiertenflagge, die überall die amerikanische ersetzte, war mehr als nur regionales Wahrzeichen. Sie sprach aus, daß das Land sich erinnerte, daß es seine Niederlage nicht akzeptiert hatte. Der Gouverneur von Virginia benutzte die Todesstrafe im Wahlkampf, indem er weitere Hinrichtungen versprach, um den Steuerzahler zu entlasten. Es gab keine Sklaven mehr, aber es blieben noch genug Fremde, um die Schulden zu begleichen.

Es wurde dunkel, als wir nach North Carolina kamen. Wir

fuhren an der Küste entlang, ohne das Meer sehen zu können. Der endlose Strand von Nags Head war von Holzhäusern gesäumt, die der Orkan zertrümmert und wie Streichhölzer in der Gegend verstreut hatte. Wir fuhren in einen wüst aussehenden kleinen Ort, dessen Läden mit heruntergelassenen Eisengittern geschützt waren. Alte Immobilien-Werbeplakate, Fastfood, Aquarium, Surferbedarf. Wie überall, und ebenso enttäuschend wie überall. Das Motel stand am Strand. Aus Stein gebaut, hatte es dem Unwetter standgehalten. Es sah aus und roch wie jene Seelenverkäufer, die nur noch von ihrer dicken Schicht Ölfarbe zusammengehalten werden, bei deren Geruch einem übel wird. Ein paar Autos auf dem Parkplatz, Jeeps, Lieferwagen, Geländewagen mit Angeln auf dem Dach.

– Und? fragte mich Philip.

Ich war bereits ausgestiegen. Ich hatte meine Seite gewählt. Ich wollte, daß er verschwand.

– Vergessen Sie nicht die Akte, sagte er und hielt mir den dicken braunen Umschlag hin.

9

Wie versprochen, erwarteten sie mich. Sie öffneten mir auf der Stelle. Sie standen eine hinter der anderen, Rosario auf der Schwelle, Martha ein Stück dahinter, zwischen den Betten. Sie war es, die mir zuerst auffiel. Über ihr Gesicht lief diese wohlbekannte, aber nicht zu greifende Familienähnlichkeit, die so fließend ist, daß man sie unmöglich Gesichtszug für Gesichtszug nachprüfen kann, und die man völlig aus den Augen verliert, sobald man versucht, die beiden Gesichter nebeneinander zu stellen, um sie eins mit dem anderen in Verbindung zu setzen. Nur daß ich das Gefühl hatte, in das Gesicht von David Dennis zu sehen, so wie er mir einige Stunden zuvor im Sprechzimmer erschienen war, bevor man, wie eine Szenenbeleuchtung, die Lampe über seinem Kopf einschaltete. Martha befand sich in einem dämmrigen Gegenlicht. Hinter ihr war nur noch der glimmende Lichtkreis des Meeres. Rosario schaltete die Deckenlampe ein, und ich verlor das Gesicht von David Dennis.

Martha sah mich mit ergriffener Intensität an, als würden meine eigenen Züge gleich das Gesicht ihres Sohnes widerspiegeln. Sie prüfte mich eingehend mit ihren Blicken, ohne mich zu sehen. Sie befragte meine Augen, meinen Mund, meine Hautfarbe. Später sagte sie mir, sie habe mich extrem blaß gefunden, und diese Blässe habe schon ausgereicht, sie in Verzweiflung zu stürzen.

Ich wagte nicht, mich zu rühren oder etwas zu sagen. Ich benahm mich wie in einem Trauerhaus: schweigsam und gezwungen, voller Angst, durch meine simple Anwesenheit die Wunden aufzureißen. Ich ließ jegliches Lebenszeichen erlöschen, erstickte meine Bewegungen im Keim, verschattete meine Blicke. Ich versuchte zu vergessen, daß sie seit zehn Jahren in Trauer waren – ein Jahr Prozeß, neun Jahre Todeszelle – und daß die Wunde seit zehn Jahren bei jeder Gelegenheit aufriß, zu jeder Stunde, mit jedem Wort. Sie waren zu oft in Alarmbereitschaft, zu oft enttäuscht und am Boden zerstört gewesen, als daß meine Anwesenheit ihre Verzweiflung noch irgend hätte verschlimmern können. Ich sagte:

– Es geht ihm gut. Er hat mir gesagt, ich solle Ihnen ausrichten, daß es ihm gutgeht und daß Sie sich keine Sorgen machen sollen. Er hat mir gesagt, ich solle Ihnen ausrichten, daß er in guter seelischer Verfassung ist.

– Ja aber Sie, fragte Rosario, was für einen Eindruck haben Sie?

– Gut, erwiderte ich, sehr gut. Er war gut gelaunt, sehr ruhig. Und an Martha gewandt, fügte ich hinzu: Ich fand ihn charmant.

Bereits jetzt verschwieg ich seine beunruhigende Blässe, seine übertriebene Schlankheit und, was mir am meisten aufgefallen war, seine geschwollenen und roten Hände.

– Wie sind seine Haare? fragte Martha.

Ihre Hand, die sie mir entgegenhob, deutete eine streichelnde Geste an, als wolle sie eine Strähne in Ordnung bringen oder mein Haar sanft nach hinten streichen.

Seine Haare? Daran erinnerte ich mich nicht. Ich strengte mich an, um mir ins Gedächtnis zu rufen, was er für Haare hatte. Ich hatte sie nicht beachtet. Erst Archivphotos würden mir später zeigen, daß David Dennis blond war. Während unserer gesamten Unterhaltung hatte er eine Mütze getragen, die orangene Mütze der Todeskandidaten, tief in die Stirn gezogen und den Schirm hochgeklappt, wie es Mode war. Er hatte sie nicht abgenommen.

– Er hatte eine Schirmmütze auf, antwortete ich Martha.

Über die Farbe äußerte ich mich nicht. Ich wollte sie nicht an die Todesfarbe erinnern. Schließlich mochte es sich, einfach so dahingesagt, ebensogut um eine Baseballkappe handeln, irgendetwas, das ihm gehörte, etwas ziviles, das er eingetauscht oder gekauft hätte, um ein wenig Abwechslung zu haben.

Rosario sagte mir, mein Anruf hätte sie beunruhigt. Seit das Hinrichtungsdatum in der Presse veröffentlicht worden sei, erhielten sie viele Anrufe von Journalisten, die sie interviewen wollten, oder von Autoren, die ihre Geschichte aufschreiben wollten.

– Schweine, sagte sie. Zehn Jahre lang wollten sie uns nicht vorlassen, und jetzt drängeln sie sich, aber es ist zu spät.

Sie klärte sie darüber auf, daß die Rechte an der Geschichte von David Dennis exklusiv an Heather Heath verkauft worden seien. Dann wies sie ihnen die Tür.

Ich wiederholte, daß mir nichts ferner läge als der Wunsch, die Geschichte eines zum Tode Verurteilten zu erzählen, von dessen Existenz ich ein paar Stunden zuvor noch nichts gewußt hatte. Die wie eine Heimsuchung auf mir lastende Gegenwart von David Dennis und jetzt dieser beiden Frauen versetzte einem vagen Projekt den Gnadenstoß, an dem ich nur deshalb gehangen hatte, weil es einen sehr intimen, ja fast geheimen Zusammenhang mit meiner eigenen Geschichte besaß. Schreiben heißt, sich die Realität vom Halse zu schaffen. Hier aber nahm das Wirkliche einen derartigen Raum ein, daß es mich daran hindern würde, irgendetwas zu schreiben.

– Ich bin keine Journalistin, glaubte ich noch präzisieren zu sollen, und ich kann auch nur über Leute oder Ereignisse schreiben, die ich erfunden habe.

Angesichts von Rosario und Martha streckte ich die Waffen. Ich war eine Schriftstellerin, die nicht schreiben kann, ein Skorpion ohne Stachel, eine Schlange ohne Gift. Ich stellte meine Harmlosigkeit unter Beweis, und vor allem kam ich nicht Heather Heath in die Quere, die als gute Journalistin, die sie war, aus David Dennis unter dem Vorwand, die Wahrheit ans Licht zu zerren, den Helden eines packenden Romans machen würde.

Ich weiß nicht, ob meine Beteuerungen Rosario beruhigt hatten. Sie blieb wesentlich angespannter als Martha, die im Lauf der Zeit von all den Emotionen besänftigt, fast verweichlicht worden war. Ich erzählte, daß ich erst seit einer Woche in Virginia war, aber seit sechs Monaten in den Staaten lebte. Vorher hätte ich mich in Kansas aufgehalten. Dann hatte man mich als Fellow-Schriftsteller von Rosebud ausgewählt. Bei diesen Worten erstarrten sie. Ich lenkte ab, erzählte von Professor Philip, sie konnten sich nicht an ihn erinnern. Dann mußte ich den Namen Richter Edwards aussprechen. Sie waren fassungslos.

– Das heißt, meinte Rosario, Sie haben eine Gehirnwäsche bekommen. Edward hat nämlich bei dieser Geschichte das Urteil gesprochen, ein ungerechtes Urteil, bei dem er sich mit allen Mächtigen von Virginia in Einklang befand. Er war es, der David zur Höchststrafe verurteilt hat. Und zum Dank thront er jetzt über ganz Rosebud.

Sie täuschte sich, ich wußte nichts über David Dennis, und bevor ich ihn kennenlernte, hatte ich nicht einmal gewußt, ob er schwarz oder weiß war, alt oder jung. Ich hatte nicht einmal wissen wollen, wessen er überhaupt beschuldigt worden war. Ich hatte nicht einmal seine Akte geöffnet.

– Ein Lügengespinst, ein infames Lügengespinst, wiederholte Rosario, ein entsetzliches Komplott. Und alle hängen sie drin.

Daß ich David Dennis hatte besuchen dürfen, schärfte ihr Mißtrauen noch zusätzlich, denn selbst Heather Heath persönlich hatte dieses Privileg nicht gehabt. Ohne Richter Edwards Eingreifen konnte überhaupt niemand drei Wochen vor seiner Hinrichtung einen zum Tode Verurteilten treffen. Ich stritt es nicht ab, tatsächlich war er es gewesen, der mir diese Erlaubnis verschafft hatte.

Rosario verdächtigte Richter Edward, er wolle, indem er mich dazu überredete, ein Buch über David Dennis zu schreiben, mittels einer allerletzten Manipulation Heather Heaths Enthüllungen konterkarieren. Damit waren wir wieder da, wo wir angefangen hatten. Erneut stand ich unter Verdacht, ihnen schaden zu wollen. Und während ich noch versuchte, wieder ein wenig Ruhe in diese verfahrene Situation zu bringen, indem ich sagte, ich könne mir Richter Edward nicht in einem derartig verwinkelten Plan vorstellen, mein Besuch in Greenleaves habe sich aus einer Diskussion heraus ergeben, in der ich standhaft meine Gegnerschaft zur Todesstrafe behauptet hätte, fiel mir ein, daß ich den ominösen braunen Umschlag in den Händen hielt, der Blatt für Blatt von Richter Edward zusammengestellt worden war.

10

WENN ICH DIESE NACHT IN NAGS HEAD GEBLIEBEN BIN, dann deshalb, weil es unmöglich war wegzukommen. Rosarios Mißtrauen und Marthas Enttäuschung schienen endgültig zu sein. Sie nahmen es mir zutiefst übel, ihnen nicht gesagt zu haben, auf welchem Weg ich zu ihnen gekommen war, nämlich über Rosebud und Richter Edward, was eine perfekte Komplizin der gegnerischen Partei aus mir machte. Sie hatten mich im Verdacht, anstatt ihre letzten Anstrengungen zu seiner Rettung mit ihnen zu teilen, um jeden Preis die Geschichte Davids an mich raffen zu wollen und mich wie ein Kuckuck in ihrem Leben einzunisten, um meinen Roman mit allem, was sie tun oder sagen würden, zu füttern. Und was mich betraf, so verwirrte die Präsenz dieser beiden feindseligen Frauen das Bild, das ich von David Dennis im Kopf hatte. Er war so viel besser als die beiden, so viel feiner gestrickt und intelligenter. Mit ihrem permanenten und verzweifelten Plädoyer schadeten sie ihm eher.

Ich bezog das Zimmer, das sie mir neben ihrem eigenen zurechtgemacht hatten, zwischen der Außengalerie, die auf den Parkplatz ging, und einem Balkon mit Meerblick. Ich hatte nur eine Tasche dabei, den Paß, eine Kreditkarte und ein paar Dollar, und ich trug die Kleider, die ich mir morgens für meinen Spaziergang durch Rosebud und ein paar Schwimmzüge in Virginia Beach angezogen hatte: einen Badeanzug, ein Leinenkostüm und Sandalen. Ich führte das Ritual ein, das ich von nun an jeden Abend begehen würde: meine Kleider im Waschbecken waschen, in einem Handtuch auswringen und sie dann zum Trocknen vor den Airconditioner hängen.

Ein Getöse heiserer und schriller Schreie weckte mich auf.

Als ich den Vorhang beiseite zog, sah ich nicht den Strand, sondern eine erschreckende Ansammlung von Vögeln, die den Sand zwischen Motel und Meer bedeckten und starr in Richtung unserer Balkone blickten. Die Schiebetür meiner Nachbarinnen öffnete sich, und eine Hand warf Brotstücke hinaus, um die die Vögel sich im Flug stritten und die sie einander aus dem Schnabel rissen. Angesichts von so viel Verbissenheit und einer durch die schiere Menge potenzierten Gewalttätigkeit, zog ich den Vorhang wieder zu. Dann zitterte das Glas unter einem dumpfen Schlag von solcher Härte, daß ich glaubte, das Fenster sei in tausend Stücke zerplatzt.

Eine der jagenden Möwen war auf den Balkon geprallt, ihre Flügelspannweite hinderte sie daran, wieder aufzufliegen. Ihre Flügel schlugen gegen das Fenster, sie stieß einen durchdringenden Schrei aus, der andere Vögel herbeilockte, die sich auf dem Geländer niederließen. Sie verteidigte sich mit ihrem großen gelben krummen Schnabel, hackte auf alles ein, was sich näherte, ihre Flügel ausgebreitet wie einen großen Fächer. Ihr blasses, kaum grün getöntes Auge blinzelte nicht. Ein Handtuch wäre zu klein gewesen, sie damit zu umwickeln, ein Laken zu dünn. Ich ergriff die Tagesdecke und legte sie über den Vogel, zog die Enden zusammen und verknotete sie. Ich hatte nicht erwartet, daß die Möwe so schwer wäre. Ich ließ sie los, hüllte sie noch einmal ein. Ich schaffte es, sie hochzuhieven, und stieß sie vom Balkongeländer hinab, warf sie zu ihren Artgenossen, die in wütendes Geschrei ausbrachen.

Vom Nebenbalkon sah Rosario mir zu. Sie war eine ausgedörrte kleine Frau mit pechschwarzem Haar und Augen, die beinahe so farblos waren wie die der Möwe. Sie hatte mich während der ganzen Aktion wortlos und ohne eine Geste beobachtet. Es mußte ihr klargeworden sein, bis zu welchem Grad es mir widerlich war, den Vogel anzufassen, den sie noch vor wenigen Minuten angelockt hatte. Ich schüttelte mich immer noch vor Ekel, das Gefieder berührt zu haben, und schlimmer noch, meine Finger in das dichte, ölige Federkleid des Reptilienhalses versenkt zu haben. Sie hatte genau gesehen, daß ich die Möwe nicht befreit, sondern sie weggeworfen hatte, um sie vom Halse zu haben, und nur in meinem Abscheu die Kraft gefunden hatte, sie zu packen und wegzuschleudern.

– Sie haben Mut, sagte sie zu mir.

Das war ein Zeichen, beinahe eine Anerkennung. Rosario ähnelte einem Vogel. Sie besaß jene kropfige, geschwollene Ausgedörrtheit von Frauen, die nicht mehr jung sind, und, wie ich später noch sehen sollte, extrem magere, sehnige Beine mit schuppiger Haut. Was mich aber in diesem Moment am meisten faszinierte, war, daß sie, trotz ihrer Möwenaugen, das schwarze Gefieder der Raben besaß, die sich unter die Seevögel mischten, um ihnen ihre Beute zu stehlen. Dieses Bild ging mir so nach, daß ich nicht mehr an sie dachte, sondern an die Raben, die man in jedem Winkel der Welt trifft, wie das vertraute Zeichen universeller Lebenskraft. Die Exemplare von North Carolina waren sehr groß und kräftig gebaut, mit breiten Schultern.

Martha tauchte hinter Rosario auf, mein Herz schlug heftiger. Ich konnte die Familienähnlichkeit, die mir am Vorabend in die Augen gesprungen war, nicht mehr wiederfinden. Im Tageslicht trennten die Gesichter von Mutter und Sohn sich, schieden sich strikt voneinander. Die Ähnlichkeit hatte sich aufgelöst oder war verloren gegangen, ich fand sie nur augenblicksweise wieder, wenn ich nicht danach suchte, vor allem wenn Martha lächelte, denn David Dennis hatte mich viel angelächelt. Wir blieben jede auf die Brüstung ihrer Loggia gelehnt stehen und sahen den Vögeln zu. Rosario verursachte noch einmal ein wildes Geflatter, indem sie ein Stück Croissant in die Luft warf. Ein Geländewagen, der über den Strand gefahren kam, scheuchte das gesamte Federvieh weg. Ein Angler steckte seine Ruten in den Sand, und gemeinsam mit allen Vögeln, die sich mittlerweile rund um ihn herum niedergelassen hatten und auf Fisch warteten, sahen wir ihm zu.

– Wollen Sie eine Tasse Kaffee? fragte Martha und hielt mir einen Becher hin. Das war der Friedensvertrag.

Martha und ich tranken unseren Kaffee, aufs Meer blikkend, ohne einander anzusehen, eine neben der anderen, ohne uns zu berühren, so wie ich erst am Vortag mit David Dennis geredet hatte, ohne ihn zu berühren. Contact or no contact? hatte die letzte Schließerin mich gefragt, nach einer soundsovielten Tür, einer soundsovielten Leibesvisitation. Aus den Augenwinkeln hatte ich flüchtig das Einzel-Sprechzimmer gesehen, zwei einander gegenüberstehende Korbstühle zu beiden Seiten eines niedrigen Tisches. No contact hatte ich mit aller Entschiedenheit, zu der ich mich aufraffen konnte, geantwortet, und mich rasch in die Gegenrichtung des kleinen Raumes bewegt, um mich in einer Glaskabine einschließen zu lassen. Ich wollte mich absichern, außen bleiben, den Häftling nicht berühren, damit es mir später leichter fiele, ihn wieder zu vergessen.

Ich wußte nicht, daß wir, sobald in der Kabine gegenüber das Licht angegangen wäre, sobald David Dennis die Box betreten hätte, sobald wir jeder auf seiner Seite der rahmenlosen Scheibe unseren Hörer abgenommen hätten, uns ganz instinktiv einander zuneigen würden, um uns besser hören zu können. Ich wußte nicht, daß wir für die ganze Dauer unseres Gesprächs Wange an Wange, Schulter an Schulter sitzen würden, nur eben durch die Dicke der Glasscheibe voneinander getrennt. Ich zog es vor, seine Stimme durch die Scheibe hindurch zu hören, anstatt durchs Telefon, das sie unwirklich klingen ließ, als käme sie vom anderen Ende der Erde, wo ich doch sah, wie die Worte sich auf seinen Lippen formten.

Ich stand gegen das Mäuerchen gelehnt, das die beiden Balkone voneinander trennte, Hüfte an Hüfte mit Martha. Als ich mich von David Dennis verabschiedet hatte und ihn wie einen Freund, dem ich Hilfe und Schutz schuldete, fragte, was ich für ihn tun könne, und auch, was ihm hinter all dieser gepanzerten Durchsichtigkeit, diesem allgegenwärtigen Plexiglas am meisten fehle, hatte er gesagt: »Kontakt«. Seit zehn Jahren war er jetzt gefesselt und angekettet, seit zehn Jahren berührte ihn niemand mehr, außer um ihn an- oder loszuketten. Ich hätte ihm diesen Kontakt gewähren können, es hätte genügt, daß ich zu Anfang darum gebeten hätte, jetzt war es zu spät dazu, und niemand würde ihn mehr berühren.

Vielleicht hatte er mir gegenüber von Kontakt gesprochen, weil er wußte, auf dem laufenden noch über das letzte Detail der Hausordnung wie er war, daß ich und nicht etwa die Verwaltung das kleine Zimmer abgelehnt hatte. Womöglich legte er es darauf an, daß ich ein schlechtes Gewissen bekam. Im Bemühen, die ganze Sache vernünftig zu betrachten, sagte ich mir, daß die Sessel dort nicht einfach so in die Gegend gestellt sein konnten und daß es zweifellos unmöglich gewesen wäre, sie zueinander zu schieben. Ich wüßte nicht, wie ich ihn dann hätte berühren wollen, denn »Kontakt« bedeutete hier nicht etwa, daß man die Hand eines Kranken oder Sterbenden in die seine nahm und bis zum Schluß festhielt oder sie streichelte oder ihm einen letzten Abschiedskuß gab. Wenn ich die Vorsichtsmaßnahmen für eine Begegnung »ohne Kontakt« betrachtete, mit einem Wachmann, der über die ganze Dauer des Gesprächs in seinem Rücken stand, und einem anderen in meinem, der hin und herging und dessen Schatten ich auf der Scheibe sah, manchmal so dunkel, daß er David verdeckte, dann konnte ich mir denken, daß man uns in dem falschen Wohnzimmerchen noch viel strenger getrennt, überwacht und abgehört hätte. Wir hätten uns nicht anders unterhalten können als steif dasitzend, die Zähne nicht auseinander bekommend und voller Angst, irgendetwas in unserer Haltung könne die sprungbereiten Wachhunde aufschrecken. Ich hatte ihn nicht berührt, aber wir hatten uns, jeder auf seiner Seite der Glasscheibe, aneinandergeschmiegt. Er hatte die Wärme meiner Wange nicht spüren können, aber ich fühle noch immer die Kälte der Scheibe, und das erinnert mich daran, wie nahe er mir war.

II

ICH FRAGTE SIE, WIE LANGE SIE HIER SCHON LEBTEN.

– Einen Monat, antwortete Martha. Seit dem Orkan.

Sie wohnten praktisch alleine hier in diesem Etablissement, sah man von den durchreisenden Anglern und den Versicherungsagenten ab, die kamen, um die Schäden aufzunehmen. Das Motel berechnete einen Sonderpreis, aber dafür war alles geschlossen, kein einziger Laden, kein Geschäft war mehr offen. Sie kauften ihre Lebensmittel an der Tankstelle, wo man auch Eis und Zeitungen bekam.

– Es ist ein guter Stützpunkt hier, erklärte Rosario. Wir sind dicht an Virginia dran, zwei Stunden von David entfernt, falls irgendein Notfall eintritt, und dabei doch nicht in Norfolk, wo wir gewohnt haben und jetzt, wo das Hinrichtungsdatum bekanntgegeben wurde, mitansehen müßten, wie die ganze Grausamkeit und der Haß der örtlichen Bevölkerung wieder hochkochen wird, wie damals während des Prozesses.

– Wir haben ein ziemlich unstetes Leben geführt, fügte Martha hinzu. Wir waren da und dort, sind nie irgendwo geblieben. Jetzt ist die Reise zuende. Ich wollte, ich müßte nie mehr einen Schritt tun.

Da hatte ich zum ersten Mal eine Vision davon, wie mein Leben an ihrer Seite aussehen würde, mit all den endlosen Wartezeiten, dem bleiernen Schweigen. Früh aufstehen, früh ins Bett, an einem Strand in der Nachsaison, abgeschnitten von der Außenwelt, den Blick auf das dunstige Meer gerichtet, auf irgendeine Abwechslung hoffend, einen Seevogel oder einen Angler, während dort unten, wenige Kilometer entfernt, das Leben, den Tod auf den Fersen, immer schneller ablief. Zwei Zeitparallelen, die sich nicht schnitten, Zeitempfindungen, die nicht aufeinander paßten. Ich war in eine Geschichte geraten, die jedermann zu fälschen versuchte, indem er sie mir auf seine Weise erzählte. Von jetzt an war ich gezwungen, alles aus dem stahlbetonhaften Schweigen Rosarios herauszubrechen, und in Marthas Tränen nach der Quelle ihres Kummers zu forschen.

– Ich bin froh, sagte Martha zu mir, daß Sie Französin sind.

Sie war gegen Ende des Krieges in Frankreich geboren worden, als Tochter einer normannischen Mutter und eines amerikanischen Vaters, eines GI, präzisierte sie. Ihre Mutter war mit ihr nach Amerika gegangen, als sie sieben Jahre alt war. Als sie den Kriegshelden endlich aufgetrieben hatten, hatte der bereits ein neues Leben begonnen. Er war verheiratet, ein Familienvater mit drei kurz geschorenen Jungs. Er hatte zwanzig Kilo zugenommen und führte ein Haushaltswarengeschäft in Kansas. Er hatte ihnen ohne Bitterkeit, aber mit einer trägen und schwerfälligen Entschiedenheit gesagt, »daß er nichts für sie tun könne«. Mit Hilfe der »Erlösung«, der karitativen Organisation, die ihre Reisekosten übernommen hatte, hatten sie in Amerika bleiben können.

– Mein eigentlich Name ist Denis, sagte sie, und daraus ist dann in der Amerikanisierung Dennis geworden.

David trug nicht den Namen seines Vaters, sondern den seiner Großmutter.

– Ich hab immer gesagt, ich würde eines Tages wieder nach Frankreich zurückgehen. Das war unser Projekt, meines und Davids, bevor das alles begonnen hat, aber dann hatten wir nie Zeit und auch kein Geld, und jetzt ..., sagte sie mit einem Anflug von Verzweiflung, jetzt werden wir alle hier sterben, das ist sicher. Ich habe auch gar keine Erinnerungen, fügte sie noch hinzu, als wolle sie mich darum bitten, ihr welche zu schenken. Zum vierzehnten Juli kaufte meine Mutter Champagner, und wir haben Lieder von Edith Piaf gesungen.

Ihre Mutter sprach Französisch, Martha hatte es lange genug praktiziert, um es lernen und dann in Kursen, die die »Erlösung« gab, lehren zu können. David aber war es nie gelungen, es zu sprechen. Er hatte das Französisch seiner Herkunft verloren, verlegt, vergessen. Die Anstrengungen Marthas und seiner Großmutter, ihn ins amerikanische System zu integrieren, hatten ihm keine Chance gelassen, es wirklich kennenzulernen. Er sprach es noch schlechter als der letzte Schwarze aus der letzten Integrationsklasse, in der das Wahlfach Französisch ein paar Bonuspunkte brachte. Das einzige, wozu seine Französischkenntnisse ihm gedient hatten, war, die Kunden zu bluffen, als er als Kellner gearbeitet hatte, indem er wie ein schlechter Synchronsprecher »Salade niçoise!« oder »Ratatouille provençale!« sagte.

Dabei war er ein aufgeweckter Schüler gewesen, erinnerte Martha sich voller Bedauern. Im letzten Jahr der Grundschule hatte er einen Wettbewerb einer Zeitung gewonnen, und zwar mit einem Aufsatz, den Martha für ihn getippt hatte: »Mut und Bürgersinn«. Er hatte darin die etwas ins Großartige ausphantasierte Geschichte seines Großvaters erzählt, der ausgezogen war, die Franzosen zu retten. Nichts fehlte an der Legende. Die Großmutter hatte die Geschichte, die sie nicht müde wurde, ihm immer wieder einzutrichtern, Wort für Wort diktiert. Die Zeitung hatte sein Photo veröffentlicht. Martha hatte ihm ausführlich die Haare gebürstet und etwas Pomade hineingeschmiert, um eine lange blonde Strähne auf seiner Stirn plazieren zu können. Der pomadeglänzende, krawattentragende kleine Junge hielt in seiner Hand die mit einer roten Schleife umwickelte Urkunde, die der Gouverneur persönlich ihm überreicht hatte.

Später ertrug er es nicht mehr, dieses Photo in der Wohnung seiner Mutter prangen zu sehen, und legte es jedesmal, wenn er vorbeikam, mit dem Bild nach unten auf den Tisch. Dieses Photo war die schlimmste Erinnerung seines Lebens, denn es hatte all seine neugewonnene Berühmtheit kaputtgemacht. Um seinen Ruhm unter Beweis zu stellen, mußte er nämlich das Bild vorzeigen, auf dem er schlimmer zurechtgemacht war als ein Mädchen. Und jedesmal wich die Bewunderung des Betrachters lautem Gelächter: »Wie du da aus der Wäsche schaust!«

»Dabei warst du so süß«, entgegnete Martha. Er äffte sie nach, um sich über sie lustig zu machen: »Dabei warst du so süß!« Es ging um Mut und Heldentum, und das einzige, was ihr dazu einfiel, war »süß«, »Engelshaar«, »Locken wie ein Mädchen«, »blond wie ein Püppchen«.

– Wissen Sie, sagte Martha, unser Verhältnis war immer schwierig. Es hat nichts mit fehlender Liebe zu tun, nein, eher mit zuviel Liebe. Als Mama noch da war, hat sie den Puffer zwischen uns gebildet. Aber nach ihrem Tod gab es nichts mehr, was uns voreinander beschützt hätte.

Ihre Beziehung hatte sich derart vergiftet, daß sie einander nicht mehr ertrugen. Das Gefängnis änderte daran nichts, jeder langerwartete Besuch endete mit immer heftigeren Ausbrüchen.

– Zum Schluß bin ich gar nicht mehr alleine hingegangen, sagte Martha, Rosario hat mich immer begleitet.

Zwischen zwei solchen Auseinandersetzungen rief sie sich immer wieder zur Vernunft, und, was sie betraf, schlief der Streit ein. David dagegen blieb stur. Sie kam ihn voller Vorfreude wieder besuchen, und dann, binnen weniger als zehn Minuten, sagte sie etwas Falsches. Der letzte Zusammenstoß, infolgedessen sich die Türen von Greenleaves für sie schlossen, hatte damit begonnen, daß sie sich erstaunt darüber äußerte, daß David eine Mütze trug, das heißt, wie er sie trug, so tief in der Stirn und den Schirm nach unten gezogen. Sie hatte ihn gebeten, sie doch gerade auf den Kopf zu setzen, oder besser noch, sie gleich abzunehmen, damit sie sein schönes Haar sehen könne. Aber sein schönes Haar hatte man ihm am Vortag abrasiert, und die Mütze trug er, um den scheußlichen Anblick zu verbergen. »Dein schöner Kopf«, hatte sie zu sagen für nötig befunden, »dein schöner Kopf.« Da hatte er angefangen zu brüllen. Man hatte den Wutentbrannten wegschleppen müssen. Was muß man eigentlich tun, um dir klarzumachen, daß er kein Kind mehr ist, sondern ein Mann, hämmerte Rosario ihr ein, ein Mann, der zum Tode verurteilt ist! Aber genau das ging ihr nicht in den Kopf. Sie wimmerte. Es ging ihr nicht in den Kopf.

Offensichtlich gefiel es Rosario nicht, daß Martha mir den Zwischenfall beschrieben hatte, der ihren Besuchen ein Ende gesetzt hatte. Martha entschuldigte sich, was sie da über die Mütze gesagt hatte, hatte sie aus Zärtlichkeit gesagt, um David daran zu erinnern, wie eng sie beide verbunden gewesen waren. Sie hatte ihn doch nicht provozieren wollen. Er hätte nicht so eine Szene machen dürfen.

Nur für ihre eigenen Ohren bestimmt, das Kinn auf die Brust gedrückt, fügte sie leise hinzu, daß sie Angst vor jedem dieser Besuche gehabt hatte. Kein einziger von ihnen war positiv verlaufen. Jedesmal ging sie voller Hoffnung hin und kam am Boden zerstört wieder heraus. Alles ging schief, nur wegen irgendwelcher Kleinigkeiten. Ein Blick, ein Wort am falschen Ort, und sofort stand Davids gesamte Kindheit auf dem Prüfstand und auch die Liebe, die sie ihm gegeben hatte.

– Jetzt, jetzt endlich, sagte sie und breitete in einer brüsken Geste die Arme aus, wie um den Ozean zu umfassen, ist nur noch Raum für die *großen* Dinge! Ihre Bewegung ließ eine der Möwen aufkreischen.

12

Ich fragte, wo der Vater von David wäre. Ob er ihn besucht hätte, ob er beim Prozeß dabei gewesen wäre und sich jetzt um ihn kümmere.

– Er hat keinen Vater, sagte Rosario, die nicht wollte, daß Martha noch mehr Privates auspackte.

– Er ist sehr gut ohne Vater ausgekommen, fuhr Martha unter dem Geschrei der Möwen fort, die der Angler aufgeschreckt hatte, indem er an einer seiner Ruten einen Fisch einzog. Meine Mutter hat ihm genügt.

Ich verstand, daß der Held von »Mut und Bürgersinn« über zwei Generationen hinweg die Vaterrolle hatte ausfüllen müssen. Großmutter Dennis hatte genügend Zeit gehabt, ihr heroisches Epos auszuarbeiten, um es dann in all seiner Strahlkraft dem kleinen Jungen zu servieren.

– Stammbäume, sagte Martha, sind etwas für Leute, die nicht gelebt haben, die nie herumgekommen sind, die Familienfeste organisieren und sich schreiben und Erbschaften machen und Photoalben. Wir dagegen ... wenn ich auf Davids Geschichte auch noch die meiner Mutter und meines Vaters draufladen wollte ...

– Genug jetzt, unterbrach Rosario sie, die es nicht duldete, daß das Gespräch noch weiterging. Wie oft soll ich dir denn noch sagen, daß die Unschuld keine mildernden Umstände braucht.

– Die Unschuld nicht, nein, erwiderte Martha, aber David schon. Und außerdem hat er eben mildernde Umstände: zunächst einmal mich und dann seinen Erzeuger und seinen Großvater, die beide zusammen auch schon die mildernden Umstände für mich selbst liefern.

Mit dem Gedanken zu spielen, daß David etwa schuldig sein könnte, war hier verboten, vor allem für Martha. Rosario führte die Verurteilung zum Teil auf ihren Mangel an Überzeugung zurück. Zehn Jahre danach wußte die Unglückliche, daß sie, was gewisse Episoden im Leben ihres Sohnes betraf, besser nichts erzählt oder auch nur erwähnt hätte – am allerbesten sich nicht einmal erinnert hätte. Rosario war überzeugt, daß alles, was Martha verbergen wollte, jedermann deutlich wurde, daß sie sich auf die eine oder andere Weise, in einem Zögern, einer verkrampften Handbewegung, mit Tränen verriet und alles offenbarte.

Die totale Gewißheit, die absolute und unzerstörbare Gewißheit Rosarios war das beste Argument zugunsten Davids. Diese Gewißheit hatte am Anfang der Unterstützung Avrahams und seines Vereins gegen die Todesstrafe gestanden, am Anfang der finanziellen Hilfe der Kirchen und des Auftritts von Heather Heath, der Journalistin, die dann lautstark eine Nachuntersuchung des Falls gefordert hatte.

Rosarios absolute Gewißheit hatte mehr und mehr Leute überzeugt und dabei das katastrophale Bild verblassen lassen, das die Presse vom ersten Tag an geliefert hatte. Die Leiche von Candice, die Aussagen über die nächtliche Orgie, die Auffindung von David Dennis, der die Flucht ergriffen hatte und sich in Maryland bei einer ehemaligen Verlobten versteckte, der er die Heirat versprochen hatte, all das wog schwer.

Rosario drehte all das um, nicht etwa, indem sie – worauf ich vergebens hoffte – einen Gegenprozeß initiierte, indem sie die Anklagepunkte einen nach dem anderen ad absurdum führte, sondern ganz einfach, indem sie es einem verbot zu glauben, daß David in den Mord habe verwickelt sein können. Richter Edward hegte keinen Zweifel an seiner Schuld, Rosario besaß nichts als Gewißheiten über seine Unschuld.

Die arme Martha hatte David zugeredet, dem Handel zu-

zustimmen, den Staatsanwalt Benbow vorgeschlagen hatte, der nicht wollte, daß Candices Intimleben in der Öffentlichkeit breitgetreten würde. Sie hatte ihn angefleht, sich schuldig zu bekennen. Er hätte zwanzig Jahre bekommen, von denen er zwölf hätte absitzen müssen. Dann spräche heute niemand mehr von ihm, und Candice wäre eine Jungfrau und Märtyrerin. Er hatte auf stur geschaltet. Blaß und mit glänzenden Augen hatte er sie ganz leise und jedes Wort deutlich artikulierend gefragt:

– Hältst du mich für schuldig?

– Nein, natürlich nicht!

– Wovor hast du dann Angst?

– Vor der Justiz. Wir sind nicht mächtig genug, wir sind nicht reich genug, wir sind hier nicht zu Hause, wir sind ihnen nicht gewachsen.

– Ich bin unschuldig, das sage ich dir jetzt zum letzten Mal.

Aber dann hatte er es ihr doch noch einmal wiederholt, als er Richter Edward auf seine Frage antwortete, ob er auf schuldig oder nicht schuldig plädiere. Er hatte sich herausfordernd seiner Mutter zugewandt, um ihre Augen zu suchen. Sie hatte darin nur Trotz gesehen. Mittlerweile war sie überzeugt, daß sie es gewesen war, die ihn dazu gebracht hatte, sich in diese hoffnungslose Position treiben zu lassen.

Martha wartete nur darauf, daß Rosario ins Badezimmer ging, um mir das ganze Ausmaß ihrer Tragödie zu offenbaren. Ihr gesamtes Leben hatte sich um David gedreht wie um ein entscheidendes Problem, das sie auf jede nur mögliche Weise zu lösen versucht hatte. Sie hatte getan, was sie konnte. In der Schule hatte sie ihn verteidigt wie eine Löwin ihr Junges, und die Psychologin hatte ihr vorgeworfen, statt seiner zu sprechen, statt seiner zur Disziplinarkonferenz zu erscheinen. »Aber er hat doch nur mich!« Die gute Frau hatte in einem Punkt Recht gehabt, es war nicht vernünftig, daß David in der Schule eingeschrieben war, in der seine Mutter lehrte. Martha war überzeugt, daß die »Erlösung« die Rechnung, die sie mit ihr zu begleichen hatte, auf dem Rücken ihres Sohnes ausschrieb. Sie hatte den Rektor aufgesucht und ihm folgende hellseherische Worte gesagt: »Wenn Sie ihn jetzt bestrafen, bestrafen Sie ihn heute, morgen und in alle Zukunft. Weil er mit dem Vermerk, den Sie in seine Akte eintragen, niemals von einem staatlichen College oder einer Universität angenommen werden wird.« Und mit dem, was sie bei der »Erlösung« verdiente, würde sie nie die Mittel besitzen, ihm eine Privatuniversität zu finanzieren.

Er hatte arbeiten wollen, Jobs, »Hiwi-Kram«, wie er sagte. Dann hatte sie seine Heirat mit Janet hinnehmen müssen, dann die Scheidung und sein Verschwinden und jetzt diese Verurteilung, die sie ansaugte wie ein schwarzes Loch. Martha sagte zu mir, wenn sie nicht gezwungen gewesen wäre, ihre gesamte Energie damit zu verpulvern, die vorherigen Unfälle zu reparieren, dann hätte sie vielleicht während des Prozesses noch ein wenig davon übrig gehabt.

Sie erinnerte sich, bei seiner Verhaftung geglaubt zu haben, er würde nur ganz kurze Zeit im Gefängnis verbringen müssen, bis seine Unschuld aufgedeckt werden würde. Sie war gar nicht so unzufrieden gewesen. Recht geschah es ihm, das würde ihm eine Lehre sein, nicht noch weiter auf die schiefe Bahn zu geraten. Endlich würde sie einmal durchatmen können.

Martha stand mir direkt gegenüber, sie weinte vor Wut und Kummer. Sie war wütend auf David, ja sie war wütend auf ihn, weil er sie getäuscht hatte, weil er sie, gegen allen Augenschein, im Glauben gewiegt hatte, er ginge seinen Weg, er wüßte besser als die anderen und vor allem natürlich besser als sie, was gut für ihn war. Sie erinnerte sich, wie erleichtert sie gewesen war, als er sie verließ und nach Maryland ging. Sie hatte diese Abreise mit allen Fibern ihres Seins erhofft. Sie konnte es kaum mehr erwarten, daß es dazu kam. Geh mit Gott, aber geh! Und genau in diesem Moment bekam sie die volle Breitseite der Katastrophe von Virginia ab. Sie war wütend auf ihn, daß er ihr den Eindruck vermittelt hatte, nur sie täte ihm nicht gut, dabei war er es, der der ganzen Welt nicht gut tat.

Aber so etwas wollte Rosario, die auf den Balkon zurückkam, nicht hören und verbot ihr, es zu sagen. Wie, glaube sie denn, hätte er irgendetwas zustande bringen sollen, nach derartigen Verwünschungen? Niemand geht neugeboren aus einer Tragödie hervor, niemand lebt mit dem Fluch der eigenen Mutter auf sich. Und wer seine Mutter verflucht, verflucht sich selbst.

– Das heißt also – Martha sprach ausschließlich zu Rosario –, daß ich auch dafür noch verantwortlich bin, daß ich für alles verantwortlich bin, daß ich für den Mord verantwortlich bin?

– Nein, schnitt Rosario ihr das Wort ab, nein und nochmal nein, denn David ist nicht schuldig.

13

DIE SCHILDERUNG DER KINDHEIT VON DAVID DENNIS, seiner unklaren Herkunft, seines fast schon pathologischen Verhaltens, seines chaotischen Lebenswegs paßte nicht zu dem Eindruck, den der charmante junge Mann auf mich gemacht hatte, der sich gefreut hatte, meinen »so zivilisierten« französischen Akzent in seinem barbarischen Gefängnis zu vernehmen. Sein Charme wirkte umso stärker, als er ihn zurückhaltend einsetzte. Wie ich Rosario, die mir Zahnpasta gebracht hatte, erklärte, war es nicht der Charme eines Eroberers gewesen, sondern etwas Gedämpftes, Beunruhigtes, quasi Verschüchtertes. Letztendlich handelte es sich schlicht um Charisma. Ich hatte das vom ersten Moment an gespürt, sobald seine hochgewachsene Gestalt, von ihren Ketten erlöst, sich wieder frei bewegen konnte, als er an die Scheibe herantrat, die uns trennte, an der Geste, mit der er den Hocker zur Seite rückte und das Telefon nahm, und vor allem an dem hinreißenden Lächeln, das er mir, sofort als er mich erblickte, schenkte.

Jeder auf seiner Seite der Glasscheibe, waren wir beide eine oder zwei Minuten lang vom jeweils anderen verzaubert. Zumindest was mich betrifft, hatte es etwas mit Verzückung zu tun. Ich weiß ganz gut, was an meinem blitzartigen Verliebtsein – denn genau darum handelte es sich – der Situation geschuldet war. Dem langsamen Weg auf ihn zu, den Vorsichtsmaßnahmen, die immer schärfer wurden, je näher ich ihm kam, meiner panischen Angst, mich einem Mörder gegenüber zu finden, der Erleichterung, daß er ganz durchschnittlich war, alltäglich, normal, sodann der Erregung, weil er schön war, sehr schön, intelligent und dazu noch mit dieser Prise Humor versehen, dank derer ich mich rasch entspannte, bereit wurde, den grausamen Ernst seiner Geschichte zu ertragen, anzuhören, im Gedächtnis zu behalten und eine seiner leidenschaftlichsten Verbündeten aus mir zu machen.

Seine Version hatte mich überzeugt. Ich fühlte mit meinem ganzen Körper, wie gefährlich Rosebud war, diese auf Geld und Tradition gebaute Institution mit ihren Verankerungen in der Presse, der Polizei und der Justiz. Wenn Rosebud für David Dennis eine Falle gewesen war, dann war es auch eine für mich. Genau wie David war ich eine Fremde, eine Außenseiterin, ohne Freunde, ohne Geld, gerade einmal gut genug, unter ihrer Kontrolle zu bleiben, zu tun, was sie von mir verlangten, mir jeden Schritt von ihnen vorschreiben zu lassen. Für Rosebud war ich genau wie er eine leichte Beute, etwas, das man sich aneignet, in den Dreck zieht, versklavt und dann wegwirft.

Als ich Greenleaves betrat, interessierte es mich nicht im mindesten, ob David Dennis nun schuldig war oder nicht, derart sicher war ich, daß man ohnehin nur schuldige Leute einschloß. Als ich hinausging, wußte ich, daß er unschuldig war. Es war dringend notwendig, das laut und deutlich auszusprechen. Ich wußte, er war unschuldig. Eine solche Gewißheit läßt sich nicht analysieren, nicht beweisen. Sie hat etwas von einer Offenbarung. Rosario begrüßte das. Sie hatte es mit derselben Intensität gespürt wie ich, sobald sie David vor Gericht gesehen und ihn erkannt hatte. Sie war seinem Charme erlegen. Es war ganz eindeutig, daß er nicht schuldig sein konnte.

David war der Student gewesen, der zu spät zur Voranmeldung für Stone erschienen war. Geldsorgen hinderten ihn daran, seine administrativen Probleme zu regeln, doch wollte er sofort die Bibliothek benutzen. Er wohnte bereits in White Home, in der besten Verbindung von Stone, und arbeitete hart in Virginia Beach, um die Summe zusammenzubekommen, die er als Schulgeld zu bezahlen hatte. Er studierte Jura, doch besaß er eine Bildung und eine lässige Eleganz, die weit über das Niveau der sonstigen Jurastudenten hinausragten.

Rosario hatte sich gefreut, seinetwegen eine Ausnahme von der Regel machen zu können, indem sie ihm einen Bibliotheksausweis verschaffte und einen Computer zuwies. Ja, sie hatte sich darüber gefreut, in diesem Kreis reicher, verwöhnter, satter Studenten diesen einen Studenten wenigstens ein paar Brosamen von all diesen Reichtümern aufsammeln zu lassen, die sie anwiderten. Damals gab es nur rund zehn Studenten, die die Bibliothek benutzten, alles Doktoranden. David Dennis – seinen Namen hatte sie nicht behalten – nahm niemandem etwas weg. Den ganzen Tag über schuftete er am Strand, und abends schlüpfte er dann in die Bibliothek und vergrub sich hinter seinem Bildschirm.

Sie erinnerte sich noch daran, wie stolz er gewesen war, oft der Letzte zu sein. Sie hatte ihm gesagt: »Es wird Zeit, nach Hause zu gehen. Sie arbeiten zu viel.« Er hatte geantwortet, morgen sei sein freier Tag, und das wolle er ausnützen, um mit seinen Forschungen etwas weiterzukommen. Sie hatte zu ihm gesagt: »Dann werde ich Sie mal alleinlassen. Machen Sie beim Rausgehen die Tür zu.« Und draußen, in der warmen Sommernacht, war sie glücklich gewesen, Bibliothekarin zu sein, stolz auf David, auf Stone, auf Amerika, das jedem seine Chance gibt, auch wenn sie dafür selbst ein wenig hatte nachhelfen müssen. Aber Amerika zählt eben auch auf seine Rosarios, die die Strenge des Gesetzes etwas abfedern und im Namen einer Gerechtigkeit des Herzens die allzu strikten Regeln umgehen.

Ich betrachtete sie eindringlich von Kopf bis Fuß, um zu entdecken, ob sie zu dem Bild der reifen, schwerfälligen und zartbesaiteten Frau meines Buches paßte. Rosario war weder zartbesaitet noch schwerfällig, und ihre gefärbten Haare ließen ihr Gesicht härter erscheinen. Sie war kantig, nervig, sehnig. Sie hatte weder das schlaffe Gesicht noch die zu sehr ausgezupften Brauen jener sich schminkenden Frau. Und doch war sie eine der Frauen von Golgatha. Ich hatte meine Romanfigur vor mir, in der Wirklichkeit, die mich zunächst als der Beweis dafür entzückte, daß meine Vorstellungskraft sie erschaffen hatte, und dann als der Beweis dafür erschütterte, daß nichts erfunden zu werden brauchte und daß alle meine Anstrengungen, ein Gefühl von Wirklichkeit zu erschaffen, mit einem Schlag hinfällig waren, denn die Wirklichkeit war hier vor mir und viel machtvoller als alles, was ich mir hätte ausdenken können. Die Wirklichkeit ließ mich zu Nichts zusammenschrumpfen.

Ich fragte sie auf eine Weise, die vielleicht sehr unvermittelt für sie kam, aber der Logik meines Gedankengangs folgte, ob sie nie mit dem Gedanken gespielt habe, David zu heiraten.

– Wenn ihn das hätte retten können, hätte ich ihn geheiratet.

Und während sie mir noch antwortete, wurde mir klar, wie verheerend der Charme von David Dennis gewirkt hatte. Sie liebte ihn, mit der Liebe einer Frau, die endlich den Mann gefunden hat, den sie immer suchte. Sie liebte ihn seit dem Tag, an dem er während der Verhandlung einen Blick auf die Zuschauer geworfen hatte und sie dann inmitten der Lehrer und Schüler von Stone entdeckte und ihr zulächelte. Sie war, inmitten dieser Leute, der wertvollste Mensch der ganzen Welt. Sie würde ihn retten. Ihr Blick hatte den seinen festgehalten, und sie hatte ihm auch zugelächelt. Sie hingen einer am andern, verbunden durch ein Gefühl von Dankbarkeit und intensiver Liebe. Viel stärker, als wenn sie ihn in die Arme hätte schließen können. Er war fünfundzwanzig oder dreißig Jahre jünger als sie. Und wenn schon. Er war ein Sträfling, er war verurteilt. Er brauchte ihre Liebe.

Brauchte ihre Liebe! In seiner Küche hatte mich Richter Edward vor den Frauen gewarnt, die vor Gefängnissen demonstrierten. Er hätte dort niemals junge und hübsche Mädchen gesehen, sondern nur Kreaturen wie die Frau in Schwarz, alterslos, unvorteilhaft, glücklos. Die ließen dort ihren Tränen freien Lauf, stellten ihre verborgene Trübsal zur Schau, breiteten ihre Leidensgeschichte aus. Der Kummer jeder einzelnen verband sich mit dem der anderen zu einer Orgie des Schmerzes.

Ich hatte noch im Ohr, wie er mir gesagt hatte: »Da Sie über das Thema schreiben, haben Sie sich einmal Gedanken über die Psychologie der Gefängnisbesucherinnen gemacht, darüber, was für die meisten von ihnen diese Situation bedeutet, in der sie in aller Sicherheit einen Mann dominieren, der ein- für allemal kastriert ist? Was steckt wohl hinter dieser Revanche? Warum setzen sie ihre Weiblichkeit gerade vor diesen vollkommen frustrierten Männern ein?«

Es war ausgerechnet Philip gewesen, der darauf mit kaum glaublicher Vehemenz geantwortet hatte: »Die Verurteilten, die sie ertragen müssen, hassen sie. Die innerlich Gebrochenen, die Schwächlinge, fallen drauf rein, mancher von ihnen läßt sich heiraten. Aber diejenigen, die nicht anfällig sind, die wissen ganz gut, was sie bei denen hervorrufen. Und dann manipulieren sie sie. Das Kräfteverhältnis dreht sich ganz schnell um. Dann sind es nicht mehr die Frauen, die das Tempo bestimmen, sondern sie, die die Puppen tanzen lassen, und zwar bis hinaus auf die Straße. Sie lechzen nach Erniedrigung und Mord. Ich weiß, wie sie sie in ihrer Sprache nennen, wollen Sie es hören? Sie mögen Frauen nicht, sie glauben Lust auf sie zu haben, aber sie spielen nur mit der Lust. Diese Frauen da sind ihnen im Weg, die machen ihren Traum kaputt. Ihre greifbare Wirklichkeit ist kaum auszuhalten für sie. Wenn er vor seiner Besucherin steht, fällt der Gefangene wieder auf den Boden der Tatsachen zurück. Weil er verurteilt ist, glaubt sie, gut genug für ihn zu sein, und gerade weil er verurteilt ist, wird nie irgendeine Frau gut genug sein können.«

14

Ich öffnete den braunen Umschlag. Er enthielt die Ermittlungsberichte, die Tatbestandsaufnahme des Gerichtsmediziners, die Urteilsbegründung und eine Reihe von Artikeln lokaler Zeitungen. Ein Ausschnittdienst berichtete von der Entdeckung der verstümmelten Leiche eines jungen Mädchens in der Bucht von Hampton, hinter Virginia Beach. Der Journalist zitierte ein Liebespärchen, das sich auf der Suche nach einem ruhigen Eckchen vom Strand entfernt hatte und auf eine Frauenleiche gestoßen war. Die beiden hatten sie zunächst für eine Ertrunkene gehalten, dann hatte die Tatsache, daß sie nackt war und ihre Hände auf dem Rücken gefesselt waren, sie mißtrauisch gemacht. Die zahlreichen Bißwunden auf dem ganzen Körper hatten sie für ein Werk der Krabben gehalten. Sie standen extrem unter Schock. In den ersten Artikeln war von Candice nur als von »der Leiche«, »der Unbekannten«, »der Frau« die Rede.

Am nächsten Tag schon erlaubte die Uhr, die sie ums Handgelenk trug, ihre Identifizierung. Candice hatte ein Gesicht. Das einzige Photo, das ihre Mutter der Presse zur Verfügung stellte, war eines von ihrem Geburtstag. Sie stieg in einem Reifrock die Freitreppe der Oper von Richmond herab. Ihr Gesicht war vergrößert, aber ihre Züge aufgrund der Druckqualität der Zeitung verwischt und überdies noch von einer schlechten Photokopie geschwärzt. Was mir zuerst auffiel, war ihr breites und glückliches Lächeln. Dann bemerkte ich die Schönheit ihrer Züge, die Augen, die offenbar groß waren, jedoch im Schatten der Brauen lagen.

Ihrer kurzen Biographie war zu entnehmen, daß sie Erstsemester in Rosebud und dort zu Beginn des Studienjahres eingezogen war. Es waren keinerlei Geschichten über sie in Umlauf. Sie glich den Tausenden junger Mädchen, die die Highschool verlassen, um aufs College zu gehen. Weiter sagten die Zeitungen nichts. Selbst ihr Name, Candice, kam nirgends vor. Die Anwälte von Rosebud und die der Familie hatten sich eingeschaltet und wachten unter Bezug auf die Minderjährigkeit des Opfers darüber, daß nichts aus ihrem Privatleben an die Öffentlichkeit drang.

Dagegen kamen die polizeilichen Ermittlungen sehr rasch auf die Spur von David Dennis. Da war die Rede von einem Stone-Studenten, der zur Verbindung gehörte, die White Home bewohnte, und der in der letzten Woche ihres Lebens in Begleitung von Candice gesehen worden sei. Davids Photo war ebenso unscharf, ebenso schlecht belichtet wie das von Candice, und er hatte die gleichen Schatten unter den Augen. Es handelte sich um eine in White Home gemachte Aufnahme, ein Gruppenbild, aus dem die Journalisten die anderen Gesichter herausgeschnitten hatten. Von den übrigen jungen Männern der Verbindung sah ich nichts als die Umrisse eines Kinns, den Rand einer Mütze und ein Stück Schulter. In diesem Ermittlungsstadium wurde David nur als Zeuge gesucht.

Der Fall verkomplizierte sich sehr rasch, als Stone dementierte, daß David je dort eingeschrieben gewesen sei, und als die Verbindung ebenso heftig bestritt, daß David je eines ihrer Mitglieder gewesen sei. Beide Institutionen behielten sich wegen unbefugten Führens von Titeln rechtliche Schritte gegen David Dennis vor, zugleich jedoch auch gegen jegliches Presseorgan, das weiterhin den Namen von Stone oder White Home mit dieser Geschichte in Verbindung brächte. Die Journalisten wichen nach Virginia Beach aus, wo man ihnen bestätigte, daß David Dennis für die Dauer der Saison einen Job als Kellner und Strandpächter hatte, daß er den gesamten Sommer dort verbracht hatte, daß er bis zum Saisonende hätte dortbleiben sollen, um die Bungalows neu zu streichen. Der Eigentümer der Strandanlage erklärte, er sei ein Junge, der keine Geschichten mache und seine Arbeit anständig verrichte.

Nach einer etwas weitergehenden Recherche redete eine Zeitung von mehreren nie zurückgezahlten Darlehen, von einem Diebstahl im Umkleideraum für das Personal, der nie aufgeklärt worden sei, den man mittlerweile aber ihm anlastete. Die anderen Strandpächter erklärten, David sei unsympathisch und halte sich für etwas Besseres. Die Presse hatte ihren Verdächtigen.

Ich nahm an, daß Martha zu dem Zeitpunkt noch nichts wußte. Das Verbrechen in Virginia hatte in der New Yorker Presse nur ein geringes Echo. Und selbst wenn die Meldung ihr vor Augen gekommen wäre, inwiefern hätte der Mord an einer hübschen und reichen Studentin von Rosebud eine Frau interessieren können, die unter schwierigen Bedingungen inmitten des schlimmsten Stadtviertels lebte und deren Schüler häufig hoffnungslos drogenabhängig waren, so daß sie sie jeden zweiten Tag nicht in der Schule antraf? Wie hätte sie David in Virginia vermuten können? Er war nach Maryland gegangen, um sich von einer Scheidung zu erholen, die weniger übel abgelaufen war, als sie befürchtet hatte. Das einzige, was Janet letztendlich bekommen hatte, war ihre Freiheit und ein hübsches Auto. Mochte ihm das eine Lektion sein, du lieber Gott, und ihr auch. Sie selbst konnte jetzt jedenfalls ein wenig durchschnaufen und sich, wer weiß, an der Universität einschreiben, um dieses ominöse Diplom in Linguistik zu bekommen, das von ihr verlangt wurde. Ja, durchatmen, sich entspannen, nicht mehr dauernd etwas befürchten, nachts mit entkrampften Händen schlafen können.

Ich nehme an, daß zur selben Zeit Rosario die Zeitungen, die über Stone und Rosebud schrieben, durchforschte und versuchte, sich an den Namen jenes Studenten zu erinnern, dessen Gesicht wiedererkannt zu haben sie sich nicht ganz sicher war. Zu dieser Zeit war sie zutiefst erschüttert von diesem Fall, und hätten die Journalisten sie gefragt anstatt andere Leute, so hätte sie geantwortet: »Ich bin wirklich schockiert« oder »Ich bin tieftraurig«, und sie hätte tatsächlich über den tragischen Tod von Candice geweint. Sie hatte sogar Wut verspürt angesichts dieses Verbrechens, das Stone kompromittierte und junge Menschen, die über jeden Zweifel erhaben waren, in den Schmutz zog. Erst im Laufe der Zeit und immer neuer Artikel erschien Davids wirkliches Gesicht. Sie sah ihre Liste durch und erkannte den Studenten wieder, den sie eigenmächtig als Bibliotheksbenutzer eingetragen hatte. Stürzte sie in diesem Augenblick von selbst ins Büro des Rektors, um sich zu rechtfertigen, oder war es vielmehr der Rektor, der sie zu sich zitierte, damit sie Rechenschaft ablegte?

15

DIE ERGEBNISSE DER AUTOPSIE WURDEN VOR DER Bestattung von Candice veröffentlicht. Sie war aufgrund eines eingeschlagenen Schädels gestorben. Sie war vergewaltigt und gefoltert worden. Es wurde untersagt, Photos des Begräbnisses zu machen, aber die Presse sprach von einer erschütterten Menschenmenge und von der Würde der Eltern und der Freunde. Für mich war ihr Tod noch immer etwas Abstraktes, ebenso wie der Ausdruck »bestialische Grausamkeiten«, den ich dem Autopsiebericht entnahm.

Sie war zwei Tage tot, als ihre Leiche entdeckt wurde. Der Gerichtsmediziner legte den Eintritt des Todes auf den Montag zwischen vier und sechs Uhr morgens fest. Sie war sowohl lebend als auch nach ihrem Tod vergewaltigt worden. Die in ihr gefundenen Spuren von Blut und Sperma waren analysiert worden, um die DNS zu bestimmen. Die Bißwunden auf ihrem Bauch, ihren Hüften, ihren Brüsten, Wangen und an ihrem Mund waren ihr allesamt in einem Stadium »sehr dicht am Todeszeitpunkt« zugefügt worden, und zwar in einer Art von Raserei. Danach hatte der Mörder sich an der Leiche zu schaffen gemacht und versucht, sie zu zerstören, zu vernichten, zu entstellen. Er hatte das Gewebe so zerrissen, wie jemand, »der die Zähne in einen Apfel schlägt«, präzisierte der Arzt. Der Biß in den Mund hatte zu einem Abriß der Oberlippenpartie bis hin zur Nase geführt, deren Vorhof »wie ein Mützenschirm nach oben geklappt« war.

Auf den Photos, die der Gerichtsmediziner gemacht hatte, konnten die Geschworenen das gleiche sehen wie ich: dieses verstümmelte Gesicht, die nackten Zähne unterhalb einer auf zwei Löcher reduzierten Nase. Candices Gesicht glich einem gehäuteten Hammelschädel. Ohne den Schutz der Lippen hatten die Zähne eine tragische Länge. Die Augen waren verschwollen und geschlossen. Der Mörder hatte in die Oberlippe gebissen und sie dann auf brutalste Weise mitsamt der Nase weggerissen. Ich glaube, daß angesichts dieses Bildes die innere Überzeugung der Geschworenen feststand. Man kann einen solchen Anblick nicht vergessen, ebensowenig wie die Präzision, mit der der Gerichtsmediziner die Bewegungen des Mundes erklärte, die diese Verstümmelung hervorgerufen hatten. Ich kann mir vorstellen: Lösen die Augen sich von diesem Photo und richten sich dann auf den Mordverdächtigen, sieht man, wie er die Oberlippe zwischen seine Zähne nimmt und daraufhin mit einem Ruck seines Kinns, seines Halses und ganzen Kopfes, alles Fleisch fortreißt, das mitgeht, einschließlich der Nase, die kein ausreichendes Hindernis darstellt.

Es hatte keine Blut- oder Gewebespuren auf den Fingern oder unter den Nägeln des Opfers gegeben. Ich verstand nicht sofort, was diese Bemerkung, die nach all dem Entsetzlichen, das dem Gesicht widerfahren war, eher beruhigend wirkte, vielmehr Bedrohliches an sich hatte. Der Gerichtsmediziner präzisierte den Geschworenen, daß Candice all die Gewaltakte, die ihr angetan wurden, mit hinter dem Rücken gefesselten Händen hatte über sich ergehen lassen müssen und dabei zunächst auf dem Rücken lag, danach auf den Bauch gedreht wurde, »weil ihr Gesicht, nehme ich an«, hatte er gesagt, »kein sehr schöner Anblick mehr war.«

– Wir haben geglaubt, es wären die Krabben gewesen, wiederholte das Liebespaar, das bei dem Prozeß als Zeugen geladen war.

– Oh nein! hatte Staatsanwalt Benbow weitergesprochen, indem er sich zu den Geschworenen umwandte, es waren keine Krabben!

Wer hat eigentlich die Leiche identifiziert? Der Vater von

Candice, umgeben vom geballten Kummer, der Fürsorge und dem Zorn derer, die den Fall untersuchten. Der Vater und die Mutter, der Vater, die Mutter stützend? Nein, unmöglich, daß die Mutter das gesehen hat, und wenn der Vater es gesehen hat, dann hat Richter Edward ihm geschworen, man werde den Schuldigen finden, das habe absolute Priorität, sei eine Frage der Ehre. Man werde ihn vor Gericht bringen, darauf könne er sich verlassen, man werde ihn vor Gericht bringen.

Zwei Wochen nach dem Begräbnis hatte einer der jungen Männer aus der Verbindung, Anthony, einen Anruf von David Dennis erhalten, der ihn fragte, wie es gehe. Er schien von nichts zu wissen. Anthony berichtete ihm von Candices Tod, von den Blutspuren, die man in seinem Zimmer in White Home gefunden hatte und dem Verdacht, der auf ihm lastete. Den Polizisten erzählte Anthony: »Er schien aus allen Wolken zu fallen. Er sagte, das sei schrecklich. Er hat mich gefragt, was er tun solle. Ich habe ihm gesagt, er solle so schnell wie möglich wiederkommen. Er hat mir geantwortet, er könne nicht gleich, weil er einen Job gefunden hätte und demnächst heiraten würde. Er hat mir gesagt, ich könne sein Zimmer haben. Er wirkte nicht so, als hätte er den Ernst der Lage erfaßt. Ich habe ihm gesagt: Aber dein Zimmer ist versiegelt, das kann gar niemand haben. Er hat mir gesagt, er würde es sich durch den Kopf gehen lassen, aber er habe nichts mit der Geschichte zu tun, er wolle mich wieder anrufen, sobald er zu einem Entschluß gekommen sei. Und daß er dann seine Unschuld beweisen und Licht in die ganze Sache bringen würde.«

Man entschied, das Telefon der Verbindung abzuhören. Wenige Tage darauf war David Dennis lokalisiert. Er befand sich in Maryland, er wohnte bei Susan Eliott, unter einem falschen Namen. Er wurde nach Virginia zurückgebracht. Er schien sich nicht über die Tragweite des Dramas im klaren zu sein. »Das ist ein harter Schlag«, begnügte er sich immer wieder zu sagen, »das ist ein harter Schlag.« »Ein harter Schlag für wen, du Drecksau?« hatte ihn der Polizist gefragt, der ihn verhaftet hatte, »ein harter Schlag für dich, weil wir dich geschnappt haben, oder für das Mädel, weil es tot ist?«

Er hatte sich keinen Anwalt genommen. Wozu? Es handelte sich um ein Mißverständnis. Sollte er wirklich einen brauchen, nähme er einen Pflichtverteidiger. Er hatte seine Verteidigungsstrategie nie geändert. Er hatte in den frühen Morgenstunden nach Maryland aufbrechen müssen. Er hatte die Nacht mit Candice verbracht. Sie war in sein Zimmer gekommen, sie hatten zusammen Musik gehört. Sie hatten miteinander Liebe gemacht. Als er aufbrechen mußte, gegen drei, vier Uhr morgens, hatte er ihr vorgeschlagen, sie nach Rosebud zu begleiten. Sie hatte lieber im Bett bleiben wollen. Als er den Korridor entlangging, waren die Jungs aus der Verbindung noch nicht im Bett, sie feierten. Ging man nach der Anzahl der Sixpacks und der Tequilaflaschen, mußten sie alle schon sturzbetrunken sein. Er hatte es nicht für nötig erachtet, sie von seiner Abreise zu unterrichten. Warum auch? Er hatte bereits öfter einmal mehrere Tage mit Susan verbracht, ohne es ihnen zu sagen. Es war die unverhoffte Möglichkeit gewesen, einen Lehrer an Susans Schule zu ersetzen, die ihn in Maryland bleiben ließ. Er wäre ohnehin früher oder später zurückgekommen, um seine Sachen aus White Home zu holen.

Die Polizisten sind während des Unterrichts in Marthas Klasse aufgetaucht. Sie hat das Photo, das sie ihr zeigten, nicht wiedererkannt. David trug Haare und Augenbrauen schwarz gefärbt. Sie hat zunächst abgestritten, daß er es sei. Dann, als sie das erkennungsdienstliche Photo studierte, Vorderansicht und Profil, mit dem nach oben gereckten Kinn und den aus ihren Höhlen tretenden Augen, hat sie verstanden, daß er Angst hatte. Und da strömte die Angst auch in sie hinein, sie spürte die unwiderstehliche Flut, wie Wasser, das einen Damm gesprengt hat und sich jetzt in brausenden, alles mit sich reißenden Wellen in Bäche und Flüsse ergießt. Sie hörte das Blut hämmern, das ihr zu Tode erschrockenes Herz in ihre Brust, in ihren Bauch, ihre Beine, ihren Kopf pumpte. Sie schlug die Hände vors Gesicht, sie vergrub die Finger in ihrem Mund, sie umklammerte fest ihren Unterkiefer und die Zähne. Sie fiel zu Boden. Der Boden kam ihr weich und angenehm vor. Sie wollte nicht hochgehoben werden, nicht hingesetzt. Sie wollte mit ihrer Wange auf dem Linoleumboden des Klassenzimmers liegenbleiben, inmitten dieses guten Geruchs nach Schweiß und Leim.

16

Ich habe den Umschlag auf's Bett gelegt. Ich bin aufgestanden und ans Fenster getreten. Der Ozean war vergoldet, der Sand braun, die Vögel belauerten gierig den Angler neben seinem Geländewagen. Am Ende seiner gespannten Leine zog er einen dicken Fisch heraus. Die Vögel schlugen mit den Flügeln. Ich bin ins Badezimmer gegangen, habe mir ein Handtuch genommen. Dann ging ich hinunter ins Erdgeschoß und den hölzernen Steg entlang, der den Strand überquerte. Ich watete ins Wasser, es war angenehm und warm, ein kleinwenig kabbelig. Ich tauchte unter einer Welle hindurch.

Ich wollte nicht, daß die beiden Frauen hinter dem Vorhang, deren Blick ich im Rücken spürte, sahen, wieviel Spaß ich hatte. Ich machte steife Bewegungen wie jemand, der das Wasser nicht mag und nur hineingeht, um sich zu erfrischen. Ich kenne überhaupt kein größeres Glück, als von Welle zu Welle zu tauchen, wieder hochzukommen und erneut und immer tiefer hinabzutauchen. Schon war ich weit entfernt vom Ufer.

Ich dachte an die drei Belugas aus dem Aquarium von Vancouver, an die Weißwale, die man von oben und von unten sehen konnte, mit ihrem verschlagenen Blick, ihrer gewölbten Stirn, ihrem Lächeln und vor allem der immensen Ritze ihres Geschlechts, die sie jedermann entgegenkommend offenbarten, der sie von unten betrachtete. In all ihren sich windenden Bewegungen legten sie größtes Vergnügen an den Tag, ihre schöne, gewölbte, weiße, rosige und seidige Vulva vollständig zu zeigen. Sie waren frivol und obszön, dabei von heidnischer Fröhlichkeit. Vielleicht aber täuschte ich mich auch, und all dieser Exhibitionismus war eher der Ausdruck von Verzweiflung, ihr Tanz eine Verrenkung, ihre Lebensfreude lediglich die Nachahmung verlorener Freiheit. Ich schwamm weiter.

Ich dachte nicht mehr an David Dennis, ich dachte nicht einmal an die sich schminkende Frau, ich konzentrierte mich auf die Biographie, die ich eines Tages über Frau Doktor Lester verfassen würde, die laut Fernsehen seit 25 Jahren ein wagemutiges Forschungsprojekt über Bonobos durchführte. Diese zutiefst schweigsame Frau hatte ihnen beigebracht, via Computerbildschirm zu sprechen. Ich schwamm weiter.

Im Zoo von Atlanta, in einem Bereich, der den Urwald imitierte, dem jedoch ein voll computerisiertes Labor angehörte, war sie jeden Tag mit ihren Bonobos verabredet. Ich fand, daß 25 Jahre Arbeit, um ein paar M&Ms verlangen zu können – auch wenn das mit Hilfe einer Computertastatur geschah: »Bingo will M&Ms« – nicht besonders beeindruckend waren, verglich man sie damit, was man in wenigen Monaten mit einem Hund erreichen kann, der seine Leine beibringt, wenn er rauswill. Ich sah ganz deutlich, daß die Erfolge von Frau Doktor Lester nicht ganz so großartig waren, wie es in informierten Affenkreisen, der Aristokratie der ethologischen Forschung, hinter vorgehaltener Hand behauptet wurde. Es sei denn, man wird wie ich angesichts des steifen und hornigen Fingers stutzig, den der Affe der Tastatur nähert, denn er ist ein Abbild unseres eigenen Zögerns. Hier ist es nicht mehr der in der Kehle geformte Laut, wie der eines Papageis, der einen fasziniert, sondern der Finger auf der Tastatur. Und zwar, weil auch wir die Sprache verlieren, und unsere Zivilisation sich in den stummen Tieren wiedererkennt. Ich schwamm weiter.

Ich stellte mir das Leben von Frau Doktor Lester vor, die sich seit 25 Jahren demselben Affen verschrieben hatte, dann der Frau dieses Affen und schließlich dem Affenjungen der beiden, das sie von morgens bis abends in den Armen trug, gegen die Brust gedrückt, auf den Schultern, die jeden einzelnen Augenblick ihrer Existenz einer einzigen und immergleichen Affenfamilie geweiht hatte. Ich stellte mir auch den Bonobo vor, wie er auf seinem Computer nach M&Ms verlangte, einen Affen, der ebenso fett werden würde wie jeder Mensch, der zuviel Zuckerzeug in sich hineinstopft, einen Affen mit einem Schmerbauch, fetten Beinen und gelben und kariösen Zähnen. Was würde er wohl sagen, Bingo, wenn Frau Doktor Lester ihre Forschungen abbrechen würde, weil es keine M&Ms mehr gäbe.

Aber sie würde nie und nimmer in Rente gehen, sie würde bei ihnen bleiben und einfach in der Natur aufgehen, nur noch Bonobo sprechen und den Austausch mit ihren Affen auf die Wendungen »Gut so« und »Das ist böse« beschränken. »Gut so. Bravo! Bravo! Willst du ein M&M?«, »Das ist böse. Du bekommst keine M&Ms.« Die Wirkungen all dieser Experimente auf Frau Doktor Lester selbst waren interessanter, denn an ihr konnte man, mehr als an anderen Frauen, die Verheerungen ermessen, die gewisse beschränkte und monotone Tätigkeiten hervorrufen. 25 Jahre lang am Band Fernseher zusammenbauen machten einen vermutlich weniger bescheuert, als 25 Jahre lang Bonobos zu dressieren. Im Gegensatz zu Frau Doktor Lester hatten jene anderen Frauen den Vorteil, auch einmal auszugehen, eine Familie zu haben, in ihren Kindern weiterzuleben und drei Wochen pro Jahr in Urlaub zu fahren, was die Frau Doktor, ledig und urlaubslos wie sie war, nie getan hatte. Ich schwamm weiter.

Ich war immer der Meinung, daß solche Posten wie der, den Frau Doktor Lester bekleidete, in erster Linie Frauen wie uns zugeteilt werden müßten. Dabei rede ich gar nicht von mir allein, ich habe immer davon geträumt, meine Tage in einem Zoo zu beschließen, ich dachte an Martha, die mit Kindern so zärtlich umging, und an Rosario, die so große Erfahrung im Umgang mit Computern hatte. Es wäre wirklich ein

Job für die beiden gewesen, genau das, was sie gebraucht hätten, abseits der Welt, vor den Worten geschützt, ohne übertriebene Hoffnungen auf das, was die Bonobos in ihre Computer tippten. Und dann hätten sie bis zum Abwinken von der Sanftmut der Tiere profitieren können, von ihrer Zärtlichkeit, von dem Baby, das man im Arm halten konnte, solange man wollte. Und als Bonus wäre da noch der trauliche Geruch der Bonobos gewesen, die nach Ameisen riechen, ein feiner Duft zwischen Pfeffer und Zitronenkraut, den man in ihren Hautfalten riechen kann. Ich schwamm weiter.

Ob Frau Doktor Lester wohl eine Frau wie Martha war, die durchgemacht hatte, was Martha durchgemacht hatte, und dann bei den Affen Zuflucht suchte, um zu genesen? Ich konnte mir nicht vorstellen, daß ein junges Mädchen in den Zoo ging, wie man in ein Kloster geht, oder aber es mußte sich um ein sehr merkwürdiges junges Mädchen handeln. Ich schwamm weiter. Frau Doktor Lester war mit Diplomen überhäuft, Doktor dieser, Ingenieur jener Gattung, Martha dagegen besaß noch immer nicht das Linguistik-Zertifikat, um in einer der Nachhilfeklassen der »Erlösung« Französisch unterrichten zu können. Welche Ausbildung wurde verlangt, um Affen die Grundlagen der Informatik beizubringen? Vielleicht hätte ich als Schriftstellerin ja eine Chance? Ich würde den Bonobos das gleiche anbieten, was ich auch Rosebud verkauft hatte: nichts. Ich würde ihnen erklären, was sie ohnehin schon wußten: daß es angenehmer ist, eine Himbeere zu essen, als das Wort hinzuschreiben, und wenn man es schreibt, tut man das, weil man keine zum Essen hat.

Ich hob den Kopf aus dem Wasser, ich war sehr weit draußen. Die Strömung hatte mich ans andere Ende des Küstenstreifens abgetrieben. Ich hatte Mühe, auf dem leeren Strand das Hotel auszumachen. Das ist der Augenblick, in dem man wirkliche Angst empfindet, nicht diese diffuse Angst, die einen immerzu begleitet und die Gesten und Worte hölzern und ungeschickt werden läßt, sondern die große und tiefe Angst, die einen wie einen Stein absaufen lassen kann. Man braucht nur wenige Bewegungen zu machen, um zu wissen, ob es möglich ist, wieder zurück zu gelangen. In meinem Fall ist es nicht allzu schwierig gewesen, jedenfalls nicht unmöglich, denn schließlich habe ich es ja noch einmal geschafft, indem ich mir Zeit ließ, indem ich wie ein Surfer auf die Wellen wartete, um von ihrer Kraft mitgenommen zu werden. Als ich mich auf dem Strand wiederfand, konnte ich das Motel nicht mehr sehen.

17

Ich lag da, lang hingestreckt auf dem Sand. Ich zog die Knie an die Brust, legte die Hände übereinander. Ich schloß die Augen wie das tote junge Mädchen, mein Gesicht war voller Sand, mein Haar voll Salz. Mein Körper wurde steif und zog sich zusammen. Ein patroullierender Streifenwagen blieb stehen. Zwei Polizisten mit Schirmmützen und in blauer Uniform stiegen aus. Die alltägliche Angst setzte wieder ein, gewöhnlich und ermüdend. Sie fragten mich, was ich hier täte. Ich antwortete, daß ich gebadet hätte. Sie sagten mir, daß das Baden verboten sei, daß vor jedem der Wege, die zum Strand hinunterführten, Verbotsschilder stünden. Ich antwortete, daß ich kein Schild gesehen hätte, weil ich von dem Motel dort drüben gekommen wäre. Sie boten mir an, mich dorthin zurückzubringen.

Als sie mich aus dem Polizeiwagen aussteigen sahen, bekamen Martha und Rosario gehörige Angst. Was würde ihnen jetzt schon wieder geschehen?

– Ist nichts weiter, ich habe mich von der Strömung abtreiben lassen.

– Aber Baden ist doch verboten!

So stark war die Strömung nicht gewesen. Man brauchte sich nur treiben zu lassen, um dann umso leichter zurückzuschwimmen. Das wußte ich, und ich hatte schon an viel gefahrvolleren Orten gebadet.

– Man darf nicht baden, nicht wegen der Strömung, sondern wegen der Schweine, die bei dem Orkan ersoffen sind.

Rosario sagte mir etwas von einer Million oder zehn Millionen, ich weiß nicht mehr genau, jedenfalls eine Zahl, unter der ich mir nichts mehr vorstellen konnte. All die Millionen von Schweinen aus den Schinkenfabriken von Portland waren also von dem Tornado mitgerissen worden und in der Lagune von Nags Head ersoffen, deren Wasser hochschäumte, kochte, sprudelte, solange bis sie sich aufgelöst hatten, eine Woche lang oder zwei oder einen Monat? Die Vögel auf den aufgeblähten Kadavern hielten Festschmaus, und die Fische, zunächst noch nervös hin und her zitternd, später schwerfällig und langsam, stopften sich die Bäuche voll.

Die Möwen wogen zehn Kilo und ihr mit Feuchtigkeit vollgesogenes Gefieder ließ sie noch dicker wirken. Es hatte derart geregnet, daß das Wasser nicht abfließen konnte. Die Vögel vermehrten sich in einer widerlichen Waschküchenluft, die selbst die Sonne dieses Nachsommers nicht zu trocknen vermochte. Bäume, Sand, Meer konnten das ganze Wasser, das aus der Lagune, den Flüssen und Sümpfen geflossen war, nicht absorbieren. Überall sickerte es. Auf dem Strand versank man in Sand, der eher braun war als gelb, eher gelb als blond, es war fast Humus, und genauso schwer und säuerlich roch er auch. Die Vögel, deren Gefieder zu naß zum Fliegen war, steckten bis zum Hals darin.

Ich versuche, indem ich die Anzahl der Säue von Porkland mit der Anzahl von Ferkeln pro Wurf multipliziere, auf die wahnwitzige Menge an Kadavern zu kommen. Die Katastrophe mußte sich eher auf zehn Millionen Stück als auf eine beziffern lassen. Oder vielleicht sogar hundert Millionen? Der Ozean hatte Millionen von Schweinen verdaut, und ich hatte mich in Wasser gebadet, in dem noch Fasern davon treiben mußten. Ich hatte in einer Flüssigkeit gelegen, die kein Meerwasser mehr war sondern eine Art grünliche Magensäure, die noch mit der zähesten Speckschicht und den härtesten Knochen fertig geworden war.

Ich fühlte mich sehr müde. Das Angstgefühl, bis dahin ganz verinnerlicht, drängte nach außen. Es wurde universell, es erreichte den heiligen Bereich der Tiere, in dem ich stets

Zuflucht gefunden hatte. Während des Mittagessens, das wir schweigsam in der Cafeteria einnahmen, sagte Rosario auch noch, daß die Yuppies an der Börse in Wall Street im Rhythmus der Trächtigkeit der Säue spekulierten, 115 Tage. Die Wirtschaftswissenschaftler verstanden nicht, warum die Aktienkurse in bestimmten Momenten einbrachen. Man beschuldigte die Rentenfonds, die Restrukturierungen, die Herabsetzung der Zinssätze. Nichts davon stimmte: Es hing lediglich an der Tragezeit der Säue.

– Aber sie kommen doch nicht alle zur gleichen Zeit nieder?

Rosario sah mich an, als wäre ich geistig zurückgeblieben.

– Es verkaufen ja auch nicht alle zur gleichen Zeit. Das ist nur die Schlüssel-Ziffer.

Mir war nicht übel, aber ich verließ den Tisch. Rosario ging mit mir zusammen hinauf, begleitete mich und holte dann aus ihrem Zimmer ein kleines Plastiketui.

– Sie sind extrem blaß. Sie brauchen ein bißchen Farbe.

Das Etui enthielt einige Schminkutensilien, billiges Zeug. Der Stift mit dem ins Violette spielenden Rot, das Rosarios Mund so schmal machte, der schwarze Kajal, der ihre Augen umrandete. Sie hatte mir angeboten, was sie selbst jeden Tag benutzte, ohne zu wissen, daß die Schminktechniken sich geändert hatten und sie mit neuen Produkten jünger und anziehender hätte aussehen können. Rosario hatte sich nie anders als mit drei wüsten Strichen geschminkt. Ich schraubte den Stift wieder zu und probierte die stumpfe Mine des Kajals in meiner Handfläche aus. Um ihr Angebot nicht auszuschlagen, bemalte ich mir die Augen mit diesem rußigen Schwarz. Im Spiegel erkannte ich Marthas traurigen und Rosarios harten Blick wieder. Ich sah aus wie eine Witwe.

Ich verstand mit einem Mal, was nicht stimmte am Makeup der Frau in Schwarz. Es war das undurchsichtige und schreiende Blau, das sie auf ihre Lider auftrug, dieses Blau, das ich irgendwo aufgeschnappt hatte, ich weiß nicht mehr wo, und das ich ihr auf die Lider gepappt hatte. Wenn ich es beseitigen würde, wäre ihre Geste – genau wie meine eben vor dem Spiegel – natürlicher. Die Frau, die einer Hinrichtung beiwohnen wird, schminkt sich nicht, sie betont ihren Blick – kleiner Unterschied! Sie zieht ein schwarzes Kleid an. Sie tuscht sich die Wimpern schwarz.

– Steht Ihnen gut, sagte Rosario zu mir, als ich ihr das kleine Plastiketui zurückgab. Das verleiht Ihnen Charakter.

Von nun an gab es keinen Unterschied mehr zwischen uns. Ich konnte ebensogut die Mutter sein wie die Bibliothekarin.

– Nein, Sie sind die Schriftstellerin.

18

Im Vorfeld einer Hinrichtung, sobald das Datum feststeht, scheint die verbleibende Zeit so kurz, daß sie einen zur Bewegungslosigkeit erstarren läßt. Ich hatte die allergrößte Mühe, das in die Tat umzusetzen, worum Rosario mich gebeten hatte: »Die öffentliche Meinung in Frankreich zu mobilisieren.« Dazu mußte ich zunächst einmal wissen, wo sie eigentlich steckte, die öffentliche Meinung, und durch welche Hände, Münder und Ohren sie ging. Ich weiß nicht einmal, ob ich ihr je über den Weg gelaufen war, ob ich sie, wenn ja, erkannt hatte, und vor allem, ob ich auch nur den geringsten Kontakt zu jemandem aufrechterhalten hatte, der an ihr mitwirkte. Telefonisch jedenfalls war da gar nichts zu machen, ich hatte niemandes Privatnummer. Ich vertraute mich Rosario an, damit sie sich weder Illusionen über meinen Bekanntheitsgrad hingäbe noch, diesen voraussetzend, über meine Macht, Davids Schicksal abzuwenden.

Also riet sie mir, an diejenigen Menschen zu schreiben, die mir am teuersten waren, jene wenigen Leute, die man an den Fingern einer Hand abzählen kann. Diejenigen Freunde, auf die man auch in Notzeiten zählen kann. Obwohl es in meiner Auswahl auch den einen oder anderen Journalisten gab, wußte ich nicht, ob sie zu den Meinungsmachern gehörten oder ob sie aus dem ewigen Bäumchen-wechsel-dich-Spiel ausgeschieden waren. Ich kannte auch einen Politiker, der tatsächlich nach oben ins Rampenlicht gespült worden war. Um es gleich zu sagen, ich erhielt nur eine einzige Antwort. Sie kam von einer Journalistin, die aus dem Feuilleton ins Justizressort gewechselt war. Sie antwortete auf der Stelle und versprach, dem Fall nachzugehen.

In meinem Brief hatte ich stärkeres Gewicht auf die unmittelbar bevorstehende Hinrichtung als auf den ungerechten Prozeß gelegt. Das einzig Dringliche war jetzt, den Countdown zu unterbrechen. Ich erwähnte den Namen, das Alter, und ich erwähnte das Hinrichtungsdatum. Und dann fand ich mich rasch gezwungen, auch die Gründe der Verurteilung aufzudecken. Die genaue Urteilsbegründung sprach von »besonders heimtückischem Mord an einer Minderjährigen, Vergewaltigung und barbarischen Grausamkeiten«. Ich entschied mich dafür, »barbarische Grausamkeiten« zu streichen; was dieser Ausdruck an gefährlichen Reaktionen hervorrief, hatte ich an mir selbst erfahren. »Vergewaltigung« fand ich unpassend, denn wenn David unschuldig war, dann hatte es sich nicht um Vergewaltigung gehandelt, sondern um einen freiwilligen Geschlechtsverkehr. »Minderjährige« war übertrieben. Siebzehn Jahre ist nicht dasselbe wie zwölf oder dreizehn. Ich ließ es bei der neutralstmöglichen Formulierung bewenden: »Mord an seiner Freundin«. Dann fügte ich sofort hinzu: »Anschuldigung, die er immer bestritten hat«.

Ich plädierte nicht für die Unschuld von David Dennis, sondern gegen die Todesstrafe. Ich war zu meiner anfänglichen Position zurückgekehrt, der, die ich gegenüber Richter Edward verteidigt hatte. Rosario, der ich meinen Brief zeigte, fand ihn nicht engagiert genug. Sie wollte, daß Richter Edward und Staatsanwalt Benbow an den Pranger gestellt würden und der Rektor von Rosebud gleich dazu und ebenso der Gerichtsmediziner. Der Sheriff mußte angeklagt werden, der Verteidiger, die Studentenverbindung sowie alle Journalisten der Gegend. Sie wollte den Prozeß in umgekehrter Richtung führen.

David war an jenem Abend mit Candice verabredet gewesen wie jeden Abend, seit sie miteinander gingen. Sie hatten in einer Pizzeria zu Abend gegessen und dann bei der Party vorbeigeschaut, die die Verbindung in White Home gab. Es war ein Sonntagabend, der Tag, an dem die Jungs ihren Rausch ausschlafen. Normalerweise machten sie dann einmal die Runde durch die Mädchenuniversitäten, um die Reste der Flaschen zu leeren, aber an diesem Abend hatten sie genügend Alkohol. Die beiden waren eine Weile dortgeblieben, hatten geraucht und getrunken. Die Stimmung war bereits derart aufgeheizt, der Lärm so intensiv, daß David Candice mit auf sein Zimmer nahm. Sie machten Liebe und drehten ihrerseits die Musik voll auf, um die Bässe zu übertönen, die aus dem anderen Raum kamen. In der Morgendämmerung war David, so wie er es vorgehabt hatte, aufgebrochen, um so früh wie möglich in Maryland zu sein, damit er Susan noch treffen konnte, bevor sie ihren Unterricht begann. Er hatte Maryland drei Monate zuvor verlassen und war nur zweimal dahin zurückgekehrt.

Beim Gehen war ihm aufgefallen, daß die Stimmung noch um einige Grad gestiegen war. Die Jungs brüllten so laut, daß man aus den Nachbargebäuden herübergekommen war und sie aufgefordert hatte, leiser zu sein. Dabei war aufgefallen, wie betrunken sie waren, betrunken und unter Drogen. Als er fort war, haben Anthony, Buddy und Harry Davids Zimmer betreten. Dort entdeckten sie Candice, die mit dem Kopf unter dem Kissen schlief, um sich vor dem Lärm zu schützen. Sie haben sie vergewaltigt. Sie haben sie geschlagen. Sie haben sie verstümmelt. Sie haben sie dafür bestraft, mit einem Fremden ins Bett gegangen zu sein, einem Typen aus New York.

In der Morgendämmerung haben sie die Leiche ernüchtert nach Virginia Beach gebracht und in einer kleinen Bucht liegengelassen. Dabei haben sie lediglich die Uhr vergessen, vielleicht weil das Mädchen die Hände auf dem Rücken gefesselt hatte. Und danach? Danach geschah, was in Studentenverbindungen immer geschieht: Geheimhaltung, absolute Geheimhaltung, Geheimhaltung über den Tod hinaus.

– Momentan leben in den USA, bestätigte Rosario, drei Männer in besten Verhältnissen, ein Wirtschaftsanwalt, ein Bankier und der Geschäftsführer eines Autohauses. Alle drei sind über ein Geheimnis der Verbindung von White Home miteinander verbunden. Vor zehn Jahren haben sie ein junges Mädchen vergewaltigt, ermordet und zerfleischt. Es sind alle drei über jeden Zweifel erhabene Bürger. Einmal im Monat nehmen sie an den Diners der Verbindung teil. Dort spendet man für wohltätige Einrichtungen. Dort hält man Kontakt. Dort greift man einander unter die Arme. Das kann von einem Börsentipp bis zur Adresse eines guten Zahnarztes gehen, der im übrigen selbst irgendwo in dem Saal sitzt, oder der eines Scheidungsanwalts, eines Richters. Das ist eine Gesellschaft, die wirklich wie eine Bruderschaft funktioniert, die zusammenhält wie Pech und Schwefel; da weiß man, wohin man seine Kinder in die Ferien schickt und mit wem die Tochter ausgeht. Das ist eine Gesellschaft, die den Ihren immer und überall helfen wird, die einander die ganze Zeit zulächelt, gratuliert, tröstet. Sie wartet nur auf irgendeinen Schicksalsschlag, bei dem sie zeigen kann, wie solidarisch sie ist. Ihre Trauerfeiern sind prachtvoll, da fehlt keine einzige Unterschrift im Kondolenzregister. Ihre Hochzeiten sind märchenhaft, jeder überbietet den anderen mit dem schönsten Geschenk.

Und von ihrem eigenen anklägerischen Elan mitgerissen, fuhr Rosario fort:

– Sie können sich also denken, wie sie an dem Tag, als drei Söhne ihrer Verbindung in diese Candice-Affäre verwickelt wurden, zusammengerückt sind. Die Juristen, die Ärzte, die Industriellen sind in den Ring gestiegen, und die besten Anwälte haben die Sache in die Hand genommen. Es durfte nicht passieren, daß die Jungs unter Verdacht gerieten. Anthony, Harry und Buddy sind zu dem Prozeß nur als Zeugen der Anklage geladen gewesen. Sie haben David reingeritten.

Sie haben behauptet, sie hätten ihn kaum gekannt, als hätten sie nicht unter demselben Dach gelebt, als wäre David da eines Abends heimlich reingeschlichen, um eine Unbekannte im Erdgeschoßzimmer zu ermorden. Der Schauplatz der Orgie ist wie durch Zauberhand saubergemacht worden, kein Alkohol mehr, keine Drogen, keine Negermusik: nur noch Studenten, die in ihren Zimmern brav vor sich hin studierten.

Beim Verhör hat Anthony ausgesagt, er hätte David mit einem Paket, das ihm sehr schwer vorgekommen wäre, durch den Korridor schleichen sehen. Er hätte ihn gefragt, ob er ihm helfen könne. David hätte sehr wütend und verstört reagiert und geantwortet, es handle sich um seine Schmutzwäsche und er käme schon allein zurecht.

»Glauben Sie, daß es sich um einen menschlichen Körper gehandelt hat?«

»Ja, mittlerweile glaube ich das. Schmutzige Wäsche, selbst sehr viel schmutzige Wäsche ist nicht so schwer. In dem Moment dachte ich nur, daß es doch wohl kaum die rechte Uhrzeit war, um seine Wäsche zu waschen.«

Buddy wiederum hat ausgesagt, die Musik in Davids Zimmer wäre so laut gewesen, daß er angeklopft hätte. Er hätte eine ganze Weile dagegenhämmern müssen, bevor die Tür einen Spalt breit aufgegangen und David erschienen wäre, der sie aber festhielt, um sie nicht weiter zu öffnen. Aber Buddy hätte sehen können, daß er nackt war und bleich wie ein Laken, so wie jemand, der eine starke Gehirnerschütterung erlitten hat. Er wäre in keinem normalen Zustand gewesen. Er hätte nicht verstanden, was Buddy ihm sagte. Er hätte die Musik nicht leiser gedreht. Harry hätte ebenfalls noch einmal hingehen müssen. Er wäre durch die geschlossene Tür hindurch von einem Schwall von Beschimpfungen empfangen worden, aber dann wäre die Musik abgestellt worden.

»Glauben Sie, David Dennis hat die Musik so laut gestellt, um die Schreie seines Opfers zu übertönen?«

»Das glaube ich.«

»Als die Musik aufhörte, war das junge Mädchen da Ihrer Meinung nach schon tot?«

»Ja, das glaube ich, andernfalls hätten wir sie rufen gehört.«

Diese letzten beiden Fragen sowie ihre Antworten waren auf den schüchternen Einspruch von Verteidiger Floyd hin als zu suggestiv im Sinne der Anklage aus dem Protokoll gestrichen worden.

Niemand hat einen genetischen Fingerabdruck von Anthony, Buddy oder Harry abgenommen. Niemand hat ihr Zimmer durchsucht. Niemand hat in ihren Mülleimer geschaut, niemand hat ihren Kühlschrank geöffnet. Niemand hat nach dem Alkohol und den Drogen gesucht. Niemand hat ihren Körper untersucht. Und dabei hatte man das blutbeschmierte Surfbrett von David im Haus gefunden. Es hatte dazu gedient, die Leiche über den Strand und bis zu der Bucht zu ziehen. Die Kordel des Surfbretts war dieselbe, mit der auch Candices Hände gefesselt worden waren.

19

Sie hatten den Gouverneur, den Staatsanwalt, die Rektoren und Verwaltungsräte von Rosebud und Stone auf ihrer Seite. Sie hatten den Richter, den Sheriff, den Gerichtsmediziner auf ihrer Seite. Sie hatten die Geschworenen auf ihrer Seite. Welche Anwaltskanzlei, welchen Starverteidiger, welchen Menschenrechtsaktivisten hatte David ihnen entgegenzusetzen? Martha hatte Himmel und Hölle in Bewegung gesetzt. Sie erzählte vom Kampf des Nordens gegen den Süden, von einem Jungen aus dem Norden, der in die Falle des Südens geraten war, vom Süden, der sich am Norden rächte, vom Süden, der den Yankee für den Tod seiner schönsten Tochter bezahlen ließ ... Sie ließen sie nicht weiterreden. Es gab nur eine solche Gegenüberstellung, die haltbar gewesen wäre: die Schwarzen gegen die Weißen. David Dennis war aber kein Schwarzer. Also? Sollte er sich schuldig bekennen. Dann würde man schon ein Arrangement finden. Andernfalls würde ein derartiger Fall nur mit einem enden: der Todesstrafe!

Schließlich war sie im Büro der Privatdetektei Volko und Rosso gelandet, Lösungen in Fällen jeder Art, Industriespionage. Es war das Wort »Industriespionage« gewesen, das ihr Vertrauen eingeflößt hatte. Denn der fünfte Stock am Ende eines schmutzigrosa Treppenhauses, wo es zur schokoladenbraunen Tür von Volko und Rosso ging, war dazu angetan, noch die Hartnäckigsten von ihren Plänen abzubringen. Und hartnäckig war sie nicht, nur ein wenig von der »Erlösung« unterstützt, die ihr das Beratungshonorar von Volko und Rosso vorgeschossen hatte.

Zunächst bekam sie es mit Rosso und seinem breiten

Wolfsgrinsen zu tun, der sehr von der Theorie einer Südstaatenverschwörung angetan schien. Er unterbrach sie nur ein einziges Mal mit seiner Ansicht, »das Mädchen muß eine Schlampe gewesen sein, über die der ganze Campus drübergestiegen ist«, ein Gedanke, der weit davon entfernt war, Martha zu mißfallen. Rosso mochte eine etwas ungehobelte Ausdrucksweise haben, um seine Zweifel an der Tugend von Candice in Worte zu fassen, aber schließlich war er es ja, der diese Worte benutzte ... Und dann kam Volko dazu. Er war nicht so sympathisch und entspannt wie Rosso. Mit einer dicken Schnupfennase, den Kopf in eine graue Hasenfellmütze gehüllt, hörte er der Geschichte zu. Der Süden gegen den Norden, an die These glaubte er weniger als Rosso. »Oh jemineh«, sagte er. Aus einigem Abstand betrachtet, war das keine ganz dumme Meinung, so wie Volko überhaupt von Beginn an ein klares Bild von der Lage gehabt hatte.

Bis Rosario ihr dann beisprang, unglücklicherweise erst nach dem Prozeß, blieb Martha der Spielball zwischen Rossos forciert guter Laune und dem mürrischen Charakter Volkos. Am Ende des Frühjahrs sah sie ihn dann ohne Mütze, aber das, was ihm als Haupthaar diente, sah ganz genauso aus wie das Hasenfell. Sie war der Meinung, es sei nicht gut für die Gesundheit, sich den Kopf mit Fell zu bedecken. Auf die Dauer mußte so etwas wie eine Verschmelzung der verschiedenen Haare stattfinden. War es Rosso, der sie empfing, verließ sie das Büro mit neuem Schwung, bei Volko dagegen völlig deprimiert.

Von der ersten Ermittlung, die Rosso am Ort des Geschehens anstellte, brachte er hochinteressante Dokumente über die Drogenpipeline zwischen Norfolk, dem Marinehafen, und der Universität Stone mit. Ebensowenig Mühe bereitete es ihm, den Typen ausfindig zu machen, der Stone mit geschmuggeltem Alkohol versorgte, und zu beweisen, daß Anthony, Buddy und Harry während der Dauer ihres Aufenthalts in White Home Unmengen von Tequila gekauft hatten. Vor allem aber brachte er eine Tonbandaufzeichnung mit, die er ohne Anthonys Wissen aufgenommen hatte. Er bat Martha, die Abschrift genau zu lesen.

Anthony: Als wir eingezogen sind, war David schon im Haus. Er hat uns alles gezeigt. Er hat uns gesagt, er sei schon seit zwei Jahren da.

Rosso: In Stone oder in dem Haus?

Anthony: Beides, nehme ich an.

Rosso: Erzählen Sie noch mal alles von Anfang an.

Anthony: Ich war es, der ihn mit Candice bekanntgemacht hat. Wir stammten beide aus Richmond. Wir waren im Sommer davor miteinander gegangen, und mit mir hat Candice auch das erste Mal geschlafen.

Rosso: Da war sie sechzehn?

Anthony: Ja, beinahe. War also normal, daß sie mich begleitet und mir hilft, mich in meiner Verbindung einzuleben. Sie kam mich jedes Wochenende besuchen. Das erste Mal war David nicht da. Ich hab Candice Buddy und Harry vorgestellt. Sie fanden sie ein sehr schönes Mädchen.

Rosso: Wie war das Haus aufgeteilt?

Anthony: David hatte das Zimmer im Erdgeschoß, das ruhigste und komfortabelste, nach hinten raus. Mit der Küche, dem Badezimmer und dem Wohnzimmer hatte er da eine richtige Wohnung zusammen. Wir haben dann natürlich die drei Zimmer im Obergeschoß besetzt, die sich alle drei das zweite Badezimmer teilen. Das hat keine Probleme zwischen uns gegeben. Das ist die Spielregel: die höheren Semester oder die Älteren haben die erste Wahl. Und dann fanden wir ihn nett. Er hat uns angeboten, uns von den Bieren zu bedienen, die er im *Fridge* kaltgestellt hatte. Er hat uns gesagt, es gäbe nur eine Sache, die er nicht ertrüge, und das wäre kleinliches Aufrechnen zwischen Mitbewohnern, Typen, die Striche auf die

Ketchupflasche machen, um den Verbrauch zu überprüfen, oder die ausflippen, weil jemand einen Löffel voll von ihren Cornflakes genommen hat. Jeder sollte wieder auffüllen, was er genommen hat, basta. Dann hat er uns noch gesagt, daß er auch was gegen Hausarbeit nach Stundenplan hätte, das würde nie funktionieren. Daß er sich ein für alle Mal um das Erdgeschoß kümmern würde, einschließlich Müll und Klo, und wir uns um das Obergeschoß. Das Wohnzimmer wäre natürlich Gemeinschaftsraum, und dabei hat er gezwinkert. Das beste am ersten Jahr wären die Mädchen, und er wünsche uns, daß wir sie öfter auf unseren Zimmern empfangen würden als im Wohnzimmer. Wir fanden ihn cool, vor allem für einen Typen, der an seinem Magister arbeitete, der einen Haufen arbeiten mußte und einen wahnwitzigen Zeitplan hatte.

Rosso: Und Candice?

Anthony: Wie ich Ihnen schon gesagt habe: Candice hat uns am ersten Wochenende besucht. Sie hat sich in meinem Zimmer niedergelasssen und gesagt, daß ihr in Rosebud derart die Jungs abgingen, daß sie vorhätte, dort zwar ihre Vorlesungen zu hören, aber bei uns hier zu wohnen. Sie fand, wir lebten hier in unserem Haus besser als die Mädchen ihres Jahrgangs in ihrem, mit zehn Zimmern auf jeder Etage. Nach dem, was Rosebud kostete, hätte jede Studentin in einem Einfamilienhaus untergebracht werden können, Platz dafür hätte es ja genug gegeben. Aber die Erstsemester-Studentinnen wurden alle zusammengesteckt, um so etwas wie ein Gemeinschaftsgefühl zu schaffen. Und das hinderte sie daran, Jungs zu empfangen. Man mußte an neun Türen vorbei, bevor man an der richtigen anklopfte, und dabei begegnete man zehn ausgehungerten Mädchen, die alle im selben Augenblick die Tür aufrissen! Harry hat gesagt, der Gedanke würde ihm gut gefallen, und wenn Candice ihn einmal einladen würde, ginge er gerne hin und klopfte bei ihr an.

Rosso: War das ein Angebot?

Anthony: Ja, gewissermaßen schon. Wir haben eben geflirtet. Mich hat das nicht gestört, daß Candice Harry gefällt. Schließlich waren wir nicht verheiratet. Und dann – es ist scheußlich, das jetzt zu sagen, wo sie tot ist – ich war nur halb glücklich darüber, sie so schnell in Stone auftauchen zu sehen. Wie David schon gesagt hatte, ich hoffte auf eine Menge Erfahrungen, auf eine Menge Mädchen. Und als ich sie sah, wie sie ankam, war ich zwar froh, weil sie ein ziemlich cooles Mädchen war (von Schluchzern unterbrochen), aber ich hatte auch Angst, daß sie jetzt schon klammern wollte. Ich war erleichtert, als ich dann feststellte, daß sie genauso drauf war wie ich. Auch sie wollte so viele Erfahrungen machen wie möglich. Ich war nicht eifersüchtig, als sie zu Harry aufs Zimmer ist. Und ab dem Moment war es natürlich quasi Ehrensache, daß sie auch zu Buddy geht. Es war das erste Mal, daß Buddy mit einem Mädchen ins Bett ist. Ja, ich glaube, Buddy hat es am meisten erwischt. Jedenfalls war er sauer, als Candice dann wieder zu mir gekommen ist. Wir haben uns aber ausgesprochen. Wir waren schließlich nicht hier, um uns das Leben schwerzumachen, vor allem nicht wegen eines Mädchens. Ich weiß nicht mehr, wer dann gesagt hat, auf David bezugnehmend, daß wir nicht anfangen würden, Striche auf die Ketchupflasche zu machen oder unsere Initialen auf die Eier zu malen, sondern daß wir auch Candice teilen würden, daß sie unser *Pet* sein sollte.

Rosso: Pet?

Anthony: Ja, *Pet*. Das ist so ein Ausdruck. Die Studentinnen von Rosebud dienen immer als Betthäschen der Verbindungen von Stone. Sie fungieren als sexuelles Überdruckventil. Ein *Pet*, das ist eben ein Häschen, eine Schlampe, na, Sie wissen schon.

Rosso: Sie meinen eine Nutte!

Anthony: Nein, eine Schlampe.

Rosso: Und was ist für Sie der Unterschied zwischen Nutte und Schlampe?

Anthony: Eine Nutte bezahlt man, die Schlampe macht's gratis.

Rosso: Und David?

Anthony: Die ersten drei Wochen, die wir da waren, haben wir nicht viel von ihm gesehen. Wir mußten unser Semester anfangen, er seinen Magister machen. Er arbeitete bis spät abends in der Bibliothek. Aber die Küche war in einem perfekten Zustand, der Müll getrennt und im Kühlschrank immer kaltes Bier. Es war eine ferne Präsenz, sehr beruhigend, so als würde jemand aus der Distanz über uns wachen. Manchmal sahen wir seinen alten Geländewagen draußen stehen. Wir haben uns gewundert, daß ein Student von seinem Niveau diese Schrottmühle fährt. Aber er ist uns so schick vorgekommen, daß wir sogar da dran unsere Zweifel bekamen. Womöglich war es ja gerade der Gipfel der Coolness, keinen Porsche zu fahren, sondern so ein unauffälliges Ding und das Auto als das zu behandeln, was es letztendlich war, ein Transportmittel, etwas, das keine Rolle spielt.

Rosso: Wann ist David Candice begegnet?

Anthony: An einem der darauffolgenden Wochenenden. Wir saßen alle vier im Wohnzimmer. Wir waren gerade nach Hause gekommen und hatten schon kräftig gezecht. Und jetzt nahmen wir noch ein letztes Glas. Wir haben über Sex geredet. Candice hat gefragt, ob wir schon mal Analverkehr probiert hätten. David stand in der Tür und beobachtete uns. Das hat mich ernüchtert, weil das war so Gerede unter uns, Sachen, die wir in Gegenwart eines Außenstehenden nie gesagt hätten. Plötzlich kam er mir extrem fremd vor, wie er da so in der Tür stand, als würde er nicht mit uns zusammen wohnen, als wäre er ein … ein Lieferant, irgend so etwas, kurz gesagt jemand, der nicht verstehen konnte, wie ein Mädchen wie Candice solche Sachen sagen kann.

Dann hat er uns über die Verlegenheit hinweggeholfen. Sobald er den Mund aufmachte, nahm er mit seiner Welterfahrenheit und seiner Art, cool zu sein, jedem die Verlegenheit. Er hat Candice die Hand hingestreckt: Willkommen. Das war so, als würde er sie bei sich zu Hause aufnehmen. Mit einem Mal hatte er die ganze Situation umgedreht, jetzt waren wir die Besucher, die ohne eingeladen worden zu sein darauf warteten, daß der Hausherr zurückkommt, und ihm währenddessen sein Bier wegtranken. Willkommen. Sie hat ihm ihren Namen gesagt. Für David gab es keine Candice, sondern gleich Candy, die süße und runde Koseform, einen Namen, den man lecken, lutschen, knabbern kann und den er genießerisch in seinem Mund kaute. Dann wiederholte er: Candy, Candy aus Rosebud, und hielt ihre Hand fest.

Dann hat er gesagt, er ginge jetzt schlafen, er hätte einen harten Tag hinter sich und der kommende würde noch schlimmer werden. Beim Weggehen hat er noch gesagt, daß keine Butter im *Fridge* wäre. Daß er es uns lieber gleich sagen würde, damit wir nicht auf dumme Gedanken kämen. Und dann hat er, zu Candy gewandt, noch hinzugefügt: Ohne Butter ist es auch viel besser.

Rosso: Ist das der genaue Wortlaut, den er benutzt hat?

Anthony: Ja, das ist der genaue Wortlaut.

Rosso: Hat Candice die Nacht bei ihm verbracht?

Anthony: Bei mir hat sie sie nicht verbracht.

Rosso: Sie ist also zu ihm gegangen. Sie haben das doch gewußt. Sie haben doch bestimmt darüber geredet.

Anthony: Ja, sie hat die Nacht bei ihm verbracht.

Rosso: Hat er das mit ihr abgemacht?

Anthony: Nein.

Rosso: Sie ist also einfach so zu ihm gegangen?

Anthony: Genau. Einfach so.

Rosso: Kann man sagen, daß sie seine Geliebte wurde?

Anthony: Wenn Sie damit sagen wollen, daß sie danach nicht mehr zu uns gekommen ist, ja.

Rosso: Er war ihr einziger Liebhaber?

Anthony: Ich glaube ja.

Rosso: Und Sie haben das akzeptiert?

Anthony: Wir fanden das nicht so großartig. Wissen Sie, er war ja schließlich ein Fremder . . .

Rosso: Ja, so etwas wie ein Lieferant, jemand, der kein Recht auf das *Pet* hat?

Anthony: Kein Recht auf das *Pet*.

– Und was ist Ihr Eindruck, Mrs. Dennis? hatte Rosso Martha gefragt.

– David hatte eine Beziehung mit dem Mädchen.

– Das kann wohl keiner abstreiten. Eine von beiden Seiten absolut freiwillig eingegangene Beziehung. Sie sind die ganze Woche lang miteinander ins Bett gegangen, bis zur letzten Minute. Aber ich meine das andere, Madam, die Tatsache, daß Candice eine echte kleine Nutte war. Hab ichs Ihnen nicht gesagt? Diese ganze Geschichte, das ist Sex und Geheimnis.

20

– Was sagen Sie dazu? fragte mich Rosario, als ich die Abschrift des Tonbandes fertiggelesen hatte.

Es ging in die Richtung, in der wir selbst dachten: Alles deutete auf eine Verschwörung hin. Eine abgeschottete und elitäre Gemeinschaft schob einem Fremden auf Durchreise einen Mord in die Schuhe. Man sah, daß die Jungs es nicht sonderlich gut verkrafteten, das Mädchen zu teilen. Wenn Anthony, der offizielle Beschützer von Candice, es schon nicht ertrug, daß David die gewagten Worte von Candice mitanhörte, dann konnte er erst recht nicht akzeptieren, daß sie in White Home in die Praxis umgesetzt wurden. Die Jungs reagierten frustriert auf David, diesen Typen, gegen den sie nicht ankamen und der in einer eigenen Liga spielte. Von daher ihr Wunsch, ihn von seinem Podest fallen zu sehen und ihn am besten auch gleich am Boden zu zerstören. Was Candice betraf, so hatte sie für den Fremden, den Älteren, den Erfahrensten einen Verrat begangen. Dadurch hatte sie mit einem Schlag die Richmonder Liebschaft mit Anthony, Harrys ungeschickte Versuche und Buddys erstes Mal verleugnet. Sie hatte sie unter ihrem eigenen Dach verhöhnt. Das erklärte alles: die Strafexpedition gegen Candice, die Beschuldigung Davids – ein perfektes Verbrechen. Dazu kam noch der Alkohol, von dem Rosso andauernd redete. Und natürlich auch die Drogen, die, wenn sie schon zwischen Norfolk und Stone zirkulierten, wohl kaum vor der Tür des Verbindungshauses haltmachten. Es ist wahrscheinlich, daß die Jungs mit ihrem Eintritt ins aktive Leben alles einmal ausprobieren wollten.

– Und Drogen auch, sagte ich.

– Drogen! jubelte Rosario.

Anthony war völlig stoned. Deswegen hatte Rosso ihn mit dem Interview auch so in die Falle locken können. Er hatte ihm Stoff gegeben, er war völlig zu, als er sich hinlegte. Der Alkohol und die Drogen erklären nicht nur, daß sie die Tat begangen hatten, sondern auch, daß gefoltert wurde. Sie hatten sich in einem Anfall von Wahnsinn über ihren Körper hergemacht. Und der Wahnsinnigste von ihnen hatte mit aller Kraft das Gesicht von Candice verstümmelt.

– Und? fragte ich Rosario. Was haben die Geschworenen mit dieser Aussage angefangen?

– Nichts. Nichts, weil weder das Band noch die Abschrift überhaupt bis zu den Geschworenen gelangt sind. Das ganze ist, stellen Sie sich das vor, bei Davids eigenem Verteidiger hängengeblieben, diesem Floyd. Barry Douglas Floyd! Er hat erklärt, er wolle nicht mit Dokumenten arbeiten, die unter dubiosen Umständen zustandegekommen wären, das habe keine Beweiskraft.

Rosario hatte Floyd im Verdacht, das Tonband der Gegenpartei zugespielt zu haben. Mit diesem Dokument hatte die Anklage das Verfahren wasserdicht gemacht. Keinerlei Anspielung auf das Privatleben des minderjährigen Opfers. Keinerlei Anspielung, die die Zeugen bloßstellen könnte. Der Alkohol schrumpfte zusammen auf ein Glas Bier von Zeit zu Zeit. Von Drogen keine Spur. Und das, obwohl man Anthony auf eine Entziehungskur hatte schicken müssen.

Rosso gab nicht auf. Jetzt konzentrierte er sich auf Candice. Er hatte in Richmond Beweise für ihre sexuelle Frühreife gefunden. Man hatte ihm von einer Austauschreise nach Frankreich berichtet, bei der Candice sich sehr schlecht aufgeführt und den Vater ihrer Gastfamilie sexuell bedrängt habe und sich weniger für die Kinderspiele ihres dreizehnjährigen Alter Egos interessierte, als für die Spiele, die der junge Vater mit ihr treiben könnte. Es war zu einem unangenehmen Briefwechsel zwischen den Familien gekommen, und Candice war früher als vorgesehen nach Hause zurückgeschickt worden, was zu zusätzlichen Kosten wegen des Flugtickets geführt hatte. Die Auseinandersetzung drehte sich nicht um das eigentliche Problem, das Fehlverhalten des jungen Mädchens, sondern darum, wer das Ticket bezahlen sollte, eine lächerliche Summe, die sowohl die eine wie auch die andere Familie bezahlen konnte, aber eben, aufgrund ihres verletzten Stolzes, nicht bezahlen wollte.

– Ich fahre nach Paris, hatte Rosso vorgeschlagen. Ich werde diesen Typen zum Sprechen bringen, er hat eine Menge auf dem Herzen.

– Nein, nicht Paris! hatte Martha gefleht.

Sie hatte die Rechnung für Rossos Reise nach Norfolk, sein Hotelzimmer, die Restaurants und selbst die Drogen für Anthony erhalten, die unter der Rubrik »unvorhergesehene Spesen« liefen. Anthonys Aussage war sie sehr teuer zu stehen gekommen.

In dieser ganzen Geschichte ging es Rosso nur um eines, nämlich darum, Beweise für seine anfängliche Intuition zu finden, daß Candice »eine Nutte sei«. Aber soviel hatte Martha schon verstanden: Hätte er es nachgewiesen und wäre sie tatsächlich eine gewesen, inwiefern hätte das David entlastet? Rosso verrannte sich. Volko hatte das Problem wesentlich besser erfaßt, für ihn lag es bei den jungen Leuten der Verbindung, den einzigen Belastungszeugen. Die Aussagen Anthonys, der erzählt hatte, David gegen sechs Uhr morgens auf dem Korridor über den Weg gelaufen zu sein, und Buddys, der ihn mit einem Surfbrett gesehen und ihn gefragt hatte, ob die Wellen denn gut wären, wogen tonnenschwer gegen David. Daraus ließ sich nämlich einwandfrei schlussfolgern, dass er genügend Zeit gehabt hatte, Candice an den Strand zu bringen, nachdem er sie ermordet und verstümmelt hatte. David seinerseits schwor, daß er um halb vier, allerspätestens um vier losgefahren sei, jedenfalls seinem Zeitplan bereits hinterher.

Die jungen Leute hatten gelogen. Man hätte sie vorladen, verhören, überführen müssen. Nichts davon war geschehen. Ein Kurzauftritt während der Verhandlung, ein Aufblitzen von blauen Hemden, schwarzen Blazern, Krawatten mit dem Wappen der Verbindung. Anthony, Harry, Buddy, so austauschbar wie die Spieler einer Fußballmannschaft. Man mußte sie wieder auftreiben. »Gute Frau«, sagte Volko, »zu solchen Leuten kann man nicht einfach so hingehen.«

Während des Prozesses, zu dem sie nur als Zeugen geladen waren, wurden sie von einer ganzen Armee von Coachs, Psychologen und Anwälten beraten, die sie jedes einzelne Wort und jede Geste hatten einüben lassen. Gewiß, Staatsanwalt Benbow würde sie nicht belästigen, aber es war immerhin möglich, daß der Angeklagte sie provozierte. Sie durften ihm nicht antworten, sie mußten seinem Blick ausweichen. Sie sollten ausschließlich Richter Edward anblicken, nicht den Angeklagten. Sollten sie nervös werden, Vorsicht mit den Händen. Die mußten den Blicken der Geschworenen entzogen bleiben, schön flach auf den Schenkeln liegen, damit man sie weder erröten noch schwitzen sieht. Sie vorher ein wenig mit Talkum einreiben. Viel Deo benutzen, und zwar Grey Flanel. Wenn sie dann an den Geschworenen vorübergingen, würden die den Geruch der Unschuld wiedererkennen.

Aber jetzt, wie sollte man sie jetzt zum Sprechen bringen? Ihre Lügen sind wie eine Festung, deren Mauern mit jeder neuen Unwahrheit dicker werden. Sie hätten sich am Morgen der Tat schuldig bekennen können, auch nach der Entdeckung der Leiche hätten sie gestehen können. Während der Verhandlung waren sie bereits in ihrem Lügenbau verbarrikadiert. Und heute waren sie so unschuldig, daß sie beim geringsten öffentlichen Zweifel ihre Anwälte losgelassen hätten. »Das ist die Art von Leuten, wenn deren Kühlschrank nicht mehr funktioniert, dann rufen sie, bevor sie noch einen

Handwerker kommen lassen, ihren Anwalt an, damit er dem Hersteller einen Schadenersatzprozeß anhängt.«

Volkos Wunsch wäre es gewesen, daß die Eltern von Candice sich gegen die Familien der Jungen wenden, Stone gegen Rosebud, der Staatsanwalt gegen den Richter. Wäre David nicht gewesen, wäre das nicht gegangen, aber mit David ging es noch viel weniger. »Also der hat wirklich den Jackpot gewonnen. Er hat den Mord am Hals und hat zugleich drei Jungs aus gutem Hause ihre Unschuld wiedergegeben. Und zum Ausgleich haben die Jungs aus gutem Haus Candice ihre Jungfräulichkeit wiedergegeben. Alle unschuldig, dazu das Mädchen tugendhaft. Dementsprechend muß es sich um eine Vergewaltigung gehandelt haben. Quod erat demonstrandum.«

– Eben, die Vergewaltigung, sagte ich zu Rosario. Wenn es eine sexuelle Beziehung war, dann war es keine Vergewaltigung. Wenn es eine Vergewaltigung war, dann muß es doch wohl Beweise dafür geben ...

– In Virginia gilt jede sexuelle Beziehung zu einer Minderjährigen unter achtzehn Jahren als Vergewaltigung, erklärte Rosario mir.

21

ROSSO HATTE ALSO CANDICES LASTERHAFTEN LEBENSWANDEL beweisen wollen, nachweisen, daß sie schon seit langem sehr freizügig lebte, um damit der Anklage das besonders schwerwiegende Argument der Vergewaltigung aus der Hand zu schlagen. Aber es war eine Obsession von ihm, alle Mädchen als Nutten zu bezeichnen. Die Art und Weise, wie er es sagte und ständig durchblicken ließ, war ekelhaft. Denn, ganz gleich wieviel Freiheiten Candice sich herausgenommen hatte, gab nichts dem Detektiv das Recht, sie so zu nennen. Bis zum Beweis des Gegenteils hatte sie wohl kaum ganz alleine Liebe gemacht, hatte sie weder Anthony, noch Harry oder Buddy zu etwas gezwungen. Die waren ja wohl einverstanden, was sage ich: begeisterte Abnehmer waren sie, und auch der junge französische Familienvater mußte sich seiner Sexualität nicht sehr sicher gewesen sein, daß er sich von einem kleinen Mädchen derart den Kopf verdrehen ließ.

Schlampe, läufige Hündin, Matte, Möse. Ich weiß nicht, ob die englischen Wörter schicker klangen. Ich weiß nur, daß es überall die gleichen Wörter waren. Mein Herz zog sich zusammen. Die gleichen Beleidigungen, die gleiche Gewalt, der gleiche Wahnsinn. Die meisten Morde an Frauen wurden von Typen begangen, die unter Drogen standen, betrunken waren oder auch nur einfach hinter einer her und die sich dann irgendein Mädchen bis zum Tode vornahmen, sei sie nun eine Bekannte, eine Unbekannte, alt, jung, willig oder unwillig, halb willig oder ganz und gar widerspenstig.

Und mit der Leiche der vergewaltigten Frau machten sie dann nochmal dasselbe: mit irgendwelchen Gegenständen, mehreren zugleich, man hätte die Schaukästen eines gerichtsmedizinischen Instituts damit füllen können. Die höhere Schule: Bisse, Schnitte, abgetrennte Glieder. Und für einige Künstler dann noch Kannibalismus, roh oder gekocht. Zum Schluß nur noch ein einziges Ziel: den Körper verschwinden lassen. Vergraben, versenken, verbrennen? Benzin besorgen, übergießen, ein Streichholz anreißen. Die Schlampe, die Sau hat ihr Fett weg, sie ist verkohlt, sie ist vernichtet, nur noch ein wenig Asche auf dem Erdboden.

Von den Verurteilten, denen die große Reise bevorstand, hatte es der Zellennachbar von David Dennis auf fünf Opfer gebracht, das Gemetzel einer einzigen Nacht, in der er in das Haus gegenüber eingebrochen war. Er hatte zunächst die Mutter vergewaltigt, ermordet und verstümmelt, bevor er die vier schlafenden Kinder umbrachte und schließlich, um sein Werk zu krönen, dem Hund die Kehle durchschnitt. Dann mußte er natürlich das Haus in Brand stecken. Er plädierte auf mildernde Umstände, er fand allerlei entschuldigende Gründe. Entschuldigende Gründe? Eine langunterdrückte Lust am Tod der anderen, ein enttäuschter Mordtrieb vielleicht?

David Dennis hatte sich wie ein Wilder gegen die Anschuldigung der Vergewaltigung zur Wehr gesetzt, die er empörend fand. Rosario hatte mir erklärt, daß er schon von dem Moment der Beweisaufnahme an dagegen revoltiert hatte, als der Bericht des Gerichtsmediziners verlesen wurde, der bestätigte, daß die Wunden im Genitalbereich der Leiche nur durch eine »gewaltsame Penetration« zugefügt worden sein konnten. David hatte verlangt, daß dieser Ausdruck als zu tendenziös gestrichen werden müsse. Der Gerichtsmediziner hatte dazu ausgeführt, er benutze das Wort »gewaltsam« in seinem medizinischen Sinne, es bedeute nichts anderes, als daß Gewalt angewendet worden sei, was keine Aussage über ein Einverständnis des Opfers beinhalte. Davids Anwalt hatte es nicht für ratsam gehalten, hier zu insistieren.

Im weiteren Verlauf des Prozesses erging der Gerichtsmediziner sich in einer detaillierteren Darstellung, in der er feststellte, die vaginalen Verletzungen seien durch eine »brutale Penetration« zugefügt worden. Nicht nur hatte er Davids Vorbehalte nicht berücksichtigt, er beeinflußte auch die Überzeugung der Geschworenen. »Brutale Penetration« war noch wesentlich schwerwiegender als »gewaltsame Penetration«.

David forderte vom Gericht ein Gegengutachten, um die Aussage des Gerichtsmediziners zu widerlegen, denn die einzigen Beweise für eine Vergewaltigung lagen ausschließlich in den Formulierungen des offiziellen Experten. Richter Edward lehnte das Gesuch ab. Und so entschieden die Geschworenen auf eine körperliche Vergewaltigung zusätzlich zu dem Tatbestand »Vergewaltigung Minderjähriger«, und das einzig aufgrund des Gutachtens, von dem Rosario schwor, es sei zweifelhaft, da von einem Arzt erstellt, der mit Rosebud verbandelt war.

Ich bewunderte Davids Kampfgeist, allein, arm und im Stich gelassen, wie er war, von einem Anwalt, der nicht an seine Unschuld glaubte und ihn drängte, seine Schuld zu gestehen: »Sie müssen jetzt ganz schnell damit aufhören, bevor es unwiderruflich widerwärtig wird! Keine Details, bitteschön, und kein einziges Wort über körperliche Dinge, kapiert? Das wird Ihnen nämlich niemand verzeihen! Bleiben wir bei dem Mord, sprechen wir von der Vergewaltigung ausschließlich, um die Anschuldigung zurückzuweisen, und alles andere, wissen Sie, das sollte mit keinem Wort erwähnt werden.«

Als ich ihn in Greenleaves kennenlernte, hatte David sich ziemlich pedantisch und spitzfindig gezeigt. Er schien enttäuscht, daß ich es nicht für nötig erachtet hatte, seinen Fall zu studieren, bevor ich ihn besuchte, was ich mir in jedem Fall nicht gestattet hätte. Er wollte reden, aber nicht über Gott und die Welt, nicht über die Todesstrafe in den USA, nicht über Haftbedingungen, über keines der allgemeineren Themen, auf die ich ihn zu bringen suchte. Er wollte über seinen

Fall reden, und vor allem über die angebliche Vergewaltigung, die ihn in die Todeszelle gebracht hatte.

Er war wütend, weil keine einzige Zeugenaussage ein Gegengewicht gegen das ungerechte Gutachten des Gerichtsmediziners geliefert hatte, vor allem war er wütend darüber, daß keiner seiner Mitbewohner von der Szene erzählt hatte, die sich eine Woche vor dem Mord abgespielt hatte, als Candice vor allen erklärt hatte, auf der Suche nach neuen sexuellen Erfahrungen zu sein, und hinterher den Rest der Nacht mit ihm verbracht hatte. Sie war aus eigenem Antrieb in sein Zimmer gekommen und dort geblieben. Auch in der Nacht des Mordes wollte sie lieber dort schlafen, als nach Rosebud zurückzukehren, wie er es ihr vorgeschlagen hatte. Reichte das nicht als Beweis, daß es keine Vergewaltigung gab, oder wenn doch, daß dann nicht er der Täter gewesen war, sondern die anderen?

– Mir war nicht bewusst geworden, bis zu welchem Punkt die anderen eifersüchtig auf mich waren. Alles ist bestens gelaufen zwischen ihnen und mir bis zu dem Tag, als sie mir Candy vorgestellt haben, als sie mit mir gekommen und dann bei mir geblieben ist. Das hat sie gedemütigt.

Er sagte »Candy« mit großer Zuneigung. Er redete von ihr wie von einer Freundin, deren entsetzliches Schicksal ihm naheging, ein Schicksal, das ihm viel entsetzlicher zu sein schien als sein eigenes. Auch nach zehn Jahren Haft, nach Gerichtsverhandlung und Berufung, jetzt am Ende des Weges, in Erwartung seiner Hinrichtung, war sie immer noch nicht zu seiner Feindin geworden, zur Hauptursache seines Unglücks. Er bedauerte nur, auf Leben und Tod an ein junges Mädchen gekettet zu sein, das ihm im Grunde recht wenig bedeutet hatte. Er war weit entfernt von der rachsüchtigen, blinden, eifersüchtigen, tödlichen und strafenden Leidenschaft, diesem Mordwunsch, den ihm Staatsanwalt Benbow in seinem Plädoyer unterstellt hatte. Er hatte ihre Beziehung als das genommen, was sie war: eine erotische Erfahrung mehr für sie beide. Candy hatte ihn nicht mehr geliebt als er sie. Er liebte Susan. Mit Susan wollte er leben. Ihr hatte er nie etwas von Candy erzählt, einem Bonbon, einer Nascherei, einem Abenteuer ohne Bedeutung.

Staatsanwalt Benbow kam es gelegen, daß es eine Vergewaltigung gegeben hatte, nicht eine sexuelle Beziehung im gegenseitigen Einvernehmen zwischen einem Mädchen, das zwar minderjährig sein mochte, aber erfahren genug war, und einem Erwachsenen, in einem der Zimmer des Verbindungshauses. Wenn David sich keine Gedanken um Candices Alter gemacht hatte, dann weil sie älter wirkte und sich in der Atmosphäre von freier Liebe, die innerhalb der Verbindung herrschte, als emanzipiertes Mädchen zeigte, das über ein erstes Erlebnis weit hinaus ist. Staatsanwalt Benbow kam es gelegen, daß es eine Vergewaltigung gegeben hatte, um ihm einen besonders heimtückischen Mord in die Schuhe schieben zu können. Die beiden Anklagen waren getrennt verhandelt, aber zum Schluß im Rahmen einer beängstigenden Logik zusammengelegt worden: Er vergewaltigt sie, dann ermordet er sie, damit sie nicht redet. Die Vergewaltigung erst lieferte das Motiv für den Mord. Ergo war der Mord ein besonders heimtückischer. David beteuerte es immer wieder: Es hatte keine Vergewaltigung gegeben.

Als er auf die Anklage wegen bestialischer Grausamkeiten zu sprechen kam, die das ganze Paket abrundete, glaubte ich, nicht recht gehört zu haben und rückte näher an die Scheibe. Er hatte vom ersten Tag an verlangt, daß die Zahnabdrücke untersucht werden sollten.

– Wie bitte?

– Die Zahnabdrücke.

– Ah!

– Warum haben die das immer verweigert? Das ist der einzige Beweis, sagte er mir, indem er sein Geschicht zu meinem heranschob, der einzige, der mich vollkommen entlasten würde. Man hat mein Sperma gefunden, man hat ihr Blut gefunden, man hat unsere beiden miteinander vermischten Spuren im Schlafzimmer und im Bad gefunden. Aber die Male von den Zähnen sind nicht meine. Wenn ich seit Beginn der Geschichte verlange, daß diese Untersuchung gemacht wird, dann weil ich unschuldig bin. Für den Richter sind die vaginale Untersuchung und der Gentest hinreichende Beweise, gegen die alles andere nichts ausrichten kann, aber mir kommen sie nicht zupaß, mir genügen sie nicht.

– Sie müssen gezwungen werden, sagte er zu mir und betonte dabei jedes einzelne Wort, die Zahnabdrücke zu untersuchen! Das ist meine letzte Chance.

22

Nach zehn Jahren und zahllosen Eingaben glaubte Rosario, daß es noch immer möglich sei, den Fall neu aufzurollen und eine Untersuchung der Abdrücke zu erzwingen. Der ganze Prozeß war getürkt gewesen. Floyd, der Pflichtverteidiger, hatte nie an die Unschuld seines Mandanten geglaubt, er hatte nicht einmal so getan als ob. Er spielte eine Statistenrolle, das Gesicht die gesamte Zeit auf seinen Herrn gerichtet, Richter Edward. Es war seine Schuld, daß die Geschworenen vom Gutachten des Experten manipuliert worden waren. Es war seine Schuld, daß das Gericht den Bericht Rossos nicht zu den Akten genommen hatte, seine Schuld ebenfalls, daß Anthony nicht in den Zeugenstand gerufen worden war, um von den Ereignissen der dem Mord vorausgehenden Woche zu erzählen, angefangen von jenem ersten Samstag, als Candice David auf sein Zimmer begleitet hatte, bis hin zu der fatalen Nacht zum Sonntag, in der sie dort geblieben war. Was Anthony nämlich im Zeugenstand und unter Eid hätte aussagen müssen, war, daß Candice jeden Abend dieser Woche in Davids Zimmer gegangen war, daß sie dort mal einen Slip, mal ein Paar Socken, einen Badeanzug vergessen, sich ein Handtuch geborgt hatte, sich das Haar mit seinem Shampoo wusch und in seinem T-Shirt schlief.

Floyd hatte nicht Anthonys Erscheinen verfügt, dafür hatte er Janet vorladen lassen.

– Janet?

– Janet Leigh, die Ex-Frau von David, von der er ein Jahr, bevor er Candice kennenlernte, geschieden worden war. Und das, wenn man wußte, wie diese Scheidung abgelaufen war, wessen sie ihn schon alles beschuldigt hatte, um einen möglichst hohen Unterhalt rauszuschlagen, mit welchen böswilligen Lügen sie ihn um sein Bankkonto und sein neues Auto erleichtert hatte! Sie hatte ihn ja quasi gezwungen, die Flucht zu ergreifen und irgendwo anders wieder neu anzufangen: Er war fortgegangen, damit sie ihm nicht mit ihren ständigen Geldforderungen zusetzte.

Als Martha mitansah, wie sich Janet in den Zeugenstand setzte, wurde ihr übel, genauso wie ihr übel geworden war, als er sie zu Hause anschleppte. Er hatte Janets Ankunft mit einem gesummten Hochzeitsmarsch begleitet: »Da damm da daa ...« Das Mädchen war zäh, knochig, alt: dreißig, fünfunddreißig schon, nach eigenen Angaben erst neunundzwanzig, er war gerade zweiundzwanzig. Sie war nach Art des »white trash« geschminkt, mit sehr viel Lidschatten. Ihre Augenbrauen waren zu sehr gezupft, die Haare strohig von zuviel Spray, um den Hals trug sie eine Kette aus weißen Kugeln. »Da damm da daa«, fuhr David fort und hielt sie um die Taille gefaßt. Er brauchte seiner Mutter nicht zu sagen, daß das Mädchen Serviererin war, geschieden und daß es ein siebenjähriges Kind hatte. Das war alles an den Mundwinkeln abzulesen, an dem zu kräftigen Kinn und den hohlen Wangen. Da stand alles geschrieben, und was da geschrieben stand, war schlimm.

Janet quäkte: »*Honey! Sweet! Great!*«, als wollte sie den Abstand zwischen Marthas enttäuschter Kälte und ihrer eigenen überbordenden Emotionalität deutlich machen, der doch dieses Vertrocknete und Erschöpfte ihres ganzen Körpers Hohn sprach. »Was ist los?« ging David zum Angriff über, ohne daß zwischen seinem Hochzeitsmarsch und seinem Zornesausbruch irgend etwas vorgefallen wäre. »Was hast du? Paßt dir was nicht?« Er sagte ihr, daß Janet ebensoviel wert sei wie sie, daß er keinen großen Unterschied zwischen dieser Frau mit ihrem Sohn und dem Pärchen sehe, das sie beide gebildet hatten, außer – und dabei wurde seine Stimme triumphierend –

außer daß es Janet gelungen sei, geheiratet zu werden, wogegen sie immer alleine geblieben wäre, ganz alleine. »Und dieses Kind wird mein Kind sein«, sagte er ihr laut und jedes Wort betonend. »Ich werde es aufziehen, und ich werde es adoptieren.« Und dann machten die beiden wieder kehrt. Martha hatte keinen Ton gesagt, und Janet ging, als hätte sie sie persönlich beleidigt.

– Ich weiß nicht, was ich getan habe, gestand Martha uns. Ich war vor allem erleichtert, daß sie verschwinden. Sie waren nur so kurz geblieben, daß ich lange das Gefühl hatte, das Ganze wäre nur ein Traum gewesen und er hätte gar nicht geheiratet oder wenn doch, dann ein Mädchen, das studierte, eine Journalistin, eine Anwältin, die ihn zu Höherem bekehren würde. Hinterher habe ich dann versucht, mich damit abzufinden, das ganze konnte nur eine Übergangslösung sein, Janet war lediglich eine Ersatzmutter, sie würde ihn schon auf den rechten Weg bringen, ihn zusammen mit ihrem Jungen erziehen und vielleicht viel besser, als ich es gekonnt hatte.

Sie hatte Gewissensbisse gegenüber Janet verspürt. Hätte sie sie angenommen, hätte sie damit all die unfreundlichen Erlebnisse ausgeglichen, mit Vermietern, Arbeitgebern, Lehrern, Sozialämtern, Versicherungen, all das, was sie selbst hatte ertragen müssen mit David, als er ein Kind war, die ganzen Quälereien der Armut, die einem die Züge hart werden läßt und die Stimme verstellt, so daß man entweder mit zuviel Wärme oder zuviel Bitterkeit spricht. Sie hatte ihre Kälte ehrlich bedauert bis zur Scheidung, bei der eine hartherzige und rachsüchtige Janet ihren Sohn anklagte, sie mißhandelt zu haben. Sie hatte ausgesagt, daß die Entwicklung ihres Sohnes von diesem gewalttätigen und instabilen Stiefvater zutiefst gestört werde.

Und mit genau dem selben affektierten und bösartigen Gesicht, mit einem triumphalen Glitzern in den Augen, war sie zur Verhandlung erschienen. Der Richter wollte wissen, ob sie das Opfer von Gewalt geworden sei. Sie zeigte das Protokoll einer ärztlichen Untersuchung. Der Arzt hatte Blutergüsse im Gesicht, Verletzungen der Kopfhaut, Strangulationsmale am Hals, Quetschungen am Oberkörper festgestellt.

– Können Sie uns erklären, wie es damals zu diesen Verletzungen gekommen ist?

– Wir hatten Geschlechtsverkehr, dabei war er extrem brutal, ich habe ihn gebeten aufzuhören. Er war wie wahnsinnig, er hat sich auf meine Brust gekniet, er hat versucht, mich zu erwürgen. Es ist mir gelungen, mich zu befreien. Er hat mich erneut gepackt. Er hat meinen Kopf genommen und ihn gegen die Wand geschlagen. Mein Sohn weinte. Zum Glück sind die Nachbarn gekommen und haben gegen die Tür geklopft. Da hat er aufgehört, und ich konnte entkommen. Ich bin zur Polizei begleitet worden, da hat mich ein Arzt untersucht und dieses Protokoll aufgenommen.

– Sie haben es gehört, hatte Staatsanwalt Benbow sich wieder an die Geschworenen gewandt, derselbe Ablauf, der bei unserem Opfer allerdings zum Tode geführt hat. Wenn Janet Leigh gerettet wurde, dann in letzter Sekunde und dank des Eingreifens der Nachbarn. Für Candice hat sich keine Tür geöffnet, David Dennis hatte den Schlüssel zweimal umgedreht. Sie konnte nicht entkommen. Ohne ihre Nachbarn wäre Janet Leigh das gleiche widerfahren wie dem Opfer. Sie wäre tot und verstümmelt.

Und Floyd hatte es nicht für angebracht gehalten zu intervenieren, noch nicht einmal, ein Kreuzverhör zu veranlassen, bei dem herausgekommen wäre, daß Janet Leigh im Anschluß an diese angebliche Horrorszene das gemeinsame Leben wieder aufgenommen hatte.

– Und was meinen Sie wohl, was ich tun soll? hatte er auf Davids Vorwürfe geantwortet, all diese Widerwärtigkeiten noch in die Länge ziehen? Glauben Sie nicht, daß alle hier genug haben von den Schreien, den Schlägen und dem Sex?

Haben Sie sich die Geschworenen angesehen, jedesmal wenn irgendeines von diesen Wörtern ausgesprochen wird, die sich auf den Körper beziehen? Haben Sie sich das Gesicht von Richter Edward angesehen, wenn von Sex die Rede ist? Was wollen Sie denn, daß diese Frau noch alles sagt? Daß Sie sie vergewaltigt hätten? Wollen Sie, daß die Geschworenen nach all den Schlägen, der Körperverletzung, der Strangulation und allem anderen auch noch was über eine Vergewaltigung hören müssen?

23

DAVID WAR GEWALTTÄTIG. ER EXPLODIERTE HÄUFIG UND war dann nicht immer in der Lage, sich zusammenzureißen. Ein Wutausbruch riß ihn hin, und ebenso schnell kam er dann wieder zur Ruhe. Das hatte Martha schon zu Hause erfahren. Außer Haus war er angenehm, beliebt, komisch. Sie war erleichtert, es niemandem erzählt zu haben, daß er versucht hatte, sie zu erwürgen. Da war er zwölf Jahre alt gewesen, es war in der Karwoche, im Jahr von »Mut und Bürgersinn«. Er hatte nicht ins Ferienlager reisen können und verbrachte den ganzen Tag vor dem Fernseher.

Als sie nach Hause kam, war die Beleuchtung ausgeschaltet, der Fernseher noch warm. Sie hatte gesagt: »Ich weiß, daß du hier bist. Zeig dich.« Er hatte sie von hinten angegriffen, einen Arm um ihren Hals gelegt und sie zum Stürzen gebracht. Für sie war es noch ein Spiel. »Hast mich gut erwischt. Du bist ein echter GI.« Aber er hatte seinen Griff nicht gelockert, und plötzlich war sie dabei, sich mit allen Kräften gegen ihren eigenen Sohn zu wehren. Zum Glück war er doch noch ein Kind, und schließlich gelang es ihr, sich zu befreien und das Licht anzumachen. Tatsächlich war er als GI verkleidet, trug Tarnkleidung, schwarze Farbe im Gesicht und ein Stirnband um den Schädel.

Sie hatte sich gefragt, ob sie mit der Psychologin darüber sprechen oder ob sie nicht sogar diesen Zwischenfall benutzen sollte, um David doch noch in die Ferien geschickt zu bekommen, indem sie zeigte, bis zu welchen Exzessen die Einsamkeit ein Kind treiben konnte. Aber intuitiv eine Gefahr ahnend, hatte sie davon abgesehen, über den Vorfall zu reden, auch nicht vor ihrer Mutter, die doch Geschichten über GIs liebte und das, was passiert war, ohne Aufhebens entdramatisiert hätte. Diese Geschichte blieb wie eine Drohung zwischen ihnen stehen. Sie sollte niemals erfahren, was an diesem Tag in seinem Kopf vorgegangen war. Als Janet Leigh ihre Aussage vortrug, hatte sie sich plötzlich wieder an die Szene erinnert, wie sie hinfiel, die Bisse in ihren Hals, wie sie keine Luft mehr bekam und wie unglaublich kräftig der Arm gewesen war, der ihr die Kehle zudrückte. Und diese Situation – die jammernde Frau, die gespannt lauschenden Geschworenen, die dargestellten Fakten, verlieh dieser Kindheitsepisode mit einem Mal eine erschreckende Dimension.

– Niemand weiß etwas davon, keine Psychologin, keine Sozialhelferin, nicht einmal meine Mutter hat etwas davon erfahren, und meine Mutter ist tot. Martha spuckte ihr Geheimnis aus.

Vielleicht haßte David sie, und haßte er durch sie hindurch alle Frauen? Sie fand, daß sie schlecht für ihn gewesen war, schlecht, weil sie ihm keinen Vater gegeben hatte, und schlecht aufgrund ihrer zugleich anspruchsvollen und laxen Erziehung. Sie hatte Schwieriges von ihm verlangt, ohne ihm die Fähigkeiten zu geben, es zu tun. Es wäre ihr Traum gewesen, daß er ein Studium machte, aber sie hatte nicht genügend Geld gespart, um es ihm zu bezahlen. Er hatte sich in verschiedenen Jobs verzettelt, die gerade so eben für sein Überleben reichten, ihm die Zeit zum Studieren nahmen und ihn daran hinderten, sich voll und ganz auf die praktischen Seiten des Lebens zu konzentrieren. Rührig wie er war, hätte er Oberkellner werden können, Manager eines Restaurants, Geschäftsführer eines Supermarkts. Es waren diese imaginären Karrieren, mit denen er sich brüstete, nicht die Berufe, von denen seine Mutter träumte: Anwalt, Arzt, Ingenieur. Armer Apportier-David! David, der seiner Mutter apportiert hatte und seiner Großmutter, die ihn immer mit neugierigem und zugleich erwartungsfrohem Gesicht fragte: »Na, was hast du heute wieder auf die Beine gestellt?« Und er platzte vor Stolz und bastelte sich seine kleine Geschichte zusammen. David, der Held des Tages, vorne dran, alle anderen weit hinter sich lassend.

Er wiederholte unglaublich oft, daß er stark war, daß er brav war, daß er alles besser wisse als die anderen. Vielleicht hatte er anormal wenig Selbstvertrauen. Solange seine Großmutter gewesen war, hatte sie für seine Zukunft garantiert: »Der Junge wird es weit bringen, genauso weit wie der Großvater, er ist aus dem Stoff, aus dem man echte GIs macht, mutig und nicht auf den Kopf gefallen. Kleine Jungs von der Sorte gibts nicht viele.« Der Knabe gluckste vor Freude. Martha erstickte fast an ihrem Kummer, ihren Schuldgefühlen, ihrer Ungewißheit, sie verlangte danach, für all das Schlechte, was sie getan hatte, gerichtet und verurteilt zu werden, für all das Schlechte, was sie ihm angetan hatte ...

Wir befanden uns alle drei in der Cafeteria. Wir nahmen unser Abendessen ein, eine mehlige Suppe, ein Omelette. An der Bar schilderte ein Angler dem Besitzer seinen Fang und alles, was er davon den ohnehin schon vollgefressenen Vögeln geopfert hatte. Das Fernsehen zeigte Bilder von einem ausgerissenen Nashorn, das man versuchte, wieder einzufangen. Marthas verzweifelter Blick ging über all das hinweg, schwankte in einem Anfall von Seekrankheit von rechts nach links, dann fielen ihre Augen auf die alte Boxerhündin, die mit schlaffem Bauch und hängenden Zitzen vor der Bar lag.

– Ich hätte Hunde haben sollen, ich hätte besser Hunde gebären sollen. Eine Frau sollte die Wahl haben, was sie in die Welt setzt, und ich hätte es lieber gespürt, wie diese kleinen glatten und runden Leiber aus mir rausrutschen, die niemandem wehtun.

Sie sagte das mit der Hand auf dem Mund, um den Schmerz zu ersticken, den es ihr bereitete, David geboren zu haben, mit all den spitzen Kanten seines Erwachsenenkörpers, seinem harten und klugen Schädel. Und die beunruhigte Hündin blickte mit ihren phosphoreszierenden Augen zu ihr auf.

– Du weißt gar nicht, was du für ein Glück hast, sagte sie zu ihr. Die Hündin hatte das unbestimmte Gefühl einer Bedrohung und begann zu knurren. Ja, eine Frau sollte solche Sachen zur Welt bringen können: Hunde, Katzen, Pflanzen ...

Ojemine! Es wurde Zeit, sie zu den Bonobos zu sperren. Morgen werde ich es auf mich nehmen, Frau Doktor Lester anzurufen, und werde sie überzeugen, Martha so schnell wie möglich einzustellen, meinetwegen auch nur als Assistentin, um die Äpfel zu schälen oder die M&Ms zu zählen. Mein Blick wich dem Marthas aus. Er wanderte von der mißtrauischen Hündin zu Rosario, die von den Fernsehbildern hypnotisiert war – diesem Nashorn, das in langen Sätzen durch die ausgestorbenen Straßen einer Stadt galoppierte – und zu dem Angler, der mit dem Gesicht zur Bar trank, die Mütze in die Stirn gedrückt. Alles, nur nicht der Anblick von Marthas Kummer, nur nicht dieser unbeirrbare Schmerz, den man hätte betäuben müssen wie das Nashorn, das mittlerweile von Polizisten eingekreist war.

Martha entschuldigte sich dafür, daß sie nicht anders konnte als zu weinen. Die Tränen stiegen hoch, fluteten ihre Augen, die überliefen, und ließen sie ermattet zurück. Sie hatte den Arzt, der sie wegen ihres Blutdrucks behandelte, gefragt, ob man ihr nicht die Tränendrüsen herausoperieren und ihr ein Holzgesicht machen könne. Er hatte ihr Antidepressiva verschrieben: »Das kommt aufs Gleiche raus, Sie werden ein Holzgesicht haben und außerdem nichts mehr fühlen und obendrein alles vergessen.«

Aber solange David noch lebte, wollte auch sie leben, fühlen, sich erinnern, ihr ganzes Leben bis zur Neige auskosten und seines dazu.

Für zwei leben, so wie eine schwangere Frau für zwei ißt. Sich erinnern, Zeugnis ablegen.

»Nein, stellen Sie mir die Tränen ab« – und dann, vom Hölzchen aufs Stöckchen kommend: »und schneiden Sie mir auch die Fußnägel, die tun mir nämlich weh.«

– Und was denn noch alles? Soll ich Ihnen mal was sagen? Sie sind deprimiert.

– Ich? Deprimiert!

Der Angler hatte sich plötzlich zum Fernseher umgedreht, er verfolgte mit, wie das Nashorn eingefangen wurde. Ein Typ aus dem Hinterhalt zielt. Das Nashorn fällt, sein Bauch ist so dick, daß die Beine steif zu beiden Seiten des Abdomens abstehen. In Endlosschleife: Der Typ zielt, das Nashorn fällt, das Nashorn fällt, der Typ zielt.

– Heather Heath! schrie Rosario.

Wir richteten die Augen auf die Moderatorin, die die Szene kommentierte: »Es ist ihm nichts passiert. Es ist nicht tot, nur betäubt. Es handelt sich um eine subkutane Spritze.« Ich sah sie begierig an. Es handelte sich um eine schöne junge Frau, wie das Fernsehen sie einem immer vorsetzt, sehr gut frisiert, sehr gut gekleidet.

– Sie wirkt sehr gut, sagte ich zu Rosario.

– Sie finden sie also auch sehr gut? freute sich Rosario. Alle finden sie sehr gut.

Ich zählte alles auf: selbstsicherer Ton, aber weiche Züge, starrer Blick, aber sinnlicher Mund, steife Schultern, aber bewegliche Hände ...

– Und außerdem ...

– Ist sie schwarz, fiel mir endlich auf.

Sie war schwarz, und mein Gedächtnis wurde farbig. Heather Heath war schwarz wie die Polizisten, die mich am Strand aufgesammelt hatten, schwarz wie der Tankwart, wie die Gärtner von Richter Edward, wie der Hausmeister von Rosebud, wie die Pferdepolizisten in Norfolk, wie die Serviererin in dem Schnellrestaurant, die mir den zuckersüßen Eisbecher aufgetischt hatte. Sie war schwarz wie die Schließer in Davids Gefängnis, wie die Wärterin, die mich mit goldlackierten Fingerspitzen abgetastet hatte. Der Kellner hinter der Bar der Cafeteria war schwarz, die Köchin war schwarz, die vor der Bar liegende Hündin war schwarz bis auf den Kopf, auf dem ein paar graue Haare wuchsen. Wir waren die einzigen Weißen.

24

JETZT, WO ICH HEATHER HEATH EINMAL AUF DEM BILDschirm gesehen hatte, entdeckte ich sie überall im Fernsehen wieder. Ich versuchte, aus ihren Zügen irgendwelche Geheimbotschaften herauszulesen, die sie uns über den Fortgang unseres Falls zugemorst hätte. Ich versuchte einzuschätzen, ob sie oberflächlich oder ernst war. Ich befragte ihr hübsches Gesicht, ihre leicht zum Prompter hin verdrehten Augen und am Ende des Auftritts ihr unbeirrbares Lächeln, das mit einem Mal ihre Zähne freigab, die strahlend weiß waren.

Während sie den Text von ihrem Bildschirm ablas, drehte Heather Heath einen Federhalter in den Fingern. Damit verdeutlichte sie, daß sie, wie dürftig das Thema, um das es gerade ging, auch sein mochte, eine investigative Journalistin war, keine Ansagerin. In ihrem Universum aus Bildern und Tönen schrieb sie zwar nichts, hielt ihren Federhalter aber wie ein Symbol hoch. Wahrscheinlich war sie nie auch nur auf den Gedanken gekommen, Tinte hineinzufüllen. Er war leer, hatte nie etwas notiert. Wie ein Dirigentenstab schlug er den Takt des Textes, der auf dem Prompter ablief.

Heather Heath kam dem Prototyp der allmächtigen Figur von heute ziemlich nahe: eine junge schwarze Frau auf einem Bildschirm, die von einem Prompter abliest und den Rhythmus ihrer Sätze mit einem Markenfederhalter skandiert. Rosario konnte gar nicht genug bekommen von diesem Spektakel. Sie bewunderte Heather Heath und ihren schneidenden Ton. Was mich anging, so hätte ich das, was sie ihre Professionalität nannte, eher auf eine gewisse angeborene Hartherzigkeit zurückgeführt. Heather Heath besaß keine Angriffsfläche, keine Schwäche, kein Mitgefühl.

Als Rosario erfahren hatte, daß ihre Lieblingsjournalistin eine Absolventin von Rosebud war, daß sie, einige Jahre jünger, die Mitstudentin von Candice hätte sein können, hatte sie sich gewünscht, sie über das Komplott und seine Hintergründe in Kenntnis zu setzen. Entweder würde sie auf eine unverbrüchliche Solidarität mit Rosebud treffen, so wie die meisten Mädchen sie für ihre alte Universität empfinden, oder im Gegenteil auf die Begierde, mit einem System abzurechnen, von dem sie sich abgrenzen wollte, um ihre Unabhängigkeit zu gewinnen.

– Ich habe lange gezögert, bevor ich sie um ein Treffen gebeten habe, erklärte Rosario mir. Aber was habe ich letztlich riskiert? Daß sie mich zum Teufel jagt? Wie alle anderen. Und dann wurde die Zeit so knapp, daß es gar kein langes Hin und Her mehr gab.

Heather Heath kannte Rosebud nur zu gut, das heuchlerische System, die allem zu Grunde liegende Engstirnigkeit, die sich in großzügige Gesten kleidete wie jene, einer aus dem schwarzen Kleinbürgertum des Südens stammenden Studentin ein Stipendium von bedeutender Höhe zu gewähren und sie dann als einzige farbige Studentin den weißen Erbinnen auszuliefern. Woran hatte sie wohl am meisten gelitten: an ihrer Hautfarbe oder ihrer sozialen Herkunft?

Heather wurde das gehätschelte Alibi der ganzen Gesellschaft, die sich ihr gegenüber kein falsches Wort, keine falsche Geste gestattete. Sie stand unaufhörlich in der ersten Reihe, wurde von oben zur Vertreterin der Studentenschaft bestellt. Jedes Jahr zur beliebtesten, zur elegantesten, zur sportlichsten Studentin gewählt, krönte man sie obendrein mit dem Kreativitätspreis von Rosebud für die beste Schreiberin – Heather Heath war unter einem guten Stern geboren. Genau wie ihr Studiengang war auch ihre Karriere schon vorgezeichnet: Journalistin, aber fürs Fernsehen, und gleich in der Nachrichtensendung, und später dann, sobald sie Lust darauf verspüren würde, die Politik. Der Typus, den jeder unbedingt in seiner Mannschaft haben will. Als kleines Mädchen hatte sie erklärt, sie würde Präsidentin der Vereinigten Staaten werden.

Wenn Heather Heath Rosarios Gesuch positiv beschied, so weder aus Rachsucht noch aus Neid, sondern aus Ehrgeiz. Die Journalistin hörte interessiert zu und sagte dann, daß der Fall David Dennis ein schönes Thema sei und sogar ein großes Exempel für die Verteidigung der Menschenrechte: Gekauft. Und nichts würde sie aufhalten können, weder die gute Südstaaten-Gesellschaft, die sie gefördert hatte, noch ihre Dankbarkeit gegenüber ihren Wohltätern, auch nicht das Mitgefühl für das Schicksal eines jungen Mädchens ihrer Generation. Heather Heath, eine junge Schwarze, würde die Sache eines weißen Mannes verteidigen, der wegen Vergewaltigung, Mord und bestialischer Grausamkeiten an einer Studentin von Rosebud zum Tode verurteilt war.

– Wir müssen diesen Fall über Virginia hinaustragen, wir müssen ihn der gesamten Welt darbieten, hatte sie entschieden, als sie die Akte David Dennis übernahm.

Sie hatte das richtige Alter, die richtige Hautfarbe, das richtige Geschlecht. Eine solche Konjunktion ist außergewöhnlich. Ich dachte an eine meiner Freundinnen, Leiterin des Fachbereichs Literatur an einer Universität in Kansas, die ihre ganze Jugend über den Fluch mit sich geschleppt hatte, eine Frau zu sein, und den, eine Schwarze zu sein, noch länger. Es ist noch keine dreißig Jahre her, da hatte sie auf amerikanischem Boden nicht das Recht, eine Bibliothek zu betreten. Um den Preis übermenschlicher Anstrengungen hatte sie das Problem ihrer Geschlechtszugehörigkeit gemeistert, dem Feminismus sei Dank, und ebenso das Problem ihrer Hautfarbe, dank Kennedy. Und nun mußte sie ihrem eigenen Alter gegenübertreten. Sie hatte alles beiseite geräumt, der Weg war frei und führte schnurgerade auf den Horizont des Erfolgs zu.

Daß dieses neue Hindernis vor ihr auftauchen könnte, damit hatte sie nicht gerechnet. Sie attackierte es ungeschickt und mit denselben fordernden Slogans wie das Geschlechts- und Rasseproblem, aber plötzlich wurde jedes ihrer Worte zum Rohrkrepierer, niemand hörte ihr mehr zu. Sie war außer sich vor Empörung. Wenn sie jetzt den Mund öffnete, dann nur noch mit verbittertem Zorn, mit galliger Boshaftigkeit. Sie behauptete, am ganzen Körper Schmerzen zu leiden. Sie erfand sich Krankheiten, deren Anzahl und Seltenheit rechtfertigten, daß sie nunmehr im Abseits stand.

Heather Heath dagegen brauchte sich nicht mit einer kaputten Kindheit oder einer schwierigen Jugend zu rechtfertigen. Ihre Laufbahn und ihr Persönlichkeitsprofil waren perfekt, sie war die Perle Rosebuds gewesen, mehr als Candice es je hätte sein können, denn Candice hätte sich zunächst, um aus eigenem Recht existieren zu können, von ihrem Milieu lösen und vom Gewicht der Traditionen befreien müssen. Heather Heath hatte sich selbst geboren, sie war so unbesiegbar wie eine Comicheldin. Mit ihr hörte der Leidensgesang der Frauen auf, dieser endlose, aus den Untiefen der Vergangenheit kommende Leidensgesang.

Da es denn einmal vorkam, daß eine Frau das große Los gezogen hatte, galt es, sich darüber zu freuen. Jackpot. Ich, die ich die falsche Hautfarbe, das falsche Alter und ein eher schwach entwickeltes Bewußtsein von der Macht meines Geschlechts besaß, ich applaudierte. Heather Heath bewirkte, daß Frauen jenseits der Dreißig alt waren. Was ihren großen Plan betraf, hatte sie also keine Zeit mehr zu verlieren.

– Und jetzt zu uns zweien, Richter Edward! Habe ich Sie erst gestürzt und entehrt, habe ich erst David Dennis befreit, dann bin ich Martin Luther King!

Ob Richter Edward jemals damit gerechnet hatte, daß die Frau der Zukunft, als deren Inkarnation er Candice betrachtete, so rasch seinen Weg kreuzen würde, und dann noch in der Person von Heather Heath? Und daß diese Frau, auf die er hoffte und die er schon im Vorfeld vergötterte, sich bis zu diesem Punkt als seine Gegnerin erweisen würde?

Einmal dabei, unterzeichnete sie auch gleich einen Buchvertrag für den Titel »Der Fall David Dennis«. Mit Hilfe des ungeheuren Vorschusses, den sie dafür bekam, engagierte sie eine ganze Anwaltskanzlei. Ein Teil der Truppe stellte den Fall auf einer Webseite dar, ein anderer nahm die Verteidigung Davids in die Hand. Persönlich hatte Heather ihn nicht kennenlernen können. Aber dafür kannte sie die Fakten, die Akten, die Aussagen. Sie hatte Rosarios totale Unterstützung. Sie kannte die Funktionsweise von Rosebud und Stone, den Austausch der Burschen und der Mädchen, den Alkohol- und Drogenkreislauf, das System der Verbindungen. Sie hatte die Beichten der jungen Mädchen angehört, wußte von ihrer Erniedrigung, wenn sie bei den Debütantinnenbällen in ihren teuren Abendkleidern den Kopf eines besoffenen Verlobten halten mußten, der sich die Seele aus dem Leib kotzte.

Und genau diese Geschichte würde sie aufschreiben. Ich aber würde sie durchgemacht haben, ich hatte sie in mir getragen. Die Lügen, das Verschweigen, die widersprüchlichen Aussagen veranlaßten mich, sie andauernd neu zu erfinden.

25

Wenn man in Davids Dossier nachlas, wie er sich Schritt für Schritt verteidigt hatte, ohne irgendeine Position aufzugeben, dann war das Traurigste der Wortlaut der letzten Eingaben, in denen er sich nicht mehr um die Tatsachen stritt, die Vergewaltigung, den Mord, die Foltern, sondern um die Begriffe, die diese Taten kennzeichneten, und schließlich um die Präpositionen, die diese Begriffe umgaben. In seiner letzten Eingabe kritisierte er den Einsatz eines »und« oder eines »oder« und focht ihre gleichzeitige Benutzung an. Er vermittelte den Eindruck, kapituliert zu haben, was das Eigentliche anging. Er lehnte das Wort »grausam« ab, akzeptierte jedoch »Vergewaltigung«; er lehnte das Wort »bestialisch« ab, aber er akzeptierte »Verstümmelungen«. Jede seiner pedantischen Eingaben war eine weitere Etappe in dem fatalen Spiel, das ihm nicht gestattete, rückwirkend irgend etwas zu verändern, denn die Tatbestände und die Sprachregelung – was in diesem Fall das gleiche bedeutete – waren, weil nicht rechtzeitig beanstandet, unwiderruflich geworden.

Die Verantwortung Floyds, des Anwalts, der Worte, die sich auf Körperliches beziehen, nicht ertrug, hierfür war erdrückend. Er hatte ohne Widerspruch die Hauptanschuldigungen mitsamt ihren Attributen protokollieren lassen. David war sprachlos gewesen, daß sein Verteidiger von Beginn des Prozesses an nicht die skandalös tendenziöse Wortwahl des Gerichtsmediziners in Frage stellte. In dieser Falle steckend, war es ihm nur noch darum gegangen, den Verteidiger loszuwerden, um den Prozeß von neuem aufrollen zu können. Aber er hatte nicht damit gerechnet, daß der Prozeß, sobald das Urteil gefällt war, nicht noch einmal geführt werden konnte. Von nun an mußte er sich auf Nebenschauplätzen schlagen um Details, Annulierungsgründe, Eingaben zur Aufnahme zusätzlicher Beweise, die zuvor ignoriert oder unter den Tisch gekehrt worden waren. Deswegen ging es ihm auch, mehr als um alles andere, darum, daß die ominösen Gebißabdrücke untersucht wurden, die ihm die Anklage wegen »bestialischer Grausamkeiten« eingetragen hatten.

Zu Anfang, als der Sheriff seine Untersuchungen durchführte, war seine Abscheu vor »dem, der all das getan hat« so groß, daß er jeden Vorwand genutzt hätte, um ihn abzuknallen. Da David jedoch nach Maryland geflohen oder verschwunden war, legte sich die Wut, und der Sheriff hatte, wie er selbst herausposaunt hatte, nur noch eine Idee im Kopf, nämlich den Kriminellen in die Todeszelle zu bringen und, falls sich dort niemand finden sollte, der die letale Spritze ansetzen wollte, sich selbst freiwillig dafür zu melden. »Diesen Schweinehund werde ich beim Wickel kriegen und sehen, wie er verreckt.«

Als David dann in die Fänge der Justiz geriet, hatte Richter Edward eine andere Taktik benutzt, weniger brutal, indirekter und nicht so apodiktisch, aber er hatte dieselbe Entschlossenheit an den Tag gelegt. Dieser Prozeß hatte ihn erschüttert. Er hatte über den Mörder der Tochter seiner besten Freunde zu richten, den Mörder des Kindes, das er mit Pamela nicht gehabt hatte. Candice war sein Ersatzkind gewesen.

Candice war eine erträumte, eine ideale Tochter. Zwar besaß Richter Edward nicht die Blutsbande zu ihr, die eine Familie zusammenhalten, aber er hatte andere geknüpft, stärkere, intimere, zutiefst persönliche. Candice verkörpert die Kindheit und Jugend Pamelas, die er derart anbetete, daß er das gläserne Schmuckkästchen des Rosebud-Hauses um sie herum gebaut hatte. Candice war die Essenz aller jungen Mädchen von Rosebud, der Gipfel einer Form der Weiblichkeit, der er einen regelrechten Kult weihte. Er sagte »die Frau ist die Zukunft des Mannes«, er sagte »die Welt wird von Frauen errettet werden«, er sagte »was wären wir ohne die Frauen?«. Er betete zur Mutter Gottes, dem jungen Mädchen, das den Heiland geboren hat.

Er mußte sich Gewalt antun, um David zu verurteilen, aber er fand Zuspruch im Gesetz. Er war überzeugt davon, daß das Gesetz Schönheit besitzt, daß das Gesetz die irdische Macht darstellt. Er konnte es in sich spüren, das Gesetz half ihm, weil er nach dem Gesetz handelte, nach dem Gesetz sprach. Als er in seinem Richterstuhl fühlte, daß er nichts anderes als das Gesetz selbst war, wurde ihm klar, daß er den Mörder würde richten können, denn er würde es nach dem Gesetz tun, nicht nach seinen Gefühlen oder seiner Trauer. Die Menschen, die bei dem Prozeß zugegen waren, bezeugten alle seine außerordentliche Würde, die lediglich von den Empörungs- und Verzweiflungsschreien Davids gestört wurde, als der im Moment des Urteils verstand, daß man ihn hereingelegt hatte. Es war ein bemerkenswerter Prozeß gewesen, ein Beispiel für die Lehrbücher. Die Entscheidungsgründe, die Richter Edward mir kopiert hatte, würden von nun an in Kriminologie-Seminaren studiert werden.

Richter Edward hatte einen Prozeß aus »Kristall und Marmor« gewollt. Er hatte sich mit Staatsanwalt Benbow abgesprochen, um jeden nur möglichen Formfehler zu tilgen und jeglichen zukünftigen Annulierungsgrund zu vermeiden. Von da an galt es nur mehr, sich vom Gesetz tragen zu lassen. Floyd, Davids Verteidiger, hatte entweder nicht gesehen, oder nicht sehen wollen, daß das Gesetz gegen David agierte.

War ihm auch nur aufgefallen, daß diejenigen Leumundszeugen, die Janets Anschuldigungen ausbalancieren sollten und die von David das Porträt eines dienstbaren, unwiderstehlichen und ungeheuer romantischen Jungen zeichneten – was schon wieder zuviel des Guten war –, vor allem aussagten, daß sie ihn seit langem nicht mehr gesehen hatten? Keine einzige

Aussage über die letzten Jahre. Daß er ein lieber kleiner Junge gewesen sein mochte, stellte niemand in Abrede. Aber was für ein Erwachsener war er? Darüber sagte nur Janet etwas aus.

War ihm auch nur aufgefallen, daß Janets Aussage Punkt für Punkt die Anklage widerspiegelte? Wie im Autopsiebericht hatte er sie auf den Kopf geschlagen und vergewaltigt. Wie im Autopsiebericht hatte er ihr vorgeschlagen, »widernatürlichen Verkehr« zu haben. Und hatte Floyd da etwa von Janet Beweise für ihre Behauptungen verlangt? Sie hatte ein ärztliches Attest über Körperverletzung vorgezeigt, aber in diesem Attest stand nichts von »widernatürlichem Verkehr«. Bei den Geschworenen blieb jedenfalls haften, daß der »widernatürliche Verkehr« so etwas wie Davids besondere Handschrift war. Und daß die geschändete Leiche logischerweise von ihm ermordet worden war.

Ebensowenig war Floyd auf die Ungenauigkeit des Gerichtsmediziners eingegangen, der sagte, die Bisse seien »zeitlich sehr dicht am Todeszeitpunkt« zugefügt worden. Was hieß »sehr dicht«? Davor oder danach? Das war ein Punkt, den ich an seiner Stelle hätte aufgeklärt haben wollen. »Sehr dicht« ist keine medizinisch zulässige Formulierung. Die Geschworenen dagegen hatten verstanden, daß alles direkt hintereinander passiert war, was den Zeitangaben höchste Bedeutsamkeit verlieh, die sich wiederum lediglich auf die Aussagen von Anthony, Harry und Buddy stützten. Wer hatte gefordert, daß über dieses entscheidende Detail Klarheit herrsche? Jedenfalls nicht der Verteidiger, der kein Blut mochte!

Sobald der Prozeß zuende war, erwartete Richter Edward David auf dem Feld der Berufung, für ein Schachspiel, das er schon von vornherein gewonnen hatte. Zur Linken David und seine drei aufeinanderfolgenden Anwälte, die ihn Zeit kosteten, da sie den Fall jedesmal wieder von Anfang an durchgingen; zur Rechten Richter Edward und sein Stab aus Juristen, seine politischen Berater, sein virginia- und amerikaweites Netzwerk. Zur Linken David und seine juristischen Bücher, die er ganz alleine durchackerte, die Gefängnisordnung, die den Schriftverkehr – und auch das erst nach ewigen Schikanen – nur einmal pro Woche abschickte; zur Rechten Richter Edward mit seinen Computern und seiner Bibliothek und mit den Urteilsbegründungen aller Prozesse, aller Fälle, die auf dem Bildschirm erschienen, sobald man nur den entsprechenden Code eingab.

Dreimal hatte David Dennis eine Revision des Prozesses gefordert, dreimal war sein Gesuch abgelehnt worden, das machte neun Jahre, die ihn automatisch, richterliche Entscheidung nach richterlicher Entscheidung, auf den Tod zuführten. Und diesen langen Aufschub hatte Richter Edward in vollen Zügen genossen, denn da der Geist von Candice durch die Brutalität von Staatsanwalt Benbow und das Todesurteil befriedet worden war, blieb auf weiter Flur nur noch das Gesetz übrig. Richter Edward war ins Gesetz eingetaucht, er verehrte es so sehr, daß er Philip sogar einmal gestanden hatte, für ihn gebe es keine größere Schönheit als die eines Gesetzestextes, und Lyrik würde er erst dann lesen, wenn sie wie das Gesetz wäre: exakt und präzise ausgesprochen, wie auf den Gesetzestafeln, wo es heißt: Du sollst nicht töten.

David brachte einen Fall aus Wisconsin ins Spiel, die Akte T gegen C. Richter Edward argumentierte Punkt für Punkt dagegen, um jedesmal zu dem Schluß zu kommen: Der Fall wird nicht wieder aufgenommen. Während der Richter erneut die Initiative an sich riß, verlor David immer mehr Kraft. Er brachte irgendein monströses Verbrechen ins Spiel, das nicht mit der Todesstrafe geahndet worden war, irgendeine Vergewaltigung, bei der im Zweifel für den Angeklagten entschieden worden war, weil es sich bei der Vergewaltigten um die Freundin des Angeklagten gehandelt hatte. Die schöne Gerechtigkeit von Richter Edward kochte ihn auf kleiner Flamme gar. Schlimmer als die Todesstrafe war, daß sie ihn erniedrigte. Und wie hatte Richter Edward triumphieren müssen, als David in seiner letzten Eingabe verlangte, von Psychiatern untersucht zu werden. Hätten die einen unnormalen Geisteszustand konstatiert, hätten sie damit seine Hinrichtung verhindern können. Doch fanden die Psychiater ihn normal, das heißt tauglich für die Todesstrafe.

Jetzt lief der letzte Akt, und David forderte eine Analyse der Abdrücke. Doch diesmal verlangte er das nicht alleine, er verlangte es zusammen mit Heather Heath, ihren Anwälten, ihrem Mediengewicht und vor allem jener phantastischen Erfindung des Web. Jetzt wurde das Duell nicht mehr mit dem geschützten Florett geführt, auch nicht mehr in dem gebremsten Tempo des Amtsschimmels und der offiziellen Eingaben, für die David die Briefmarken selbst hatte zahlen müssen. Jetzt würde der Fall, ins helle Licht der Öffentlichkeit gezerrt, diese ganze heimlichtuerische Gesellschaft aufsprengen.

26

Rosario hatte mir gesagt, wie erleichtert sie gewesen war, als, kaum eine Woche vor meiner Ankunft, die dem Fall gewidmete Webseite freigeschaltet wurde. Sofort trafen Hunderte von Protestnachrichten gegen einen der größten Justizirrtümer Amerikas ein. Verantwortlich für die Seite war die von Heather Heath engagierte Anwaltskanzlei. Sie setzte eine Belohnung für jedermann aus, der die Untersuchung voranbrächte.

– Es war, sagte Rosario mir, ein Gefühl, als könne man endlich wieder atmen und müsse nicht mehr im Dunkeln kämpfen. Endlich waren wir nicht mehr alleine.

Die Webseite drehte den Spieß der Anklage um. Sie führte die Biografien all jener an, die an den Untersuchungen und am Prozeß beteiligt gewesen waren: der Sheriff, der kurze Zeit später wegen Falschaussage in einem anderen Fall entlassen worden war, Richter Edwards Hausbau in Rosebud, die Erfolgsliste Staatsanwalt Benbows, der damit geprahlt hatte, der Staatsanwalt zu sein, der am häufigsten die Todesstrafe verlangt und sie auch immer durchgesetzt bekommen hatte, Harrys Praktikum in der Anwaltspraxis von Davids Verteidiger, der Kanzlei Floyd und Sohn.

Was die Enthüllungen über den eigentlichen Fall betraf, so gab es zähe Verhandlungen. Die Informationen waren zwar schon seit Jahren bekannt, fanden ihren Weg ins Web aber nur in kleinen täglichen Dosen. Auf die Homepage hatte Heather Heath das Photo Davids setzen lassen, auf dem er schön wie ein Engel war, und sein Diplom in der Hand trug.

– Das ist mindestens so viel wert, hatte sie erklärt, wie dieses lächerliche Photo des Opfers in seinem Scarlett-O'Hara-

Kleid! Als wollten sie uns weismachen, daß der gesamte Süden ermordet worden wäre.

Der Thriller lief vor den Augen der Öffentlichkeit ab. Er hatte seinen eigenen Rhythmus: die Anzahl der Tage bis zur Hinrichtung, und seine eigene Dramatik: die sukzessiven Enthüllungen in Erwartung der einen großen Sensation, die alles kippen lassen würde. Wir wußten nicht, worum es sich dabei handeln würde, aber wir hatten so eine Ahnung, daß es irgendetwas mit den Abdrücken zu tun haben müßte. Die Erwirkung ihrer Untersuchung hing von einer diskreten, doch nachdrücklichen Erpressung ab, die Heather Heaths Anwälte durchführten. Entweder Untersuchung der Abdrücke oder Enthüllungen, zum Beispiel Anthonys Geständnis über die kannibalische Mahlzeit.

Ich kannte Heather Heath nur virtuell, nur über ihre exakt in den Rahmen des Fernsehers passenden Schultern oder über die Botschaften, die sie der Webseite schickte und die man sofort erkannte, weil sie sie im Gegensatz zu den anderen Surfern in Großbuchstaben schrieb. Sie war die Herrin eines Spiels, das darin bestand, soviele Mitspieler wie möglich zusammenzutrommeln, um in einer streng befristeten Zeit einen Verurteilten vor dem Tod zu bewahren.

Verflachte das Spiel, sank die Zahl der Verbindungen, dann sah ich die Großbuchstaben erscheinen, um die Surfer zu mehr Kampfesmut aufzurufen. Stand ein Großereignis ins Haus wie die Stellungnahme eines Politikers oder eines Schauspielers gegen die Todesstrafe, dann waren es die Großbuchstaben, die es bekanntgaben, und das Spiel nahm von neuem seinen Lauf.

Es gab keinen Tag mehr und keine Nacht, nur noch die ständige Wache vor Rosarios Computer. Er blieb permanent online, und jedesmal wenn eine Nachricht eintraf, war ein leises Klingeln zu hören. Je nach Inhalt gab Rosario sie weiter oder nicht. Ich bekam nur die wichtigsten zu sehen. Auch die französische Journalistin hatte sich eingeschaltet. Kampfeslustig stieg nun auch sie in den Ring und hielt die Schlacht schon für gewonnen: »Schließlich ist er ja ein Franzose.«

– Sie nimmt es persönlich, sagte Rosario mir mit tiefer Befriedigung.

Wir kümmerten uns um nichts anderes als um David. Wir lebten nur im Hinblick auf ihn, ohne uns auch nur eine Sekunde abzulenken, abgesehen von den kurzen Augenblicken, wenn Martha die Möwen mit ihrem Frühstück fütterte, das sie nicht runterbekam. Ich kann nicht behaupten, daß ich noch einen einzigen Blick aufs Meer warf, kaum daß ich genügend Zeit fand, den Fang des Anglers in Augenschein zu nehmen, um zu erfahren, auf welche Art Fisch er es von morgens bis abends abgesehen hatte. Rosario versagte sich selbst derartige Ablenkungen, nur eine Zigarette oder zwei, die sie auf der Außengalerie rauchte. Sie wollte dabei sein, wenn die Wahrheit ans Licht kam. Wir warteten auf Aussagen, die den Fall aus seiner Erstarrung lösen würden, aber was wir bekamen, waren lediglich Sympathiebekundungen. Wir ließen sie immer schneller vorüberlaufen, ohne sie mehr richtig zu lesen.

Es war endlos. Ich habe das Gefühl, daß ich, eingequetscht zwischen der Fensterscheibe, hinter der die Vögel kreischten, und den Geräuschen aus dem Nebenzimmer, verzweifelt darauf wartete, daß irgendetwas passierte, daß die Geschichte irgendwie weiterging, ohne selbst etwas tun zu können. Die sich schminkende Frau war mitsamt ihrem Spiegel verschwunden, und David Dennis, das Exklusiveigentum von Rosario und Martha, hatte Heather Heath mir auch noch brutal aus den Händen gerissen, sie, die die Zügel dieser Geschichte in Händen hielt, deren Ausgang einzig von ihr abhing. Meine eigene Geschichte gehörte mir nicht mehr, ich war die Geisel jeweils einer dieser Frauen, die mich ab und zu kurz freiließen, damit ich eine Pause in der Cafeteria machen, etwas an der Tankstelle einkaufen oder eine der neuen Nachrichten lesen konnte, die auf dem Bildschirm auftauchten.

Und dann plötzlich erreichte uns Davids Brief. Wir hatten das Web, er aber war zur Langsamkeit altertümlicher Postwege verdammt. Er teilte uns mit, was wir bereits wußten, nämlich daß Heather Heath und ihre Anwälte die Untersuchung der Abdrücke zu ihrem Hauptziel gemacht hatten. Der Einwand der hohen Kosten der Analyse, mit dem das Gericht so lange argumentiert hatte, war nunmehr aus dem Weg geräumt. Heather Heath übernahm alles. Er war einverstanden damit, daß die Akte einschließlich des Interviews mit Anthony ins Netz gehen sollte. Er meinte, es sei höchste Zeit, den Fall zu globalisieren, alles aufzudecken, die erbärmlichen Heimlichkeiten von Rosebud ans Licht zu zerren. David fügte noch hinzu, daß er dank Heather Heath wieder Hoffnung geschöpft habe. Seiner Mutter richtete er aus, er liebe sie und sie solle Vertrauen haben, denn er sei unschuldig.

Der Einbruch einer Handschrift in diese formatisierte Welt schien mir das tröstlichste zu sein, was uns seit langem vergönnt war. Diese Schrift, auseinandergezogen, plattgedrückt, hochaufragend und schwach zugleich war etwas Intimeres als ein Photo. Die Unterschrift, x-mal unterstrichen und endlos verschnörkelt, zeigte, daß David nicht von seinem Brief hatte lassen können, daß er ihn mit seinem Siegel fast versengte, sein Zeichen auf ihm hinterließ wie in Stein gemeißelt. Er lebte, das teilte er uns mit all seinen Kräften mit. Er war nicht bereit, diese Welt zu verlassen.

27

Martha vertraute sich mir hemmungslos an, sie verlor sich in Details, die Fleisch auf das Skelett einer unglaublichen Geschichte packten und einer Welt, die mir fremd war, Wirklichkeit verliehen. Wenn ihr Kummer sich legte, wenn Hoffnung aufkeimte, besaß sie viel Charme und Sanftmut. Am Frühstückstisch empfing sie mich immer mit einem Lächeln. Worüber sie sich auch gesorgt haben, wie traurig sie auch sein mochte – was sich an der Anzahl der offenen Pillendosen auf dem Tisch ablesen ließ –, immer fragte sie mich, wie es mir gehe und ob ich eine gute Nacht verbracht habe. Und ganz gleich, wie meine Nacht gewesen war, denn mit dem Geräusch des Fernsehers, der eingeschaltet blieb, schlief ich nur noch stückchenweise, sagte ich ihr, es gehe mir gut und ich hätte eine gute Nacht verbracht.

Sie rief die Bedienung heran und bestellte einen weiteren heißen Kaffee für sich und für mich einen Joghurt, der mir lieber war als die Eier. Trotz all unserer Bemühungen, uns normal zu verhalten, brach immer wieder unsere Angst durch. Als ob wir ihr aufgelauert hätten, als ob wir ihr Erscheinen wünschten, sie war unser morgendlicher Gast. Ungeduldig warteten wir darauf, daß Rosario sich wieder um ihre Webverbindungen kümmerte. Die Angst setzte sich auf ihren angestammten Platz, zwischen die schmutzigen Teller, die zusammengeknüllten Servietten, die Croissantkrümel, neben die aufgeweichten Cornflakes auf dem Boden einer Schale. Es begann nicht sofort mit Tränen, eher mit einem unbestimmten Schmerz, der an manchen Tagen die Form von Magenkrämpfen annahm, an anderen einfach die eines Brechreizes.

Kaum war ich schweißgebadet aus kurzem Schlaf erwacht,

kaum zählte ich ab, wieviele Tage noch blieben, packte mich die Übelkeit. Sie wurde größer, während ich in meine Kleider schlüpfte, die vor dem Airconditioner schlecht trockneten. In der Cafeteria tauchte sie erneut auf, und heftiger, angesichts von Marthas aufgedunsenem Gesicht. »Nein, danke, keine Eier, nur einen Joghurt.« Wir machten das fette Essen im Restaurant dafür verantwortlich und auch das Wetter, die Hitze, die jetzt zu Beginn des Herbstes an diesem feuchten Strand nicht nachließ.

Seltsamerweise stieg meine Verzweiflung mit der Zeit nicht weiter an. Ich habe nicht verstanden, warum ich mich an gewissen Tagen elender oder eben auch erleichterter fühlte als an anderen. Auf den Todestag von David hinzuleben, bedeutete nicht, den Tod immer stärker zu fühlen, sondern ihn mal mehr, mal weniger zu verspüren. Das Gefühl, ihn auf Distanz halten zu können oder plötzlich von ihm angesprungen zu werden, hing gewiß von den äußeren Begebenheiten ab, aber eben auch von ganz unwichtigen Dingen. Ich glaube, meine Angst folgte weniger der Uhr, der Stunde oder dem Tag als dem Barometer. Es gab Tage, an denen die Hitze weniger lastend war, die Luft frischer, und weil ich leichter atmete, glaubte ich, es sei noch immer möglich, David zu retten.

Als ich eines Morgens einen Joghurtdeckel ansah, um das Verfallsdatum zu lesen, sah ich, daß es über die Lebenszeit, die David Dennis momentan noch zugestanden war, hinausging. Diese Entdeckung ließ mich in stummer Verzweiflung erstarren. Selbst von einem Jogurtdeckel konnte das Drama abgelesen werden. Und von nun an studierte ich jeden Morgen diese diskrete Botschaft, die manchmal tagelang dieselbe bleiben konnte, um dann plötzlich in eine Zukunft zu springen, die ich gar nicht mehr zu erreichen glaubte, so als könne nach Davids Tod das Leben nicht weitergehen. Ich behielt dieses Geheimnis für mich und betete darum, daß Martha diesen mörderischen Almanach der Joghurt-Gläser nicht entdecken würde.

Die ganze Welt war verboten. Ich traue mich nicht einmal, die Zeitungen zu erwähnen, die wir nicht öffneten, aus lauter Angst, Davids Photo zu sehen, oder eine Auflistung der Verbrechen und den Bericht seiner Verurteilung, alles in der Sprache der Südstaatenpresse, die überzeugt war, daß mit diesem Monster nun endlich kurzer Prozeß gemacht werden müsse. Selbst der Blick, der nur über die Titelseite der auf dem Tresen ausliegenden Tagesausgabe schweifte, war gefährlich, denn mit Sicherheit würde das, was bereits im Innersten dieser dickleibigen amerikanischen Zeitungen festgeschrieben war, bald an die Oberfläche drängen. Und dann erschiene auf dem Titel jenes schreckliche erkennungsdienstliche Photo von vorn und im Profil. An jenem Tag wäre alles zu spät. Und meine Augen würden dieses Bild nicht mehr loswerden können, nicht mehr so tun können, als hätten sie es nicht erblickt. Meine Augen würden es gesehen haben, und ich hätte das wahre Gesicht, das schöne Gesicht von David Dennis verloren.

Martha räumte die Essensreste vom Tisch, und wir warfen sie den Möwen hin. Wir hatten uns angewöhnt, einen Spaziergang bis zur Tankstelle zu machen, wo ein in Latzhose und kariertes Hemd gekleideter Mann Benzin zapfte und einen Kramladen für die Durchreisenden führte, die ihm Fischköder abkauften und ihn nach Tipps für gute Stellen zum Angeln fragten. Er machte Bemerkungen zum Wetter oder über Autos. Martha hatte ihr ganzes Leben lang von einem Neuwagen geträumt, aber sich immer nur gebrauchte Schrottmühlen leisten können. Sie wünschte sich einen Japaner mit Klimaanlage. Er riet ihr von Klimaanlagen ab.

Inmitten der Halloween-Dekoration, die der Typ in seinem Laden aufgebaut hatte, Hexenhüte aus schwarzer Pappe, Skelette aus Zucker, ausgehöhlte Kürbisse und Masken, deren orangene Farbe mich an den Todestrakt erinnerte, erzählte Martha mir vom Leben der Frauen, die zwischen zwei Zivilisationen von ihren GIs verlassen worden waren und sich ihre eigene Neue Welt hatten einrichten müssen. Das war am anderen Ende der Skala von Rosebud die Rückseite des amerikanischen Traums gewesen, eine Aufeinanderfolge kläglicher und harter Geschichten, in denen man einander bis in die Wohnungen, bis in die Handtaschen bestahl, bis hin zu den Medikamenten auf dem Nachttisch.

Der Geldmangel war ihr ganzes Leben lang eine schwärende Wunde gewesen, die sie von ihrer Mutter geerbt hatte. Eine Wunde, die sie wiederum ihrem Sohn weitergegeben hatte, der jetzt daran sterben würde. Mit Geld hätte er sich keinen Pflichtverteidiger aufdrücken lassen, sondern hätte den besten, den kompetentesten ausgesucht, mit einer ganzen Kanzlei hinter sich, die den Skandal vertuscht und es nie bis zu diesem empörenden Prozeß hätte kommen lassen. Mit Geld hätte er ein Gegengutachten des Autopsieberichtes erstritten, das sofort seine Unschuld bewiesen hätte, mit Geld hätte er ein unabhängiges Labor beauftragt, die Abdrücke zu analysieren, die ihn entlastet hätten. Mit Geld wäre David unschuldig gewesen. Ohne Geld war es nicht einmal möglich, seine Schuld zu bestreiten.

Jetzt, mit Heather Heath, die all ihre Royalties in den Dienst seiner Sache stellte, war das Geld kein Problem mehr. Wenn es auch zu spät war, ein Gegengutachten der Autopsie zu verlangen, so hatte die Journalistin doch mehr als genügend Mittel, um die Analyse der Abdrücke zu bezahlen. Und als ich mich darüber erstaunt zeigte, daß die gesamte Prozedur von Anfang an eine Geldfrage und nicht, wie mich die Worte des Richters hatten glauben lassen, eine Rechtsfrage gewesen sei, erklärte Martha mir, daß die Ablehnung von Davids verschiedenen Gesuchen immer damit begründet worden war, daß das Gericht nicht die dafür notwendigen Summen freigeben wollte.

Tatsächlich hatte Richter Edward ein Gegengutachten zur Autopsie nie verweigert, nur hatte er verweigert, daß auch nur ein einziger Dollar an Steuergeldern dafür verwendet werde. Er hatte auch nicht verweigert, daß ein unabhängiges Labor die Abdrücke untersuche, aber er hatte bemerkt, daß die ohnehin schon teure DNS-Analyse den Verurteilten entschieden belastet hatte. Es sei der Justiz nicht zuzumuten, zusätzliche Mittel für Detailfragen locker zu machen, die ohnehin die Ergebnisse der DNS-Probe nicht umkehren konnten.

– Das heißt also, sagte ich, daß alles noch möglich ist? Die Analyse der Abdrücke wird also gemacht werden?

– Zwangsläufig, sagte Martha mir. Es ist nur noch eine Frage von Tagen. Sie spielen mit unseren Nerven, aber Heather Heath spielt auch mit ihren. Es ist eine Kraftprobe, die die schon verloren haben.

Wenn die Hoffnung mit solcher Gewalt in die Verzweiflung hineinbricht, dann reißt sie auf ihrem Weg alles nieder. Sie war durch meinen Körper gebraust, und ich konnte nicht mehr atmen. Ich war wie ein Baum, den der Wind entzündet hat und den die Flammen, die sich um ihn winden, zur Fackel machen, ein Gefühl von solcher Gewalt, daß ich es im Leben nicht noch einmal verspüren möchte. Die Hoffnung hat eine unwiderstehliche Kraft, die uns auferstehen läßt. Ich starrte Martha an und verstand nicht, daß sie nicht das gleiche fühlte wie ich, nur hundertmal stärker.

– Aber ..., sagte ich ihr, aber ... dann ist er ja gerettet!

Sie war zusammengeschrumpft, wie in sich selbst eingerollt, um den Schlägen, die noch auf sie einprasseln würden, weniger Oberfläche zu bieten.

– Gerettet, gerettet ... Weiß der Himmel, was denen noch einfallen wird ...

Fürchtete sie, das Resultat der Analyse brächte keine Klarheit, oder war sie vielmehr überzeugt von ihrem positiven Ergebnis und hatte Angst, daß Richter Edward einen Gegenangriff vorbereitete?

Der große Hoffnungssturm legte sich mit einem Mal. Die Konföderiertenflagge, die an der Tankstelle wehte, sank schlaff in sich zusammen.

Ich probierte es ins Blaue hinein:

– Das wird Heather Heath nicht zulassen!

28

DEN RÜCKWEG NAHMEN WIR IMMER ÜBER DEN STRAND, auch wenn ich in Nags Head nie den Eindruck hatte, an einem wirklichen Strand zu sein. Der Orkan hatte den Sand derartig umgepflügt, daß man hätte glauben können, es seien Bomben gefallen, die tiefe Krater gebohrt und alle Häuser zu beiden Seiten des Motels zerstört hatten. Wir gingen an der Wasserlinie entlang, barfuß auf dem Sandstreifen, den die auslaufende Brandung gehärtet hatte. Ich hatte ein Auge aufs Strandgut. Ich bat Martha darum, mir noch einmal die genaue, erschreckende Anzahl der getöteten Schweine zu nennen, denn ich war erstaunt, keinerlei Knochen herumliegen zu sehen.

– Sie haben geglaubt, was Rosario erzählt hat, sagte Martha. Die übertreibt doch immer! Es stimmt, daß die größte Schweinemast von Portland überschwemmt worden ist. Die haben alle Säue verloren. Laut *Newsweek* 50 000, aber die Kadaver sind nicht gezeigt worden.

– Aber weshalb ist dann das Baden verboten?

– Wegen der Haie. Es gibt hier viele. Man kann sogar ihre Eier am Strand finden.

Sie deutete auf kleine schwarze Säckchen, die ich die ganze Zeit für Algen oder dunkle Quallen gehalten hatte.

– Legen Haie denn Eier? fragte ich.

– Zumindest nennt man die Dinger da Haifischeier ...

Unvermittelt verfiel sie in Schweigen und starrte zu dem Angler hinüber, der seine Schnur auswarf. Ich versuchte mir ins Gedächtnis zu rufen, was ich über die Fortpflanzung der Haie wußte, aber ich wußte nicht mehr darüber als über die Schweine. Martha erzählte mir, sie hätte häufig den Eindruck, irgendwo David zu entdecken. Dann bekam sie Herzrasen, ihre Hände zitterten. Und dann war er es doch nicht, hätte es natürlich auch überhaupt nicht sein können. Auch der Angler war nicht David.

– Das bedeutet eben nur, daß David genauso aussieht wie alle jungen Männer seines Alters.

Vor allem sollte es heißen, daß sie anfing, ihn zu vergessen. Anstelle des Gesichts ihres Sohnes sah sie immer öfter das Gesicht von Ted Bundy. Der gleiche entwaffnende Charme, das gleiche Leuchten in den vom Lächeln zusammengekniffenen Augen. Sie glaubte, daß sie nicht die einzige gewesen war, die die Gesichter, die Silhouetten, den Eindruck durcheinander bekommen hatte. Sie fragte sich, ob die Geschworenen David nicht als viel mörderischer wahrgenommen hatten, als er überhaupt sein konnte, und ihm, indem sie ihn eines Verbrechens schuldig sprachen, das er nicht begangen hatte, nicht auch alle die seines Doppelgängers aufhalsten, der unter dem Namen »der Studentinnenmörder« bekannt geworden war. Sie haßte das Photo Davids, das die Zeitungen seinerzeit abgedruckt hatten, dieses Photo, auf dem er wirkte, als wolle er die ganze Welt herausfordern. Sie glaubte, daß die Geschworenen zu einer anderen Meinung gekommen wären, hätte er nicht diese Mütze, sondern eine Krawatte getragen. Jedenfalls hätten sie dann nicht auf der Stelle an jenen »Studentinnenmörder« gedacht, an dessen Prozeß, der hohe Wellen geschlagen hatte, sich jedermann noch genau erinnern konnte. Sie sagte sich, mit einem leichten Scheitel und etwas gebändigteren Haaren hätte er ausgesehen wie ein Sohn und nicht wie ein Mörder. Das heißt, wenn sie »Sohn« sagte, wußte sie selbst nicht mehr genau, was sie damit eigentlich meinte. Denn sanft und zärtlich hatte sie ihn nie gekannt, nur immer wütend und gewalttätig.

– Man fragt sich ja immer, was man versäumt hat mit seinem Kind. Und ich habe, glaube ich, bei ihm alles versäumt.

Da gab es so Kleinigkeiten, die sie heute anders machen

würde, wie zum Beispiel ihm Sachen angezogen zu haben, die von der »Erlösung« gestellt wurden, nur weil es Sachen waren, die für den Alltag noch taugten, oder wie ihm gestreifte Pullover gestrickt zu haben, nur weil es sie entspannte und sie Streifen witzig fand, vor allem, wenn sie deren Breite und Farbe dem Zufall überließ. Nein, solche Dinge würde sie heute nicht mehr tun. Ebensowenig wie ihm Spaghetti oder Ravioli aus der Dose zum Essen zu geben unter dem Vorwand, das sei gesünder, als was sie ihm selbst hätte kochen können. Auch so etwas würde sie heute nicht mehr tun.

Ich antwortete ihr, wenn sie sich nichts Schlimmeres vorzuwerfen hätte, müßte sie sich keine Sorgen machen. Daß sie sich selbst herabsetze. Daß sie das Unersetzliche, das sie ihm gegeben hatte, kaputtrede.

– Ich wüßte gerne, was das wohl sein soll. Ja, das müßten Sie mir einmal erklären. Er hat mein Elend mit mir geteilt. Das ist alles, was ich ihm geschenkt habe, mein Elend. Kapieren Sie das? Ich bin nicht jemand wie meine Mutter, eine Dame, eine echte Französin, die aus nichts ein Fest zaubern konnte und einen königlichen Geschmack besaß. Sie hat Davids gesamte Kindheit in ihren Händen getragen und mich gleich noch mit. Aber als sie nicht mehr war, da gab es nur noch mich, nichts als mich, und das war ein gewaltiger Unterschied für David. Er hat genau gesehen, daß entweder er sich alleine aus dem Dreck befreien oder ich ihn mit runterziehen würde.

Damals klammerte Martha sich an einen Job, den sie nicht ertrug und dessen einzige Genugtuung im Titel eines Lehrers bestand, denn alles andere, den Stundenplan, die Arbeit, das Einkommen, konnte man vergessen. Sie war Französischlehrerin im Dienste der »Erlösung«, für die Klassen der besonders problematischen Kinder. Jungs und Mädchen, alle schwarz, alle aus irgendwelchen namenlosen Ghettos stammend, die gerade noch einen Fußbreit von der Kriminalität entfernt gehalten wurden. Das seltsame Bild, das ich von alledem, was sie mir darüber erzählte, wie einen Schatz im Gedächtnis behalten habe, waren die schwangeren kleinen Mädchen, die sie in ihre Klasse aufnahm.

Jene karitative Institution versuchte mit all ihren Mitteln, die Mädchen von einer Abtreibung abzuhalten. Sie kümmerte sich um sie, vermittelte ihnen eine Schulbildung, trug die medizinischen Kosten und bezahlte die Entbindung. So seltsam sich das anhört, war es doch eine gute Zeit für die Mädchen, die endlich einmal das Gefühl hatten zu existieren. Sie übertrieben jedes Anzeichen ihrer Schwangerschaft und verlangten vom sechsten Monat an, im Rollstuhl in die Klassenräume gebracht zu werden. Dieses Schauspiel der kleinen schwangeren Mädchen im Rollstuhl habe ich im Kopf behalten, als hätte ich es mit eigenen Augen gesehen. Arrogante kleine Mädchen, die die Lehrerin beschimpften, wenn die ihnen nicht schnell genug ihren Willen tat.

Marthas Arbeit bestand darin, sie zu überwachen, so wie man eine ganze Batterie von Milchkasserollen überwacht, die überzukochen drohen. Sie paßte wie ein Schießhund darauf auf, die bevorstehende Katastrophe zu vermeiden, während sie damit beschäftigt war, die soeben geschehene wieder auszubügeln. Die kleinen Mädchen hatten brüske Wutanfälle, die sich bis zur Hysterie steigerten, oder versanken in düsterer Niedergeschlagenheit, auf ihre Stühle gekauert, einen Finger im Mund. Martha rannte von einem Mädchen zum andern, von einer Kasserolle zur anderen, den ganzen verdammten Tag lang, und abends war sie dann völlig platt. Französischlehrerin war sie keine mehr. Lehrerin für was? Na, für diese komische und schwierige Sprache, deren winziges Heimatland auf der Weltkarte für ihre Augen nicht sichtbar war. Martha war die Krankenschwester der kleinen schwangeren Mädchen, die spastische Anfälle hatten und lautstark rülpsten, wenn sie ihre Cola runtergegossen hatten. Sie wies sie zurecht. Die Mädels starrten sie vor Verblüffung mit offenem Mund an und erwiderten dann, es sei nicht gut für die Gesundheit der Babies – wobei sie mit der Hand über ihren runden Bauch strichen –, die ganze Kohlensäure im Magen zu behalten.

– In der »Erlösung« habe ichs öfter rülpsen als französisch sprechen hören. Sie vermutlich auch, und irgendwann werden sie die abartigen Geräusche, die da in ihrem Mund explodierten, dann vermutlich selbst für französisch gehalten haben.

Ab und zu kamen sie nach der Entbindung und führten Martha ihren modische Namen tragenden Nachwuchs vor. Sie stolzierten mit ihren erbarmungswürdigen, herrlichen Babies auf und ab. Und dann verloren sie irgendwann das Interesse an ihnen, ungefähr zur selben Zeit wie an der französischen Sprache. Die Sozialämter übernahmen den Fall und gaben die Babies zur Adoption frei. Meistens fand sich niemand, der sie wollte. In solchen Fällen verblieben sie dann in ihrer Familie, wo die Großmütter, die auf ihre alten Tage plötzlich so etwas wie Muttergefühle entwickelten, sie noch schlechter erzogen, als sie schon ihre Mütter erzogen hatten.

Martha erinnerte sich noch gut an die Panik, die sie überschwemmt hatte, als sie selbst schwanger wurde. Sie wollte um jeden Preis abtreiben, aber ihre Mutter, die der Kirche der Erlösung angehörte, hatte sie überredet, das Baby zu behalten.

– Für mich war das kein Kind, sondern ein Unfall.

Ihre Mutter hatte sich David viel mehr gewünscht als sie selbst und ihn dann auch aufgezogen. Nach ihrem Tod war David in den schlimmsten Momenten ein Fremder, in den besten ein kleiner Bruder, über den sie keine Macht hatte. Er verweigerte sich ihrer Autorität mit der gleichen Heftigkeit wie die kleinen schwangeren Mädchen.

Die Tatsache, Davids Tod gewünscht zu haben oder zumindest seine Nicht-Existenz, sie sich anfangs mit allen Fasern gewünscht zu haben, alles getan zu haben, was ein junges

Mädchen der damaligen Zeit für hilfreich hielt, um seine Schwangerschaft zu unterbrechen, machte ihr dem Kind gegenüber, als es dann schließlich zur Welt gekommen war, sofort ein schlechtes Gewissen. Sie glaubte, sie würde einen schädigenden Einfluß auf es haben und bat darum, es nicht zu stillen, weil sie glaubte, ihre Milch würde es vergiften. Sie war froh, daß ihre Mutter ihm das Fläschchen gab, es wickelte, mit ihm redete und später dann mit ihm spielte. Und dann immer diese Schuldgefühle, unfähig gewesen zu sein, ihm einmal etwas zu kochen oder, wenn sie sich denn einmal ums Essen kümmerte, ihm nur Konserven zu geben. Und die Konservendose stand auf dem Tisch, damit die Nahrung nicht mit ihr in Berührung kam.

Dieses Geheimnis, das hätte verborgen bleiben und schließlich hätte vergessen werden sollen, ging ihr nach, und das machte sie wahnsinnig. Sie sagte:

– Ich bin für meine bösen Gedanken gestraft worden, ich bin gestraft worden, und meine Strafe besteht darin, daß ich jetzt viel schmerzlicher auf sein Überleben hoffe, als ich je seinen Tod gewünscht habe.

29

Martha erzählte mir, sie sei ein »perfektes junges Mädchen« gewesen. Davids Geburt hatte die Hoffnungen dieses jungen Mädchens zerbrochen, das von seiner Mutter verhätschelt und überbehütet worden war – bis zu jenem Unfall auf der Rückbank. Rückfahrt von einem Ball mit einem Jammerlappen, der ihr Blumen geschenkt hatte und nun im Gegenzug erwartete – Höflichkeit verpflichtet –, daß sie sich ihm hingab. Ein perfektes junges Mädchen bis zu dem Augenblick der erzwungenen Umarmung hinten im Auto in einem Dunst aus Bier und Pomade. Er hieß Frank Adam, aber es hätte auch Rob Wilson sein können, das kam aufs Gleiche raus. Sie hätte auch Robs Drängen nachgegeben, er benutzte das gleiche Rasierwasser mit Vetiver-Note. Aber Rob war in Wilmas Auto gestiegen. Wilma war davon nicht schwanger geworden.

– Das war, als hätte man mir die Flügel gestutzt. Ich war nicht ganz so weit wie die anderen, ich brauchte länger. Aber ich wäre trotzdem in ein Mädchencollege gegangen, nicht nach Rosebud, irgendein anderes, denn ich war ein perfektes junges Mädchen. Ich wäre eine echte Lehrerin geworden, womöglich Literaturprofessorin. Ich habe ein Tagebuch geführt, ich konnte gut schreiben.

Vom Balkon ihres Zimmers aus winkte Rosario uns heran. Sie wurde ungeduldig, sie fand, daß Martha schon zu lange mit mir zusammen war, daß sie zuviel erzählte und daß »das für niemanden gut war«. So sehr Martha mit Details aus ihrem Leben nicht zurückhalten konnte, so sehr herrschte bei Rosario Aguirre totale Funkstille. Ihr schöner harttönender Name mit seinen baskischen Anklängen ist für mich ein völliges Rätsel geblieben. Von ihrer Vergangenheit wollte sie nichts verraten. Sie war erst während des Prozesses gegen David sie selbst geworden. Inmitten dieses Sturms war sie, bis an die Zähne bewaffnet, aus den Fluten der Ungerechtigkeit, des Betrugs, des falschen Scheins und der richtigen Lügen aufgetaucht. Sie erhob sich gegen die Südstaatengesellschaft und verschrieb sich David Dennis, an ihn glaubte sie, auf ihn hoffte sie, ihm widmete sie ihre Barmherzigkeit. Ihn machte sie zum Sinn ihres Lebens, um das sie sich nie geschert hatte, ja, sie hatte nie einen Gedanken daran verloren, daß man, um leben zu können, seinem Leben einen Sinn geben muß. In einem Alter, in dem man normalerweise die Früchte seines Arbeitslebens erntet, war sie von ihrem Posten entlassen worden, weil sie schlagartig den Sinn des Lebens entdeckt hatte.

Sie hatte teuer dafür bezahlen müssen mit ihrem Rausschmiß aus der Universität und mehreren Prozessen, die diese selbe Universität ihr wegen Falschaussage und Unterschlagung von Beweismaterial machte. Damals hatte die ganze gute Gesellschaft von Virginia mit dem Finger auf sie gezeigt, ja sie sogar als für das Verbrechen verantwortlich bezeichnet. Sie hatte David Dennis in einer Bibliothek aufgenommen, die er nie hätte betreten dürfen. Sie hatte ihm Eintritt ins Computersystem von Stone gewährt, und er hatte das mißbraucht, behauptete Staatsanwalt Benbow, indem er von Stone aus seine Stellengesuche verschickte und sich Empfehlungsschreiben und getürkte Diplome bastelte. Wie alle Betrüger auch ein Fachmann für Fälschungen aller Art!

Staatsanwalt Benbow hatte David auch beschuldigt, die Verbindung mißbraucht zu haben, um seine Stellung in Stone zu stärken, und Stone zu hintergehen, um seinen Status innerhalb der Verbindung zu erhöhen. Und als die Justiz seinen Computer untersuchen wollte, um den Beweis zu erlangen, daß er nicht nur nicht Jura studierte, sondern alle Beteiligten in großem Stil betrog – Fehlanzeige. Mrs. Rosario Aguirre hatte alles gelöscht, und ihre einzige Entschuldigung war, daß sie das immer so mache. Jedes Mal, wenn sie einem neuen Studenten einen Computer zuwies, löschte sie dessen Speicher. Sie war angeklagt worden, Beweismaterial verschwinden zu lassen.

Nach dem Schock des Urteils hatte David in die letzte Kamera, die noch herumstand, gebrüllt, er sei unschuldig, der Richter sei ein dreckiger Betrüger, der Staatsanwalt ein blutgieriger Wahnsinniger und sein Verteidiger ein inkompetenter Verbrecher, er blaffte die Geschworenen an wie eine Bande Idioten. Der Saal leerte sich. Martha stand plötzlich ganz alleine da, ohne Arbeit und ohne Wohnung, von der »Erlösung« im Stich gelassen und von diesem fadenscheinigen Prozeß ruiniert. Rosario war auf sie zugegangen. Sie hatte ihr gesagt, sie würde jetzt alles in die Hand nehmen. Sie hatte nicht die leiseste Idee, was sie tun sollte.

Sie besaß ein hübsches Holzhaus an einer kleinen Bucht, Hunderte von Büchern und einen schönen Hund mit rotem Fell. Sie nahm Martha bei sich auf. Doch war ihre Adresse publik geworden, und die Anhänger Benbows wählten sie zum Treffpunkt ihrer Sit-ins für die Todesstrafe. Vom frühen Morgen an stellten sie sich mit ihren Fahnen und ihren Banderolen vor ihre Tür, als wäre der Prozeß zu kurz gewesen, als hätten sie noch nicht genug. Eine Woche später fand sie die Leiche ihres Hundes an der Auffahrt zur Garage. Gemeinsam mit Martha grub sie in der sandigen Erde des Gartens ein so großes und tiefes Loch, daß man einen Mann hätte hineinlegen können.

Kaum war der Körper des Tieres mit Erde bedeckt, ließen sie alles stehen und liegen und verließen das Haus. Sie flüchteten. Sie fuhren nach Norden und übernachteten in Kirchen, denn die Kirchen sind a priori gegen die Todesstrafe. Unterwegs mußten sie am eigenen Leib lernen, daß die Kirchen auch gegen das Verbrechen sind und vor allem samt und sonders gegen die Vergewaltigung und Ermordung junger Mädchen. Die materielle Hilfe blieb dürftig, die moralische Unterstützung sehr eingeschränkt und verhalten.

Gerne erwähnte Rosario den entscheidenden Zwischenstopp, den sie beim Präsidenten des Vereins »A wie Abolition« eingelegt hatten, dem Bruder Avraham, dessen Kirche an der Straße nach Lynchburg stand, mitten im »bible-belt«. Ein asketischer Mann, der sehr gegen die Todesstrafe engagiert war, sehr aktive Gefängnisarbeit leistete und auch vor dem Kongreßgebäude sehr photogen wirkte mit seinem Aussehen eines Propheten und eines Ghettokids. Sie hatten geredet, gebetet und mit Brot, Traubensaft und ein wenig geräuchertem Fisch das Abendmahl gefeiert. Er hatte ihnen die Kupfermünzen aus dem Klingelbeutel von letztem Sonntag in eine Tüte gesteckt. Er hatte ihnen T-Shirts mit der Aufschrift geschenkt: »A wie Abolition. In Virginia wird noch getötet.« Als er sie zurück zum Auto begleitete, blieb er auf halber Strecke stehen, schloß die Augen, ergriff Marthas Hand und legte sie auf seine Brust. In einem letzten Gebet sagte er, er werde kommen, David werde nicht alleine sein, er werde ihm die Hand halten, er werde ihm die Augen schließen, er werde ihm den Friedenskuß geben.

Martha spürte die mystische Kraft Avrahams, die Stärke seiner Finger, die ihre Hand umschlossen, die Wärme seines Oberkörpers und seinen Atem, der nach geräuchertem Fisch roch. Sie fühlte sich körperlich gestärkt. »Ich werde da sein«, psalmodierte Bruder Avraham. »Ich werde ihm die Hand halten. Ich werde ihn auf den Mund küssen. Ich werde ihm das Zeichen zum großen Abschied geben.«

– Und da hat Martha mit einem Mal verstanden, erzählte Rosario. Ich glaubte, sie würde in Ohnmacht fallen, stattdessen hat sie ihre Hand Avrahams Druck entrissen, sie hat sich um die eigene Achse gedreht, wie in einer dieser Bewegungen beim Rock and Roll, in der ihr Partner sie mit einem einzigen Schwung durch den ganzen Raum gestoßen hätte. Dann ist sie bis zum Auto getaumelt und hat sich an der Tür festgehalten. Die Idee, es mit Glücksspiel zu versuchen, die stammt von ihr. Wirklich eine erstklassige Idee! Avrahams Klingelbeutel zu mißbrauchen, damit er Früchte trägt. Weg von der selbstquälerischen Kirche und ihren Trauerkloß-Gesichtern – hin zu den Lichtern der Casinos und dem erregenden Lärm der Spielautomaten. Im Norden einsetzen, was wir im Süden geerntet hatten.

– Und auf die Weise haben wir überlebt, und von Zeit zu Zeit sogar recht komfortabel.

Bei dieser Erinnerung mußte Martha lächeln.

– Spielen Sie gerne?

– Nein. Die einzige Erfahrung, die ich mit Glücksspiel hatte, ging mit der Erinnerung an eine schreckliche Migräne während eines Ausflugs zu den Niagarafällen einher. In meinem Kopf floß alles ineinander, der Lärm des Wasserfalls, die überfüllten Boote voller Touristen in Plastikponchos, das pharaonische Kasino, in das zwei Amerikaner mich vor der Abfahrt unseres Busses geschleppt hatten. Ich geriet in einen Alptraum, in eine fremde, von Alter und Häßlichkeit faulige Welt, in der Frauen voller violetter und grüner Schwären, die von den Spotlights an der Decke kamen, mit gespreizten Beinen ihre Blechmaschinen umklammerten. In einem infernalischen Lärm ratterte das Geld vorüber, türmte sich zu Haufen, wurde weggespült. Ich entledigte mich all meines Geldes bis zum letzten Cent, in einem unerbittlichen Sog, bis ich nichts mehr in den Taschen hatte, ohne daß ich auch nur eine Sekunde lang daran glaubte, ich könne etwas gewinnen und die Maschine würde mich plötzlich mit einer Flut von Münzen überschwemmen, die sie in sich barg.

– Schon, sagte Martha genießerisch, aber wenn die Münzen dann in einem lauten Rauschen auf den Steinboden pladdern, wenn sie wie ein Wasserfall herabkommen und gar nicht mehr aufhören, auf unsere offenen Hände zu prasseln, wenn sie einem durch die Finger rieseln und man überhaupt nicht mehr weiß, wie man all das wieder einsammeln soll ...

– Sie liebt es, sagte Rosario, und dabei hat sie ein unglaubliches Glück. Und es war auch kein verrückteres Mittel als irgendein anderes, um sich sein Leben zu verdienen. Wir sind dadurch viel herumgekommen, wir sind in die illegalen wie in die offiziellen Spielhöllen gegangen. Wir haben immer genügend nach Hause gebracht, um das Hotel, die Mahlzeiten und das Benzin zu bezahlen, aber wir haben nie die große Summe gewonnen, die uns erlaubt hätte, uns die besten Anwälte zu nehmen. Nur gerade eben genug fürs tägliche Leben, Sie verstehen. Seit zehn Jahren überleben wir dank der Spielautomaten.

30

Ich hatte wenig Gelegenheit, mich unter vier Augen mit Rosario zu unterhalten. Sie mied mich und begrenzte meine Person auf die Rolle einer Ablenkung für Martha und eines Auffangbeckens für deren Herzensergüsse. Außerhalb der Mahlzeiten verließ sie ihr Zimmer nur, um zu rauchen. Dann stellte sie sich auf die Außengalerie, die auf den Parkplatz ging. Gegen das Geländer gelehnt, mager und bleich und mit ihrem zu schwarzen Haar, das ihre Haut leichenblaß wirken ließ, qualmte sie freudlos ihre Zigaretten, um daraufhin wieder ihren Wachposten vor dem Computer einzunehmen.

Ich nutzte diese Augenblicke aus, um ihr ein paar zusätzliche Einzelheiten über ihre Irrfahrt nach dem Urteil aus der Nase zu ziehen. Im Gegensatz zu Martha, die sich so schamlos in ihren Erinnerungen aalte, als wäre man gar nicht vorhanden, schwieg Rosario sich aus. Sie sagte nichts oder wollte mir nichts sagen, aus Mißtrauen darüber, was ich mir daraus zusammenreimen würde. Mir gegenüber war sie eine Zeugin, die die Aussage verweigert und sich in Schweigen hüllt.

Alles, was ich über die Affäre oder sie selbst erfahren konnte, kam nur indirekt und aus jedem Zusammenhang gerissen heraus. Den roten Faden mußte ich durch Nachdenken selbst finden. Die Geschichte mit der Sammelaktion in den Kirchen zum Beispiel. Welche Religionsgemeinschaften waren es gewesen, die da Tag für Tag für ihren mageren Unterhalt gesorgt hatten? Als ich sie danach fragte, sagte sie mir, es seien so viele gewesen, daß sie es nicht genau sagen könne.

– Kirchen eben!

– Aber mit Altarsakramenten, Tabernakel und Kruzifix?

– Ja, und andere mit Kirchenfenstern, Kerzen, Sternen, Sonnen …

– Aber doch christliche?

Da fragte ich sie zuviel, die Religion war nicht ihr Ding, da müsse ich Martha fragen, die da seit ihrer Kindheit drinstecke und der die Idee gekommen war, das ganze Netzwerk der »Erlösung« abzuklappern, um dort Konferenzen abzuhalten, Gesprächskreise, und die mit den Weiß-der-Himmel-was des Siebten Tags angefangen hätte.

– Die Adventisten? Die Pentecotisten? Ist Martha denn nicht katholisch?

– Zu den Katholiken sind wir auch gegangen. Wenn man über die Todesstrafe reden will, tut man es besser unter einem Kruzifix, das spart Zeit.

Sie hatte am Telefon die Treffen verabredet. Im allgemeinen wurde sie recht offen empfangen. Der Reverend, der Pfarrer, die Pastorin, jedenfalls der oder die Verantwortliche meinten, ihr Zeugnis könne die Neugierde ihrer Schäflein entfachen, die zwar vom Fernsehen schon saturiert waren, aber kaum frische Bilder aus dem Leben vor die Augen bekamen. Dann verhandelte sie anhand des potentiellen Zuschauerinteresses den Preis ihrer Vorstellung. Jedermann verstand, daß sie sich zumindest die Reisekosten erstatten lassen wollten. Ein richtiges Honorar war schon schwieriger zu erreichen, da die Gemeinden im allgemeinen eher Geld haben wollten als es herzugeben. »Wenn die Mutter persönlich Zeugnis ablegt, können wir vielleicht etwas machen.«

Aber gleich, an welchem Wochentag und zu welcher Stunde sie aufgetreten waren, nie hatten sie viel Publikum angezogen, umso weniger, als sie vorsichtshalber in Staaten auftraten, die weit von Virginia entfernt waren und wo der Fall David Dennis kaum ein Echo ausgelöst hatte. Für die meisten Teilnehmer war Davids Geschichte ziemlich abstrakt, und sie mußten ihre grauen Zellen martern, um sich bewußt zu machen, daß die Frau, der sie zuhörten, tatsächlich *die Mutter eines zum Tode Verurteilten* war. Was ihnen zunächst auffiel, war, daß sie ganz normal wirkte, so wie eine beliebige Zuschauerin. Ihr inneres Drama war ihr umso weniger anzusehen, als Martha alles in ihrer Macht Stehende unternahm, um ihre Gefühle unter Kontrolle zu halten. In den Kirchen paßte sie ihr Auftreten ganz unbewußt dem der Gläubigen an und vermied es, den Leuten ein Schauspiel zu bieten, jenes Schauspiel, das natürlich jedermann erhoffte.

Die Versammlungen fanden nie in der Kultstätte selbst statt, jenem Heiligtum, dessen sie nicht würdig waren, sondern in angrenzenden Räumen, wo man mit Geselligkeit über den peinlichen Mangel an Gästen und die Tendenz der Zuschauer zum Zuspätkommen hinwegzutäuschen versuchte. Manchmal waren so wenig Leute da, daß bis fast ganz zum Schluß der vorgesehenen Zeit auf ein Paar gewartet werden mußte, das seine Verspätung dann mit der Art von Terminproblemen erklärte, deren Existenz Martha und Rosario vollständig vergessen hatten: Ein Kind hatte noch bei einem Bekannten untergebracht werden müssen, ein Anruf hatte länger als geplant gedauert. Das Gewicht des alltäglichen Lebens ganz unauffälliger Leute, die körperlich reale Präsenz ganz banaler kleiner Existenzen, der Mangel an Pünktlichkeit und Offenheit noch beim barmherzigsten Teil der Menschheit.

– Ah! kommentierte Rosario mehr zu sich selbst, es war nicht die Art von Leuten, die aufstehen, alles liegenlassen und dem Herrn nachfolgen, so wie sie es voller Kraft und Überzeugung bei jedem Gottesdienst sangen. Da brachte man ihnen schon mal den Herrn ins Haus, jedenfalls sein Bild und für die, die so etwas schockieren konnte, einen Anklang an seine Agonie, und dann kamen sie zu spät, nahmen sich Zeit, um sich hinzusetzen, hörten gar nicht mehr auf, sich über die Gründe für ihre Verspätung auszulassen, winkten dabei ihren Bekannten zu und schauten sich im Saal um, um zu zählen, wieviele sie denn wären. Und dann verlangten sie, wir sollten noch auf Peter warten, der gestern gesagt hatte, er würde kommen, oder auf Mary, die angedeutet hatte, die Todesstrafe sei ein Thema, das sie interessiere.

Dann konnte es losgehen! Rosario war der Meinung, man dürfe nicht zu weit ausholen. Martha sollte ihre Erklärungen auf die schrecklichen Strafbedingungen im Todestrakt konzentrieren. Die Aufmerksamkeit der Leute war begrenzt. Das Fernsehen hatte sie an Schnelligkeit gewöhnt. Mit solchen Leuten dürfte man nicht um den heißen Brei herumreden, sondern mußte direkt aufs Wesentliche kommen: das Geld. Rosario hatte eine zutreffende Vorstellung vom Zweck einer Geschichte. Worin sie sich täuschte, war die Auswahl der Episoden. Was die Leute interessierte, war nicht die Gegenwart, also der einsitzende David, sondern der Anfang, das heißt der Mord, sowie das Ende, die Hinrichtung.

»Wie lautet die Anklage?« war die erste Frage, es sei denn, man begann mit: »Was hat er gemacht?« Und Martha und Rosario sahen sich den gleichen Schwierigkeiten gegenüber, die ich auch gehabt hatte, den Fall meinen Kontaktleuten zusammenzufassen. Die Begriffe, die zum Urteil geführt hatten, waren abschreckend: Vergewaltigung, Mord, bestialische Grausamkeiten.

»Wer war das Opfer?« Eine Studentin, ein junges Mädchen von siebzehn Jahren. Das zu sagen, hieß den Prozeß nachzuspielen und binnen fünf Minuten die gleichen entsetzten Reaktionen zu bekommen wie von den Geschworenen. Die Gemeinde verwandelte sich auf der Stelle in eine Geschworenenbank, die David einstimmig verurteilte.

– Die Frauen haben einen Block gebildet. Sie haben uns auflaufen lassen, sagte Rosario bedauernd und rechtfertigte damit zugleich den Abstand, den sie mir gegenüber aufrechterhielt. Sie sind nie auf unserer Seite gewesen. Es ist doch immer die Rede von der berühmten weiblichen Solidarität. Ich hab davon nie etwas zu spüren bekommen, außer mit Heather Heath, und zwar gerade weil die mit sowas nichts am Hut hatte. Janet Leigh hat David beschuldigt, Susan Elliott ist nicht erschienen, um ihn zu entlasten. Die Verteidigung hat versucht, alle Frauen von der Geschworenenbank wegzubekommen, sie wußte, daß sie eine potentielle Gefahr darstellen. Sie werden mir antworten, daß sie mit Candice solidarisch waren. Vielleicht haben sie sich mehr mit dem jungen Mädchen identifiziert, aber dieser tausendste Ausbruch von Narzissmus hat jedenfalls seltsame Formen angenommen. Es blieb nie aus, daß eine der Frauen das Wort ergriff.

– Eine Frau in Schwarz!

– Eine Frau.

– Ich sehe noch, wie sie aufsteht, aufgeblasen vor Empörung, sagte Rosario, ins Leere starrend. Vom ersten Moment an liegt sie auf der Lauer, versteckt zwischen den anderen Gläubigen, und wartet auf ihre Gelegenheit. Sie spricht im Namen Gottes, der Familie, der Gesellschaft, je nachdem. Sie zeigt mit dem Finger auf uns. Sie ist die Prophetin der modernen Zeiten, die mit der Stimme der vergangenen Zeiten kreischt. Ich habe diesen Verfluchungston noch im Ohr, er wird sehr schrill, füllt sich mit Wut, wird losgelassen und bespritzt uns mit Dreck. Ich habe zu Martha gesagt: »Nicht zuhören, hör dir diese überkommene Frauenwut nicht an.«

Das Ganze erinnerte mich an die anonymen Briefe, die man in aller Unschuld öffnet, fuhr Rosario fort, und aus denen einen dann plötzlich der Wahnsinn anspringt und die einem schon Angst machen, bevor man sie noch gelesen oder verstanden hat. Die aus den Fugen geratene Schrift, all die Ausrufezeichen, die Fehler – mehr als üblich, mehr als normal –, nur um einen zu beschmutzen. Verfluchungssprache. Wir haben welche bekommen, in denen in allen Einzelheiten sein Tod und seine Leiden ausgemalt wurden. Wir haben welche bekommen, die uns den Tod wünschten, Martha und mir, und daß wir dabei alles durchmachen müssen, was auch Candice durchgemacht hat. Wir haben welche bekommen, die über den Tod meines Hundes jubelten.

Und dann die Anrufe, erzählte sie weiter, die hechelnden Stimmen, und wie überstürzt sie ihren Dreck abluden. Ich habe zu Martha gesagt: »Nicht hinhören. Leg auf.« Aber mit welchem Genuß die sich in den Hörer ergossen. Der Orgasmus der Verfluchungen.

Jene trauernde Witwe der ganzen Menschheit, jene Verwalterin der Wut der gesamten Erde, jene mit ihrem eigenen Unglück schwangere Verwünscherin machte die Stimmung kaputt. Aufgrund ihrer natürlichen Feigheit, die sie dazu treibt, nie Partei zu ergreifen, standen die Leute auf und machten sich davon, ohne etwas zu geben. Der Veranstalter des Abends machte nicht einmal den Versuch, eine Sammlung zu organisieren, ihm war es nur darum zu tun, diesen Abend mit seinem schlechten Nachgeschmack so schnell wie möglich vergessen zu machen.

Sie machen sich keine Vorstellung davon, wie diese Leute sich selbst lossprechen und trösten. Sie trösten sich über alles hinweg. Sie trösten sich, bevor sie noch trauern, und sprechen sich schon los, bevor sie noch gesündigt haben. Was sie in der Begegnung mit uns suchten, war eine Bestätigung ihrer Tugendhaftigkeit. Sie wollten es schriftlich von uns, daß ihre Tochter nie ermordet werden würde und ihr Sohn nie in Greenleaves landete.

Und deshalb, fuhr Rosario fort, ist der Gedanke ein Trost, daß all dieses angeblich saubere Geld, das wir um den Preis so vieler Brutalität und Erniedrigung verdient hatten, im Bauch dieser bunten lärmenden Maschinen endete und sich unter Marthas Händen in einen Fluß, einen Strom, eine Flutwelle aus Münzen verwandelte. Betteln, spielen, gewinnen, verlieren. Wir haben Gottes Geld gewaschen, wir haben es gereinigt, soviel ist einmal wahr, lachte Rosario.

31

Sie zeigte mir die Hündin, die sich hinter der Küche des Motels von der Sonne wärmen ließ.

– Als wir hier ankamen, war sie trächtig, ein riesiger Bauch und dicke Zitzen. Dann bekam sie ihre Kleinen, hat sie gestillt, und jetzt haben sie sie ihr weggenommen. Es passiert so einiges in einem Leben, in dem sich die Zeit plötzlich mal sieben multipliziert!

Ich gestand ihr, daß ich den Kalender nur mehr mittels der Verfallsdaten auf den Joghurtbechern verfolgte, die die Zeit blockieren und dann plötzlich beschleunigen. Ich sagte, wie mich vor ein paar Tagen der Aluminiumdeckel in eine Zeit jenseits der Hinrichtung Davids katapultiert hatte, von der ich gar nicht glaubte, ich würde sie je erleben.

Auf diesem Fleckchen Erde und in diesem Augenblick der Geschichte war ich ebenso orientierungslos wie im Meer an jenem Tag, als ich hinausgeschwommen war und die Strömungsrichtung nicht mehr wahrnahm. Endloses Wasser, endloser Himmel, Wasser anstelle des Himmels, Himmel anstelle des Wassers. Seitdem stand meine Uhr, und ich hatte nicht mehr versucht, sie wieder in Gang zu kriegen. Ich mußte an David Dennis denken, der seine am Tag seiner Verurteilung absichtlich zertrümmert hatte. Bevor er den Todestrakt betrat, hat er seine Uhr vom Handgelenk gestreift und sie gegen die Zellenwand geschlagen, um sich nicht von der ablaufenden Zeit wahnsinnig machen zu lassen. Lange nach ihrem Tod lief der Sekundenzeiger der Uhr von Candice immer noch weiter. Diese hartnäckige Uhr mit ihrer unzerstörbaren Mechanik pulsierte weiter auf dem Obduktionstisch neben der Leiche, die sich zersetzte. Hatte man sie dann gestoppt, indem man sie kaputtschlug, so wie David es mit seiner gemacht hatte? Oder hatte die Mutter von Candice sie vielmehr selbst angezogen? Und befindet sie sich noch immer dort, ein unvergänglicher Zeuge des Lebens der jungen Toten?

Hier in Nags Head wischten wir alle drei, Martha, Rosario und ich, jede auf ihre Weise und ohne uns abgesprochen zu haben, die Zeit weg, rollten sie aus, projezierten sie weit über das Hinrichtungsdatum hinaus. Wir gaben David das Recht zurück, die Stunde seines Todes nicht zu kennen. Wir deprogrammierten sie. Die Henker leben mit Blick auf den Chronometer, aber ebenso, wie David es für sich selbst entschieden hatte, besaßen wir keinen Terminplan mehr und zählten nicht die Tage. Keine Kalender, keine Uhren.

Ich sagte Rosario, das beschleunigte Leben der Hunde käme mir zu schnell vor. Sie erwiderte, auf die Gesamtheit ihrer Existenz bezogen, stimme das vielleicht, aber im Laufe eines einzelnen Tages verlangsame sich ihre Zeit so sehr, bis sie endlos sei.

– Sehen Sie sie sich an. Sie schläft, als hätte sie alle Zeit der Welt.

Wir hatten nicht mehr »alle Zeit der Welt«, und ich nahm meinen Mut zusammen, um ihr zu sagen, was mir auf der Seele lag. Ich konnte mir nicht vorstellen, wie David so kurz vor dem Ende und ohne einen bedeutsamen Fortschritt der Ermittlungen noch gerettet werden sollte. Ich hatte den Eindruck, daß ein Aufschub oder irgendeine andere Maßnahme zu seinen Gunsten jetzt geschehen müsse.

Rosario gab sich zuversichtlich und stützte sich dabei auf die drei ersten festgelegten Daten, die alle schließlich aufgeschoben worden waren.

– Aber zehn Tage! sagte ich ihr und bewies damit, daß ich nichts von ihrer Theorie der Zeit verstanden hatte und daß ich gegen meinen eigenen Willen weitergezählt hatte, denn das Datum, das ich zu vergessen suchte, verfolgte mich so sehr, daß es zum Fixpunkt meines ganzen Lebens geworden war.

Rosario erklärte mir, daß sie und Martha im Fall David Dennis dreimal mit einem definitiven Datum konfrontiert gewesen waren. Dreimal hatten sie die Agonie durchlebt, sich den Tod vorgestellt, ihre Trauerarbeit begonnen, dreimal war das Datum in der letzten Woche verschoben worden und beim letzten Aufschub nur drei Tage vor der Hinrichtung. Und jedesmal hatte die Justizmaschine, das Räderwerk der Eingaben, rechtzeitig funktioniert.

Sie sagte mir, und zwar nicht, um mich zu beruhigen, daß es im Hinrichtungsraum ein rotes Telefon gebe, das direkt mit dem Büro des Gouverneurs verbunden sei. Er konnte die Prozedur selbst noch in ihrer allerletzten Phase unterbrechen. Sie verwies auf Caryl Chessman, der den Hinrichtungsraum siebenmal betreten hatte und nur aufgrund eines Irrtums der Sekretärin des Gouverneurs exekutiert worden war, die ihm den Gnadenerlaß übermitteln sollte oder zumindest einen weiteren Aufschub. Aber sie hatte die falsche Nummer gewählt und wartete, daß jemand abnahm, um die Nachricht durchzugeben. Als sie ihren Irrtum bemerkte und endlich die richtige Nummer gewählt hatte, war Caryl Chessman soeben gestorben. Er war sich seiner Eingabe so sicher gewesen, daß er die Luft angehalten hatte, solange er konnte.

War Rosario nun schlicht leichtfertig, oder wußte sie etwas von Heather Heaths geheimen Verhandlungen? Ich sprach mir selbst mit dem Gedanken Mut zu, sie wisse etwas, was sie mir nicht sagen wolle und was sie hundertprozentig zuversichtlich stimmte. Aber dann durchfuhr mich, schmerzhaft und blitzartig, der Verdacht, es geschehe überhaupt nichts und sie wiege uns in Sicherheit. Indem sie das Bild von Heather Heath benutzte, führte sie uns beide, Martha und mich, sanft auf den ausweglosen Tag zu, um uns dann, ohne daß wir etwas ahnten, ins Nichts stürzen zu lassen, das auch sie nicht vermeiden konnte. »Unmöglich« hatte David Dennis zu mir gesagt, als ich seine Hinrichtung erwähnte. »Unmöglich« sagte auch Rosario. War ich die einzige, die es im Gegensatz dazu sehr wohl für möglich hielt, weil ich aus Rosebud kam und man mich dort davon überzeugt hatte, die Hinrichtung Davids sei gewiß.

– Was Sie in Ihren Kopf hineinkriegen müssen, sagte sie mir, so wie man einen begriffsstutzigen Schüler rügt, das ist, daß es sich nicht um eine simple Justizgeschichte handelt. Richter Edward will mit ganzer Seele den leiblichen Tod von David, aber Heather Heath will den moralischen Tod von Richter Edward. Wenn wir gewinnen, verliert Richter Edward. Er verliert seine Ehre, seinen Ruf, seinen Einfluß, sein Ansehen. Er verliert alles.

– Wenn wir gewinnen!

– Heather Heath wird sehr bald persönlich bekanntgeben, daß die Untersuchung der Zahnabdrücke, die wir seit fast zehn Jahren fordern, endlich bewilligt wird.

– Sind Sie da sicher?

– Entweder das, oder im Web wird der Plan der kannibalischen Mahlzeit in der Verbindung veröffentlicht. Haben sie da etwa noch die Wahl?

32

Es handelte sich um ein Geständnis, das Anthony Rosso im Anschluß an seine Auskünfte über die Behandlung der *Pets* in der Verbindung gemacht hatte. Eine Eröffnung von solcher Monstrosität, daß Martha sie geheimgehalten und nur Rosario davon erzählt hatte, und daß Rosario, ihrerseits schockiert, sie zunächst nur Heather Heath hatte mitteilen wollen. Sie warf alles über den Haufen, was man von dieser Geschichte begriffen haben mochte, die sich mehr oder minder um Sex, Eifersucht und Drogen drehte, und verlieh ihr eine Dimension, die sie völlig unvorstellbar machte.

Um ihre Aufnahme in die Universität auf würdige Weise zu begehen und ihren brüderlichen Pakt für alle Ewigkeit zu besiegeln, hatten die Studenten der Verbindung von White Home beschlossen, ein kannibalisches Festmahl zu veranstalten. Nicht etwa ein enormes Blutgelage, sondern ein wirklich festliches Abendessen mit Tischdecke, Porzellan, Tafelsilber und Kristallgläsern, wie zu Hause, und mit einem Fleischgericht, in dem ein Stück menschliches Fleisch stecken würde. Ein großer Augenblick. Alle vereint im Risiko und im Geheimnis. Wer hat es aufgetischt bekommen? Wer hat es gegessen? Und schlimmer noch: Wer hat gemerkt, was er da gegessen hat?

– Unmöglich!

– Ach ja?! erwiderte Rosario, Sie finden das *unmöglich*. Haben Sie denn noch nie von den erschreckenden Aufnahmeritualen und Initiationszeremonien gehört? Erst wenn so etwas einmal aus dem Ruder läuft, offenbaren diese Rituale, wie tief verwurzelt und archaisch die Sitten, die sie ermöglichen oder sie tolerieren, eigentlich sind. Haben Sie nie Reportagen darüber gesehen? Mit so einem Jungen aus gutem Haus, der einen Schweinskopf übergestülpt hat, oder einer über alle Zweifel erhabenen Studentin mit hochgezogenem Rock in einer erniedrigenden Stellung? Die Eltern erfahren es immer nur über die Zeitungen, daß ihre braven, heranwachsenden Kinder Grabschänder sind, daß sie Särge ausgraben oder einer Leiche ein Kreuz in die Brust rammen.

Ohne daß ich auch nur ein einziges Wort davon zu glauben vermochte, behauptete Rosario, daß der Kannibalismus in seiner diskreten Form, als Abendessen getarnt, immer noch der wichtigste symbolische Akt bei den großen Aufnahmeriten sei. Dann wiegelte sie diese Behauptung ab, indem sie mich daran erinnerte, daß auch Medizinstudenten nicht auf dergleichen verzichteten. Nach den Obduktionsstunden fand sich immer ein Witzbold, der ein Stückchen von der Leiche mitgehen ließ. War dann der rechte Moment gekommen, zeigte er es zum Spaß eines weiblichen Publikums vor, dem er damit imponieren konnte. Sie selbst konnte das bezeugen. Sie hatte mit ihren eigenen Augen eine Leiche gesehen, die gekreuzigt an einem Straßenschild an der Autobahn hing. Und das war nichts anderes gewesen als ein kleiner Scherz von Medizinstudenten, die das Ende ihrer Prüfungen feierten.

Buddy, Harry und Anthony hatten die Sache ganz spontan an David als ein bereits initiiertes Mitglied herangetragen.David fiel aus allen Wolken. Er hätte alles erwartet, eine Sexparty, ein Riesenbesäufnis, Marihuana, Crack oder Kokain, aber nicht Menschenfleisch. Sein Erstaunen war Beweis genug, daß er der Verbindung nicht angehörte. Vielleicht bekamen die Jungs in diesem Moment ihre ersten Zweifel an seiner tatsächlichen Identität. Da das zeitlich mit der Beziehung zwischen David und Candice zusammenfiel, erwähnten sie die Sache nicht mehr.

Als er von den Verstümmelungen erfuhr, die Candice zugefügt worden waren, kam David Anthonys Vorschlag wieder in den Sinn. Das ominöse kannibalische Festessen hatte also tatsächlich stattgefunden, zwar nicht mit langer Vorbereitung, wie es ursprünglich geplant gewesen war, dafür aber voller Appetit, mit reißenden Zähnen und vollem Mund, alle gemeinsam auf dem jungen Mädchen, das sie zuvor vergewaltigt und ermordet hatten, um es dann aufzufressen. Sex, Erniedrigung, Tod und Kannibalismus, der ganzen sankrosankten Litanei war genüge getan. Seine erste Sorge war, ob der Gerichtsmediziner die Bißabdrücke auf Candices Körper abgenommen hatte. Die Abdrücke, das war sein einziges Wort. Wer immer sich ihm auch näherte, den fragte er nach den ominösen Abdrücken. »Wovor haben Sie denn Angst?« fragte Anwalt Floyd, und gab ihm zu verstehen, daß er befürchtete, die Abdrücke würden ihn belasten. Um ihn dann zu beruhigen: »Ja, alles ist gemacht worden, gesetzeskonform gemacht worden. Richter Edward persönlich hat darauf geachtet. Aber ich glaube nicht, daß Sie gut daran täten, weiter in diesen unerträglichen Dingen herumzubohren.«

Diese Geschichte mit den Abdrücken hatte Heather Heath sofort fasziniert. Sie erinnerte sich an einen Skandal, der sich zu ihrer Zeit abgespielt hatte und bei dessen Nennung Rosebud immer noch eine Gänsehaut bekam. Zwei Wochen nach Semesterbeginn, mitten in der Zeit der Aufnahmerituale, hatte man ein junges Mädchen von einer Nachbaruniversität auf dem Campus an einen Baum gebunden gefunden. Es war vollkommen unbekleidet, sein Körper war mit Honig, Erdbeerkonfitüre und Schokolade eingeschmiert worden. Studenten aus Stone hatten die ganze Nacht an ihm geleckt. Völlig erschöpft und mit brennender Haut zitterte das Mädchen vor Angst und Scham. Laut Heather Heath war das die Light-Version des kannibalischen Mahls.

Die Jungs von White Home hatten sich für ihre Initiation etwas Konkreteres gewünscht, eine Art bürgerliche Küche des Kannibalismus. »Das ist die Rückseite dieser etwas zu blitzsauberen Universitäten«, erklärte Heather Heath, die wußte, wovon sie sprach. Im Rahmen einer Reportage über Mädchencolleges hatte sie die Beschwerden der Studentinnen der schönsten und angesehensten Universität der ganzen Küste aufgezeichnet: »Wir stehen derart unter Druck. Alle verlangen von uns, daß wir perfekt sind.« Heather Heath, die für diese jungen Mädchen das Idealbild von Perfektion und Erfolg darstellte, war dann zu einem privaten Abend eingeladen worden. Nachdem sie ihre Pelzmäntel an der Garderobe abgegeben hatten, stellten die Studentinnen, die sie interviewt hatte, sich völlig nackt den Jungs eines Armee-Colleges zur Schau, die aber selbstverständlich nicht das Recht hatten, sie anzufassen.

– *Unmöglich!* hatte ihr eine Professorin geantwortet, der sie am nächsten Tag davon erzählt hatte. Sie lehrte seit fünfzehn Jahren in der ehrwürdigen und berühmten Institution, hatte aber von dergleichen noch nie gehört.

– Sex und Geheimnis gehen gut zusammen, hatte Heather geschlossen. Niemand will etwas davon sehen, weder die Eltern der Mädchen und noch weniger die Eltern der Jungs, denn die haben das gleiche durchgemacht. Dröselt man diesen Faden auf, steht irgendwann die ganze Gesellschaft nackt da. Sex und Erniedrigung sind die Grundpfeiler der Initiation. Manchmal kommt auch noch der Tod dazu.

– Jetzt, wo Sie das sagen, erinnerte sich die Professorin, vor ein paar Jahren hat man die Leiche einer Studentin auf dem Golfplatz gefunden. Sie war völlig nackt. Ein nie aufgeklärter Mord.

33

SELTSAMES LAND, DAS SEINEN WIRBELSTÜRMEN Mädchennamen und seinen Mädchen Bonbonnamen gab. Seltsames Land, in dem die Mädchen, die später einmal der Gesellschaft vorstehen würden, sich an Bäume fesseln ließen, um sich von Jungs abschlecken und anknabbern zu lassen, die in einer Inszenierung unmöglicher Virilität die Cowboys spielten. Seltsames Land, in dem im Namen Gottes Recht gesprochen wurde und das gekreuzigte Leichen an Autobahnauffahrten ausstellte.

Ich fragte Rosario, ob es in Virginia gewesen sei, wo sie die gekreuzigte Leiche gesehen habe. Sie sah mich verblüfft an:

– Aber nein! Natürlich nicht. Das war in Argentinien.

Das war der einzige Ausblick, weniger als ein Guckloch, auf Rosarios Vergangenheit: ein pergamentener, steifer Leichnam, der grünbleiche Kopf auf die Schulter gesunken, die Hände von Nägeln durchbohrt, die Füße dicht nebeneinander. Ein alter Mann, gelb und bleich und völlig nackt.

Ich hatte mich getäuscht, die ganze Rechenaufgabe mußte neu begonnen, die Puzzleteilchen anders zusammengesetzt werden: der Orkan, das Mädchen, der Kandiszucker und die Leiche. Bei David Dennis lag der Anfang der Geschichte, bei Heather Heath ihr Ende. Martha war nichts als der verzweifelte Zeuge einer Zwischenepisode, die niemanden mehr interessierte. Rosario griff im Namen einer verdrängten Erinnerung, von der sie nichts als einen Schlüssel preisgegeben hatte, in das Drehbuch ein: die Leiche eines gekreuzigten Mannes.

Hätte ich jetzt in Rosebud mein Creative-Writing-Seminar wieder aufnehmen sollen, ich hätte gewußt, welches Thema ich gestellt hätte: »Am Ende des Sommers wird

Candy, eine Studentin aus Rosebud, ermordet am Strand von Virginia aufgefunden.« Und hemmungslos würden die Studentinnen ihre geheimen Zeremonien beschreiben, ihre Lust auf Jungs, ihre Angst vor dem Sex, ihre Furcht davor, vergewaltigt zu werden. Das *sweet and secret*, von dem mir Philip gesprochen hatte, war mehr als eine Lebensart, ein eleganter Stil, es war eine Art lächelnder und distanzierter Sanftmut, die tiefe Furcht davor zu lieben, eine richtiggehende Lebensangst.

Würden sie ihrerseits Candys Geschichte erzählen, sie sprächen nur von sich selbst, von ihren Beziehungen mit ihren Boyfriends, dem ersten Ausgehen, den strahlenden und so schnell wieder verblühten Kleidern, den Küssen auf der Rückbank, die nach Bier schmeckten, der suchenden Hand des Jungen, die sie zwischen ihren Schenkeln blockierten. Ja, unter dem Vorwand eines vor zehn Jahren begangenen Verbrechens würden sie mir alles erzählen vom Leben der perfekten jungen Südstaatenmädchen. Rosebud wäre kein Ort der Schönheit und der Pracht mehr, sondern eine Falle, in der tragische Lebensläufe gefangensaßen. Sie würden Candy nicht in einem Zimmer des Verbindungshauses von White Home sterben lassen, sondern in Rosebud, ein paar Meter von Richter Edwards Haus und am Ende einer langen verzweifelten Treibjagd inmitten der hundertjährigen Bäume. Vergewaltigt, verletzt, geschlagen, liegengelassen, würde Candy vor Angst sterben.

Ich war in diesem Punkt anderer Meinung. Ich hatte meine eigene Version der Geschichte. Candice hat keine Angst gehabt, und sie ist gestorben, weil sie überhaupt nie Angst hatte. Vielleicht war sie für die Verbindung nur ein *Pet*, aber lediglich dem Namen nach, nicht, was die Fakten betraf. Sobald sie die Jungs durchhatte und festgestellt hatte, wie unbedarft sie waren, tat sie sich, zumindest fürs erste, mit David zusammen. Kraft ihrer Frühreife und der Anzahl ihrer Erfahrungen, hatte sie die Regeln eines Spiels festgesetzt, das sie kannte und das sie beherrschte.

Am letzten Abend entscheidet sie selbst alles. Sie weigert sich, an der Party teilzunehmen, die ihr Freundestrio gibt. Trotz deren hartnäckiger Bitten zu bleiben, nimmt sie David mit, um mit ihm auf seinem Zimmer allein zu sein. Anthony, Harry und Buddy sind enttäuscht. Sie sagen, es sei nicht nett, sich so zu isolieren. Candice antwortet, daß sie das einzige Mädchen ist. Sie fühlt sich nicht sonderlich wohl inmitten all dieser bereits besoffenen Jungs. Anthony hat sehr viel getrunken, er ist ganz rot, schwitzt, sein Hemd ist weit offen, er insistiert. Er begleitet Candice und David bis zu ihrem Zimmer und hört nicht auf, Candice anzubetteln, sie möge bleiben. Er hält sie sogar am Handgelenk fest. Er drückt zu kräftig zu. Sie beschwert sich. Er tut ihr weh! David greift ein und stößt Anthony zurück. Anthony ist zu besoffen, um aufrecht zu bleiben, er verliert das Gleichgewicht, fällt gegen die Wand. Als er sich wieder aufrappelt, droht er David: » Faß du mich nicht an!«

David weiß, was er braucht. Er holt Drogen aus seinem Zimmer und gibt sie Anthony, um ihn friedlich zu stimmen. Anthony nimmt das Zeug, ohne Danke zu sagen, und fängt jetzt an, Candice zu drohen: »Warte nur, du kommst noch früh genug an die Reihe, du ...« David und Candice verschwinden im Zimmer. Sie ziehen sich aus und lassen ihre Kleider rund ums Bett herum liegen. Sie machen die Musik an, stellen sie sehr laut, damit sie die Anlage der Jungs übertönt. Sie machen Liebe und fallen danach in einen ersten Schlummer, ineinander verschlungen, mit bleischweren Gliedern. Jemand donnert mit der Faust gegen die Tür. Aus dem Schlaf gerissen, springt David nackt aus dem Bett. Er öffnet. Es ist Buddy. Er sagt, ihre Anlage liefe zu laut, die Nachbarn würden sich beschweren. Buddy verlangt eine weitere Dosis für Anthony. David sagt, er habe nichts mehr. Candice meckert, weil sie aufgeweckt worden ist.

Als er sich wieder hinlegt, wirft David einen Blick auf seine Uhr. Er hat noch ein wenig Zeit, bevor er nach Maryland aufbrechen muß. Er nimmt Candice in die Arme und küßt sie. Er fragt sie, ob er sie unterwegs in Rosebud absetzen soll. Sie antwortet, es sei zu spät, sie sei zu müde, sie wolle ihre Zimmernachbarin nicht aufwecken, noch sich anziehen, noch sich ausziehen, noch sich wieder anziehen und vorher die Zähne putzen. Sie sagt das alles mit schleppender Stimme, als spräche sie im Schlaf. Beide fallen wieder in tiefen Schlaf.

Ein Schrei im Haus. Die Jungs rennen durchs Treppenhaus. David schreckt aus dem Schlaf, sieht auf die Uhr, der Zeiger hat sich nicht bewegt, sie ist stehengeblieben. Wie spät mag es sein? Er hebt das Handgelenk von Candice an, das aus dem Bett hängt, um ihre Uhr zu sehen. Candice stöhnt: »Kann ich endlich mal schlafen, verdammt!« Es ist grauenhaft spät. Oder früh, je nachdem. David wird es nie schaffen, rechtzeitig bei Susan zu sein, bevor sie zur Arbeit muß. Er sucht in der Dunkelheit auf gut Glück seine Kleider zusammen und zieht sich an. Hastig packt er seine große Sporttasche. Er häuft aufeinander, stopft, drückt zusammen, alles im Dunkeln, um Candice nicht aufzuwecken. Er vergißt die Hälfte. Er stürzt zur Tür, geht dann doch noch mal zum Bett zurück, um ihr auf Wiedersehn zu sagen. Sie schläft friedlich. Er zieht ihr die Decke über die Schultern, dann legt er ihr das Kopfkissen übers Gesicht, damit sie nicht hört, wie er die Tür öffnet, und das Licht im Flur nicht sieht.

Draußen parkt Buddys Wagen quer und hindert seinen am Rausfahren. David wird ärgerlich, geht zurück ins Haus, um Buddy zu suchen, damit er sein Auto zur Seite fährt. In diesem Augenblick hat er nur eins im Kopf: die verlorene Zeit aufholen, um rechtzeitig zu seiner Verabredung zu kommen. Am oberen Treppenabsatz hocken Buddy und Harry auf den Stufen und trinken noch immer Bier. Buddy ist so besoffen, daß er nicht versteht, was David ihn fragt, im übrigen ist er völlig außerstande, seinen Wagen selbst zur Seite zu fahren. »Schlüssel her!« befiehlt David. »Sprich gefälligst in einem anderen

Ton!« knurrt Buddy und wühlt in seiner Tasche. Die beiden Jungs machen keine Anstalten, David dabei zu helfen, seine riesige Sporttasche zu schleppen. Als er zurückkommt, um die Schlüssel wieder abzugeben, hat er sein Surfbrett unterm Arm, bittet sie, es in seinem Zimmer abzustellen. »Wenn wir Lust dazu haben!« meint Harry. Anthony kommt aus dem Wohnzimmer, verlangt eine Dosis von David. »Fick dich ins Knie!« antwortet David.

Wenn Anthony Davids Zimmer betreten hat, dann nur, um es nach Drogen zu durchwühlen. Wenn die beiden anderen Jungs ihm gefolgt sind, dann um sein Surfbrett abzustellen. Als sie das Licht angeschaltet haben, sahen sie Candice, die unter dem Kissen und der Decke lag, nicht sofort. Sie waren ganz verblüfft, als sie sich dann plötzlich aufgerichtet hat, nackt und schläfrig. Sie hat sie, auf einen Ellbogen gestützt, gefragt, was zum Teufel sie hier wollten. Noch in diesem Moment konnte alles auch gut ausgehen, die drei Jungs konnten sich entschuldigen, hinausgehen, das Licht ausschalten und sie schlafen lassen. Daß sie plötzlich in ihrem Zimmer standen, hat sie jedenfalls nicht erschreckt. Sie kennt sie zu gut. Sie ist lediglich gereizt, weil sie verschlafen ist, müde ist – in welchem Ton soll sie es ihnen denn nochmal sagen? – und sie, David, die Nachbarn, der Krach im Haus, alle sie am Schlafen hindern. Wütend schreit sie sie an, sich zu verpissen.

Die drei gehorchen nicht. Sie hat nicht zu dem Anthony und dem Buddy gesprochen, die sie kennt, sondern zu betrunkenen und unter Drogen stehenden jungen Männern. Die reagieren rebellisch, beleidigen nun wiederum sie, sie sei nichts als eine Schlampe, eine Nutte für dahergelaufene Fremde, eine Yankee-Fotze. Sie sagen, sie hätten auch das Recht, mit ihr zu vögeln. Zu jeder anderen Zeit wäre sie die letzte gewesen, einen kleinen Dreier zu verweigern, sie hätte ihn selbst dirigiert, jeder an seinem Platz, je nach seinem Talent. Jetzt aber ist sie entnervt. Sie haben kein Recht, in diesem Ton mit ihr zu reden. Sie sind Nullen, häßlich und ekelhaft. Sie stinken, und im übrigen sind sie in ihrem Zustand ohnehin zu nichts nütze. Kleine Wichser! Sie setzt sich im Bett auf, mit nacktem Oberkörper, das Laken bedeckt kaum ihren Bauch. Sie brüllt sie an.

Anthony versetzt ihr mit aller Kraft eine Ohrfeige, Candys Schläfe schlägt sehr hart gegen die hölzerne Bettkante. Ein explodierender Kopfschmerz läßt silberne Blitzlichter vor ihren Augen aufflammen, in ihrem Kopf donnert und brummt es. Sie sagt: »Oh mein Kopf!« Das sind ihre letzten Worte. Anthony sieht das aufgerissene Gesicht gar nicht, das riesige Loch in der Schläfe, er läßt sich auf sie fallen. Sie röchelt, liegt in Zuckungen, zittert, das vermittelt den Eindruck, sie wolle sich wehren, kämpfen, sich verweigern. Buddy sagt, er werde sie schon ruhigstellen. Er nimmt die Nylonschnur des Surfbretts und fesselt ihr die Hände hinter dem Rücken mit einem Knoten, den er im Ferienlager gelernt hat. Das Kopfkissen, die Laken, die Matratze saugen sich mit dem Blut voll, das ihr aus dem Kopf, der Nase, dem Mund läuft. Mit einem Mal entspannt sich der Körper, wird schlaff. Anthony und Buddy reiten ihn abwechselnd, schaffen es aber nicht, sie zu penetrieren. Harry schaut zu. Er hält immer noch eine Bierflasche in der Hand. Welche Verbindung schlägt er zwischen der Flasche und dem Körper? Wie kann er glauben, die Flasche, die ganze Flasche passe in diesen Körper hinein? Alles ist möglich jetzt. Alles ist möglich, selbst zubeißen und zerfleischen.

34

ICH BERIEF MICH AUF MARTHA UND ROSARIO. ICH begann an die These von Davids Unschuld zu glauben. Ich gab meine prinzipielle Position auf, das heißt, neutral zu bleiben. Meine Version der Geschichte, die jedes einzelne Element der Ermittlungen berücksichtigte, entlastete David. Die späte Abreise, die von einem Zeugen bestätigt worden war, der ausgesagt hatte, er hätte am Steuer seines Wagens »außer sich« gewirkt, die Polizisten, die ihm um sechs Uhr morgens hundert Kilometer von Norfolk entfernt einen Strafzettel wegen Geschwindigkeitsüberschreitung ausgestellt hatten, die große Sporttasche, die so schwer zu tragen war und die alle Zeugen in ihren Aussagen erwähnt hatten. Ich lieferte auch einen logischen Grund für die Anwesenheit des Surfbretts im Haus sowie für die Nylonschnur, mit der Candices Handgelenke gefesselt gewesen waren.

Meine Geschichte respektierte jedes Detail: die Weigerung des Paares, bei der Party mitzumachen, Buddys Auftauchen, der auf allgemeinen Wunsch hin verlangte, die Musik leiser zu stellen, die aus dem Zimmer des Liebespaares dröhnte, Davids verstörtes Gesicht, als er nackt aus dem Schlaf gerissen wird, der auf die körperliche Liebe folgt, der Körper von Candice, der unter Laken und Kissen verborgen ist …

Sicher, die wachsende Gereiztheit von Candice, die sie gegenüber den Jungs, die ihren Schlaf stören, so heftig reagieren läßt, ist meine persönliche Zutat. Ich übertrage meine eigene Müdigkeit auf sie, die ich nach all diesen angespannten Tagen empfinde, nach all diesen vor der Bilderflut des Fernsehers verbrachten Nächten. Ich kenne diese tiefe Erschöpfung, die jedes Geräusch, jeder Lichtstrahl noch verschlimmert. Ich habe Schmerzen auf der gesamten Oberfläche meiner Haut, bis hin zu den Haarwurzeln. Ich würde gerne schlafen, und seit Wochen bin ich unfähig dazu.

Rosario wirft mir vor, dem Zufall zu viel Platz einzuräumen. Nach meiner Version wäre es ja beinahe ein Unfall gewesen, daß Candice ermordet worden ist. Ich entgegne ihr, daß die meisten Morde aufgrund unvorhergesehener Umstände zustandekommen, eines Umwegs, einer Verspätung, all das, was man Schicksal nennt. In Candys Geschichte sind die Faktoren, die zum Auslöser werden, ihre schlechte Laune und die Drogen. Aber genau damit ist Rosario nicht einverstanden:

– Drogen, sagen Sie, aber was für Drogen? Sie reden wie jemand, der keine Ahnung hat und Worte benutzt, die er nicht kennt. Drogen sind eine billige Ausrede!

Ich weiß es nicht, aber die Drogen gehören dazu, sie liegen dieser ganzen Geschichte zugrunde. Rosso hat ihre Wichtigkeit bezeugt, Anthony hat eine Entziehungskur gemacht. Drogen sind mehr noch als Sex der Motor dieses Dramas, auch wenn Candices Eltern abstreiten, daß Sex stattgefunden hat, und die Eltern der Jungs, daß Drogen im Spiel waren. Aber es hat Sex und Drogen gegeben. Wie sollte sich ohne Drogen erklären lassen, was danach passiert ist, die Vergewaltigung, die Bisse, das rausgerissene Fleisch? Ich weiß nicht, wie die Drogen heißen, die einen derartigen Ausbruch von Wahnsinn hervorrufen, aber den Ausbruch jedenfalls hat es gegeben, und Candys Körper ist zerfleischt worden wie von tollwütigen Hunden. Ohne Drogen sehe ich nicht, wie untadelige junge Leute, die in einem behüteten Milieu aufgewachsen sind, die eine gute Schulbildung genossen haben, sich zu solchen Taten hätten hinreißen lassen können. Alkohol allein reicht nicht aus für so etwas. Sie mußten nicht nur nicht bei klarem Bewußtsein gewesen sein, sondern richtiggehend halluziniert haben, Gefangene einer Kraft, die nicht ihre eigene war, auf chemischem Wege schizophren geworden. Früher hätte man einen solchen Zustand Besessenheit genannt.

– Indem Sie solche mildernden Umstände für sie finden, reiten Sie nur David rein. Der hat Drogen nie angefaßt, und er hat auch keine verkauft.

Rosario warf mir vor, David, der eine blütenweiße Weste hatte in dieser Geschichte, mit Schmutz zu bewerfen. So ganz unrecht hatte sie nicht, um ihm im Großen zu helfen, verwickelte ich ihn im Kleinen ein wenig in das Verbrechen. Bedeutete dieser kleine Abstrich, den ich an seiner Unschuld machte, denn die Unmöglichkeit, an seine völlige Unschuld zu glauben? Ich war hin- und hergerissen zwischen Martha, die nicht an die Unschuld, und Rosario, die nicht an die Schuld glaubte. Wenn David schuldig war, die Drogen beschafft zu haben, und womöglich die Jungs zu ihrem Konsum verführt hatte, dann war er letztendlich auch schuldig, den schrecklichen Tod von Candice provoziert zu haben.

Womöglich hatte Rosario meine verborgenen Empfindungen bezüglich der Schuld Davids geknackt. In Greenleaves war ich keinem Unschuldigen begegnet, sondern einem Verurteilten. Und ich erinnere mich noch an Davids Bestürzung, als ich ihm meine schönen Prinzipien darlegte. Es wäre ganz unerheblich, ob er schuldig war oder nicht oder welche Art von Verbrechen man ihm anlastete. Ich kann mich erinnern, daß er mir ganz klar sagte, wäre er nicht unschuldig, dann würde er auch nicht kämpfen, um dem Tod zu entgehen. Er schien jede Lösung einer lebenslänglichen Haft vorzuziehen, die Todesstrafe eingeschlossen. Er hatte sogar mit dem Gedanken gespielt, sich durch einen Selbstmord zu befreien. Er hatte mir eine Zeile aus einem Gedicht von Whitman, glaube ich, zitiert, etwas über den blutigen Strom, der einen zum großen Frieden trägt.

Habe ich das Recht, den Eindruck, den ich hatte, zu extrapolieren und zu behaupten, daß David nicht absolut gegen die

Todesstrafe war? Seine abolitionistische Haltung hatte er erst am Ende des Weges eingenommen, zu dem Richter Edward ihn gezwungen hatte, auf der letzten Geraden, kurz nachdem er die psychiatrische Expertise verlangt hatte, als es sonst nichts mehr zu versuchen gab. Sein Engagement gegen die Todesstrafe war zusammen mit dem Gefühl entstanden, mehr Europäer als Amerikaner zu sein. Als Französischstämmiger verlangte er die Anwendung französischen Rechts. Er kannte die Aussagen aller europäischen Politiker, die das Aussetzen der Todesstrafe gefordert hatten. Er hatte mir Namen genannt, Reden, Daten, von denen ich nichts wußte.

Ich hielt Davids Engagement gegen die Todesstrafe zwar für ein taktisches Manöver, machte mir deswegen aber zugleich auch Vorwürfe, denn er hatte mir auch von dem Entsetzen erzählt, das den Abschied der Todeskandidaten umgab. Bevor er seinen eigenen letzten Tag erlebt, war jeder Verurteilte gehalten, dem letzten Tag der anderen Gemarterten beizuwohnen. Sechs, sieben Jahre oder sogar neun Jahre im Todestrakt wie David, wieviele Abschiede macht das? Mit all dem Trubel, der an jenen Tagen herrscht, den Besuchen der Ärzte, Anwälte, Geistlichen; dem Wechsel der Wärter, der Ankunft des Henkers ... Die Sträflinge werden wahnsinnig dabei, sie brüllen und kreischen hinter ihren Gittern wie Besessene, um nichts hören, nichts sehen zu müssen, es nicht ertragen zu müssen. Und dann plötzlich: Stille in den Zellen, der tote Mann geht den Korridor entlang, der Mann, der schon tot ist, bevor er noch gestorben ist, der auf den Tod zugeht. Entsetzlich, die Wiederholung dieser Augenblicke.

David war der lebende Beweis dafür. Er hatte sich die Ärmel über die Unterarme hochgekrempelt und zeigte mir hinter der Scheibe des Sprechzimmers, was ich zunächst für bunte Armbänder hielt. Es waren Rosenkränze. Ich sehe sie noch vor mir, die perlmutternen Rosenkränze mit den feinen Perlchen, die Rosenkränze aus künstlichen Korallen mit ihren roten Perlen, die kleinen blauen oder grünen Plastikrosenkränze, die Rosenkränze aus Olivenkernen. Er trug sie auf beiden Armen, bis hoch zum Ellbogen. Ein maßloser und lächerlicher Schmuck. Ging einer der Sträflinge zur Hinrichtung, gab er seinen Rosenkranz seinem Zellennachbarn. David war der ewige Zeuge einer Zeremonie, die nie aufhörte. Zwanzig Hinrichtungen pro Jahr ließen ihm keine Zeit zum Vergessen. Im Todestrakt vergaß niemand. Jeder der Sträflinge dachte ohne Unterlaß an den Tod.

Aus dieser Hölle konnte David nur unschuldig hervorgehen, nicht halb schuldig, wie ich, so Rosarios mißtrauischer Verdacht, glaubte. Jede unscheinbare Kleinigkeit des täglichen Lebens belastet die Sträflinge! Wieviele cholerische junge Männer trennen sich nach einer physischen Auseinandersetzung von einer Frau, ohne daß es ihnen je vorgehalten würde? Oder all diese Typen mit einem leichten Hang zur Hochstapelei, die behaupten, etwas anderes zu sein, als sie sind, und die Geld ausleihen und dabei genau wissen, daß sie es nicht zurückzahlen werden. Aber kaum wird so einer einer anderen Straftat angeklagt, wird die Rechnung plötzlich länger. Dann bekommt er alles aufgelistet, was angeschrieben war.

– Nehmen Sie einen beliebigen Typen, sagte Rosario, buchten Sie ihn ein, weil er verdächtig ist, was immer Sie wollen getan zu haben, dann wühlen Sie ein bißchen in seinem Leben herum, befragen seine Umgebung, und schon haben Sie alles zusammen, was Sie für eine unbestreitbare Schuld brauchen.

– Was am meisten gegen David gesprochen haben muß, versuchte ich tastend, das ist diese Geschichte mit der Verbindung.

– Ja, wenn man es so interpretiert, daß er sich da zu Unrecht etwas angemaßt hat. Aber David hatte zuvor schon Kontakte zu dieser Verbindung gehabt, in seiner ersten Universität. Und dann hat Susan ihn von Maryland aus mit Vertretern von

White Home zusammengebracht. David ist ja nicht zufällig nach Norfolk gekommen, sondern auf den Rat eines Freundes von Susan hin, der ihm versprochen hatte, er würde in Virginia Arbeit und in White Home eine Unterkunft finden. Er hat schließlich in dieser Verbindung von Stone nicht den Hausbesetzer gespielt. Jemand hat ihn dort empfangen. Jemand hat ihm das Haus geöffnet, hat ihm geholfen, sich dort einzurichten, jemand hat ihm die Schlüssel gegeben.

– Aber warum ist das denn im Prozeß nicht zur Sprache gekommen?

– Was sollte da noch zur Sprache kommen, wo das Eigentliche schon verfälscht worden ist? Der Vertreter von White Home ist als Zeuge geladen gewesen. War es aus Feigheit, oder haben einflußreiche Mitglieder der Verbindung ihm gedroht, jedenfalls ist er nicht gekommen, übrigens genauso wenig wie Susan, die auch nicht zugunsten ihrer großen Liebe ausgesagt hat.

35

– Ich erinnere mich noch, sagte Rosario, wie wütend wir nach dem Prozeß waren angesichts all dieser Spielarten von Feigheit, als ich meinen Hund habe begraben müssen, im Garten meines Hauses, das man uns gezwungen hat zu verlassen. Wir haben den Wagen genommen und sind zuerst nach Maryland gefahren, um Susan aufzusuchen. Wir haben uns erkundigt, wo die Schule war, in der sie lehrte. Dann haben wir auf sie gewartet. Es war ein farbloser Morgen nach einer schlaflosen Nacht, und wir haben zuviel Kaffee getrunken. Wir haben alles durchgespielt, selbst den Gedanken an eine Waffe, um sie abzuknallen. Zu ihrem Glück sind dann zuerst die Kinder mit ihren Eltern aufgetaucht. Wir haben uns jede Frau angesehen, die alleine kam und mit entschiedenem Schritt den Schulhof betreten hat. Wir haben sie nicht erkannt, wir kannten sie ja nicht.

Also sind wir in das Gebäude hinein und haben sie ausrufen lassen. Dann sahen wir eine hochgewachsene junge Frau in einem Baumwollpullover, der mit großen naiven Blumenmotiven bestickt war. Sie kam auf uns zu, mit offenem Gesicht. Sie glaubte, wir wären die Eltern irgendwelcher Schüler. Martha sagte: »Ich bin Davids Mutter.« Das Mädchen ist erstarrt. Martha wiederholte: »Ich bin Davids Mutter, und ich hatte das Bedürfnis, Sie kennenzulernen.« Mit eisiger Stimme hat Susan uns gebeten, die Schule zu verlassen. Wir hätten kein Recht, sie zu bedrängen. Sie würde den Sheriff rufen lassen, sie würde uns anzeigen. Martha wiederholte: »Ich beleidige Sie nicht, ich sage Ihnen nur, ich bin die Mutter von David Dennis.« Das Mädchen fing sich und sagte: »Ich kenne keinen David Dennis, ich kenne nur einen Frank Adam.«

– Frank Adam, können Sie sich das vorstellen, unterbrach Martha. Ich wußte nicht mal, daß er den Namen seines Vaters kannte, ich kann mich nicht mal erinnern, ihn je vor ihm ausgesprochen zu haben. So wichtig wie er war! Wie ist er darauf verfallen, gerade diesen Namen zu wählen? Ich bin beinahe sicher, daß ich diesen Namen nie genannt habe. Wir hatten ihn im Glauben gelassen, er wäre der Sohn eines sehr mutigen GIs, der Frankreich befreit hatte.

– Seines Großvaters?

– Ja, der diente uns als Vater und Großvater, meine Mutter hatte so eine poetische Ader, sie konnte so viele Geschichten von ihm erzählen.

– Aber wie hieß der denn eigentlich, der Großvater?

– Das, sagte Martha, habe ich nie erfahren.

– Daß dieses Mädchen so vollkommen ruhig war, begann Rosario wieder, gar nicht weiter betroffen davon, einen Typen in die Todeszelle geschickt zu haben oder zumindest, nicht den kleinen Finger gerührt zu haben, um ihn davor zu bewahren! Ein Junge, mit dem sie wochenlang zusammen gelebt hatte, den sie vor dem Direktor in höchsten Tönen angepriesen hatte, damit er ihn als Aushilfslehrer engagiert, einen Typen, den sie angeblich so sehr liebte, daß sie ihn heiraten wollte.

»Ich habe Frank Adam gekannt, nicht David Dennis«, äffte Rosario mit einem pikierten Tonfall Susan nach. Ich habe danach beschlossen, ihre Telefonnummer in die Toiletten der miesesten Kneipen von ganz Maryland zu schreiben, sie möglichst groß an alle Scheißhaustüren zu pinseln, die ich aufmachte.

Wenn ichs dann doch nicht getan habe, dann gewiß nicht, weil ich nicht genügend dreckige Klos zu sehen bekommen hätte. Wir hatten kein Zuhause mehr und mußten uns an diese verwahrlosten Orte gewöhnen. Ich hab's nicht getan, weil ich in meinem ganzen Leben nichts auf Wände geschrieben habe. Aber ich habe zu Martha gesagt, ich hätte es getan, und das hat ihre Wut ein wenig besänftigt. Sie mußte lachen, wenn sie daran dachte, was für Nächte das Mädchen verbringen würde, bevor sie ihre Nummer geändert hätte, und an all die obszönen Sprüche, die sie über sich würde ergehen lassen müssen. Wenigstens die würden die gleichmütige Fassade ein bißchen bröckeln lassen, der die Aussicht auf Davids Tod nichts hatte anhaben können.

Zugleich beeilten wir uns, Richtung Norden zu kommen, um Janet zu finden. Martha war die Idee gekommen, ihren Sohn zu entführen. Mit dem kleinen Jungen an ihrer Seite alles nocheinmal zu erleben, was sie mit David gemacht hatte. Verstehen und reparieren – ich war nicht dagegen, man hatte ihr einen Sohn weggenommen, ich gab ihr einen anderen dafür, genau im richtigen Alter, mit Lockenköpfchen und dem Diplom mit roter Schleife. Es war kinderleicht, wir haben den kleinen Jungen einfach von der Schule abgeholt. Er hat Martha gleich wiedererkannt und Grandma genannt. Alles ging wie von selbst, bloß ist einem das Kind von jemand Hassenswertem im Grunde ja auch widerlich. Die Entführung hat nur einen Nachmittag gedauert, an dem wir uns in einem Kaufhaus gelangweilt haben, während wir hinter ihm die Rolltreppen hoch und runter sind, und ihm einen riesigen Eisbecher spendiert haben, auf dessen oberster Etage Schokoladenwaffeln ein Fähnchen steckte. Schließlich haben wir ihn angefleht, daß er uns den Weg zu sich nach Hause zeigt.

Wir konnten sie schon hinter dem Fenster sehen, mager und nervös, wie sie an den Perlen ihrer Halskette zupfte. Dann ist sie zu ihm hingestürzt, und dann, als sie den Kopf hob, ist sie leichenblaß geworden, ich habe niemals jemanden gesehen, der eine solche Angst hatte. Was sie wohl geglaubt hat, was wir ihrem kleinen Jungen hätten antun können? Ihn umbringen? Und auf welche Weise? Und dann die Leiche wegwerfen? Und in welchen Fluß? Lösegeld fordern? All das stand in ihr Gesicht geschrieben. Was sie nicht verstand, das war, daß wir ihn ihr wieder zurückgebracht hatten. Was vermutlich nur beweist, daß sie das nicht getan hätte. Er hat ihr erzählt, er hätte einen schönen Tag verbracht und ihr zum Beweis die kleinen Plastikfiguren gezeigt und die Fahne, die ahnen ließ, wie groß das Eis gewesen war, das er vertilgt hatte. Sie hat uns gedankt, sie lag fast auf den Knien. Wir hätten uns die Hände und die Stiefel lecken lassen können. Erst am nächsten Tag sind dann die Bullen gekommen und haben uns aus unserem Motel geschmissen und verlangt, daß wir G.-Town verlassen und nicht noch einmal einen Belastungszeugen des Prozesses belästigen.

Wir machten kehrt und fuhren dahin zurück, woher wir kamen: in den Süden, nach Richmond, das ihn symbolisierte. Richtung Museum für Gegenwartskunst auf der von den Generälen behüteten Avenue. Im Erdgeschoß lief eine Ausstellung über Ägypten, die einen Strom Kinder anzog, und im ersten Stock eine über Art-Deco-Mobiliar, wo kein Mensch war. Wir stiegen ins oberste Stockwerk hinauf, wo das Restaurant ist, um einen Salat zu essen. Wir warteten darauf, daß die Mutter von Candice auftauchte, um sie einmal richtig auf zwei Beinen zu sehen, lebendig und aktiv in ihrer Eigenschaft als Museumsdirektorin und nicht auf den Knien in ihrer Rolle als *Mater Dolorosa* unter der Regie ihrer Anwälte und des Richters. Ihr Schmerz hatte den Geschworenen ans Herz gegriffen und sogar uns selbst in einen Zustand des Mitleids gestürzt, der uns dazu gebracht hätte, David mit eigenen Händen zu erdrosseln, hätten wir auch nur den geringsten Verdacht gehabt, er sei schuldig. Was wir nachprüfen wollten, das war, daß alle Wunden heilen, selbst die Trauer von Müttern, deren Töchter ermordet worden sind. Martha wollte den Beweis, daß es ein Leben gibt nach dem Tod seines Kindes. Sie hat mir gesagt: »Ich bin gespannt, welche Farbe ihr Kleid hat, ich werde die gleiche tragen.« Aber dann sind wir nicht bedient worden, weil wir nicht Mitglied bei den »Freunden des Museums« waren.

Danach ging's Richtung Norfolk und an der Stadtgrenze von Norfolk 90-Grad-Abzweig nach Rosebud. Martha kannte den Ort nicht. Ich hatte sonntags dort immer meinen Hund spazierengeführt. Ich habe Martha alles gezeigt, den See, das Denkmal der jungen Rose, den Friedhof der Lehrkräfte. Wir sind zu dem Reitclub gegangen, in dem die Studentinnen ihre Pferde stehen haben. Und dann, mitten im Wald, an der schönsten Stelle, da wo ich meinen Hund immer von der Leine gelassen hatte, weil er die Rehe roch, da haben wir das Haus des Richters entdeckt. Eine unglaubliche Architektur, die die Bäume miteinbezog, um die Zwischenwände und die Geschosse zu markieren. Der Beweis für das abgekartete Spiel des Richters Edward: da stand er in die Baumrinde geritzt, mitten im Wald von Rosebud.

Wir sind sogar zum Mittagessen ins Restaurant gegangen, im Kreise der jungen Damen. Zweihundert Candices. Das war etwas anderes als Janet oder Susan, ein ganz anderer Menschenschlag. Noch in der Erinnerung daran zitterte Martha. »Und an diese Art von Mädchen hat sich David rangemacht! Unglaubliche Mädchen!« Ich holte sie auf den Boden zurück. Die sind schließlich nicht vom Himmel gefallen. Unglaublich vielleicht, aber ganz real, diese Hühnerfarm-Prinzessinnen, diese Königinnen der Schweinemast, Infantinnen des Kaninchenstalls, Baumwoll-Erbinnen plus all die anderen aus der Aristokratie der Fleisch-, Öl-, Milch- und Papierverarbeitung. Martha war völlig platt: »Wenn es fünfhunderttausend Säue braucht, um ein einziges Exemplar *davon* zu schaffen, dann ist jedes dieser Mädchen etwas so Rares wie ein Smaragd, für den man dreißig Tonnen Felsen hat sieben müssen.«

– Noch viel rarer, sagte ich nachdrücklich, weil ich mich an das rothaarige junge Mädchen erinnerte – denn der Edelstein ist stumm, im Schwein jedoch gibt es Leben im Übermaß, Aufregung, Zorn und viel Genüßliches für Mund und Magen. Und nachts, im Schlaf, die Alpträume, die Hoffnungen und Wünsche von fünfhunderttausend hochschwangeren Säuen, die schon die ersten Wehen in ihren Eingeweiden ziehen spüren und merken, wie die Milch in ihren dreizehn Zitzen hochsteigt. Und all dieses Fleisch, das dann zusätzlich zu den Ferkeln, in Preßwehen und in Kontraktionen, in Blut und Milch ein junges Rosebud-Mädchen zur Welt brachte, ganz verträumt, sehnsüchtig und blasiert, das jede einzelne Kalorie zählte, die es zu sich nahm, und bereitwillig alles, was an ihm noch fleischlich war, im kollektiven *sweet and secret* beseitigen wollte.

– Martha wußte nicht, daß ein solcher Menschenschlag existieren kann, erzählte Rosario weiter. Sie konnte sich nicht vorstellen, daß Leute in derartiger Schönheit leben könnten. Das war eine andere Welt dort, eine nie beschriebene, nirgendwo, eine, die niemals im Fernsehen gezeigt wurde und niemals dem Neid und der Gier der kleinen Leute zum Fraß vorgeworfen worden war. Wir haben Eisbecher bestellt, ebenso überbordend und schön dekoriert wie der, den wir unserer Geisel spendiert hatten. Auf die Speisekarte hatte irgendeine Schülerin ihre Wünsche in Form eines Bittbriefs geschrieben: »Ich flehe Sie an, wir brauchen hier Joghurt, wir bekommen nicht genug Kalzium!« Aber das ist doch in dem Eis drin! hatte Martha gesagt. Ebensosehr war es in den drei Sorten Milch, die vom Automaten angeboten wurden: Vollmilch, halbfett, mager 0 Prozent. »Wahrscheinlich brauchen sie mehr Kalzium als alle übrigen Menschen, folgerte Martha, weil sie es nötig haben, härter zu werden.«

Dann fuhren wir nach Norfolk zurück. Wir mußten noch die drei Mustersöhne auftreiben und die zwölf Geschworenen. Ein ganz schönes Programm. Aber dann ist am nächsten Morgen ein Bulle aufgetaucht und hat uns verboten, Rosebud oder Norfolk zu betreten, ganz so, als hätten Videobänder schwarz auf weiß unseren Aufenthalt aufgezeichnet, den Beweis unserer Anwesenheit geliefert und uns, da sie sie als gefährlich einstuften, befohlen, aus der Welt der Bilder zu verschwinden. Waren wir einmal fort, wären wir durchsichtig geworden und in niemandes Erinnerung mehr gespeichert. Wir waren eine Art wütende Gespenster, wir spukten auf dem Schauplatz des Dramas herum, auf der Suche nach den wahren Schuldigen. Um uns selbst zu besänftigen, entschieden wir, nun wäre es höchste Zeit, David in Greenleaves zu besuchen.

36

Ich kannte die Strasse nach Greenleaves, und ich hatte den Hindernis-Parcours nicht vergessen, der einen bis zum Sprechzimmer der Todeskandidaten führte, aber, abgesehen von Rosebud, war mir dieses ganze Amerika der Straßen und weiten Räume unbekannt. In Kansas hatte mich meine beste Freundin in ihrem elektronischen Haus eingeschlossen, von dem aus ich lediglich das Gebäude gegenüber sehen konnte, bei dem es sich auch noch um eine Kirche handelte, deren religiöse Ausrichtung ich eines Ostermorgens entdeckt hatte. Was mir gefallen hätte, wäre gewesen, an einem Tag nach G-Town zu reisen, am nächsten in den New Yorker Vorstädten zu sein, von dort nach Richmond zu fahren und unterwegs Washington zu besuchen. Ich wünschte mir, wie die beiden bis nach Lynchburg gekommen zu sein, um den Bruder Avraham kennenzulernen.

Wegfahren, abreisen, immer weiter fort, ständig anderswo sein. In meinem Leben existierte ein Widerspruch, der mich ganze Kontinente überqueren ließ, mit dem Ergebnis, daß ich an meinem Aufenthaltsort schlimmer eingesperrt war als je zuvor. Die längste Reise war letztendlich immer nur die, die ich vom Flughafen bis zu der Wohnung machte, die man mir zugewiesen hatte und wo man mich bis zum Tag der Leistung, die zu erbringen ich mich verpflichtet hatte, vergaß. Sobald ich irgendwo ankam, egal zu welcher Stunde des Tages oder der Nacht, versuchte ich mit geschärften Sinnen, einen Eindruck von Land und Leuten zu gewinnen. Ich schätzte die Temperatur, die Gerüche, den Wind, den Regen oder den Staub ein. Ich begutachtete die Autobahnen oder Schotterpisten. Ich war niemand, den es störte, wenn der Flughafen weit von dem Gebäude entfernt lag, in dem man mich für die Dauer meiner Konferenz festhalten würde!

Martha und Rosario weckten in mir Sehnsucht nach der Reise, die ich in ihrer Begleitung hätte unternehmen können. Diese Reise, dieser verzweifelte Wettlauf, hätte mir das Amerika gezeigt, von dem ich träumte. Ich hätte ihnen während dieses Rachefeldzugs damals begegnen sollen, ich hätte sie auf ihm begleitet. Hätte auf der Rückbank des Geländewagens gesessen, wäre ein Stückchen nach vorn zu ihnen gerückt, hätte die Ellbogen auf ihre Sitzlehnen gestützt, die Knie in den Zwischenraum gequetscht, hätte mich zwischen sie gedrängt, hätte eine Front gebildet mit ihnen. Ich hätte ihnen zugehört und zugleich starr nach vorn auf die Straße geblickt, mit meinem ungeheuren Appetit auf alles, was man in sich aufnehmen kann, und jener Fähigkeit, die ich zwangsweise entwickelt habe, von allem Besitz zu ergreifen und alles zu sehen, was man vor mir geheimzuhalten sucht. Ich hätte das Auto nur bei den Zwischenstops an den Tankstellen verlassen, über deren unbegrenzte Möglichkeiten ich dank des täglichen Besuchs in der von Nags Head bestens Bescheid wußte. Man kann nämlich in einer Tankstelle leben, sich waschen, essen und schlafen. Der Geruch nach Benzin und Öl stört mich gar nicht.

Nachts hätte ich zusammengerollt auf der Rückbank geschlafen, das Gesicht des Polizisten, der im Morgengrauen mißtrauisch das Wageninnere in Augenschein nimmt, hätte mir keine Angst gemacht. Inmitten einer unbekannten Landschaft, auf einer endlosen Straße, wäre ich plötzlich vom Aufprallen einer Wildpute überrascht worden, die in ihrem ungeschickten, schwerfälligen Flug gegen die Windschutzscheibe des Wagen geprallt war. Sie hatte auch die Motorhaube eingedrückt und eine Delle hinterlassen, die die beiden nie hatten reparieren lassen und die sie als den »Putenunfall« bezeichneten.

Ich hätte auf dem Seitenstreifen all das Getier ausgemacht, das die Straße dem Wald zurückerstattet und das in unserer Welt die einzig existierende Annäherung an die Wildfauna darstellt: einen plattgefahrenen Waschbär, eine gelähmte Kröte, Ziegenmelker mit nässenden Augen. Vielleicht noch dank eines Unfalls ein Massaker unter Rehen oder Wildschweinen, ihr von den Stoßfängern eines Lastwagens zermalmtes und in Stücke geschnittenes schwarz-rotes Fleisch. Und dann in einer Schneise, ganz kurz nur zwischen den Stämmen erahnt, einen großen Graureiher, hochaufgerichtet, verächtlich seine langen Schwanzfedern nach hinten geworfen wie im Wind wehendes Haar.

Natürlich hätte ich auch gerne Susan, Janet, die Mutter von Candice kennengelernt, die zu dieser Geschichte gehören und die ich mir, da ich sie nicht gesehen habe, vorstellen muß. Während der Entführung hätte ich mich gerne um Janets Sohn gekümmert. Indem ich ihn an der Hand gehalten hätte, hätte ich ein anderes Stück von Davids Geschichte gehalten und hätte sie anders erzählen können. Aber ich hatte Martha und Rosario am Ende ihres Abenteuers kennengelernt, am Schluß ihrer Reise, am Ende ihrer Kräfte. Und so hatten sie mir das geboten, was ihnen von Amerika blieb, drei Wochen in einem Motel auf dem vom Orkan verwüsteten Strand, in feuchtem und stickigem Nachsommerwetter.

– Du lieber Gott, sagte Rosario, wir haben kein einziges Mal einen Ausflug mit Ihnen gemacht.

– Wir sind hier doch nicht weit von diesem See, sagte Martha mit fragendem Blick auf Rosario, wo die Schwäne überwintern. Das muß doch jetzt bald so weit sein, oder?

– Tausende von Schwänen, sagte Rosario träumerisch, ihr Gefieder bleicht den ganzen See und läßt ihn wie eine gefrorene Eisbahn wirken. Zu Thanksgiving bin ich immer aus Norfolk rübergekommen. Tausende von Schwänen, die mit einem solchen Lärm auffliegen, als bräche ein Sturm los, und dann Schneeflocken herabrieseln lassen wie im Winter.

Sie versprachen mir Schwäne zu Tausenden. Rosario hatte mir bereits Schweine in Millionenhöhe geliefert und Martha Hunderte von Haien. Ich hatte schon mehr als meine Dosis gehabt mit diesen bulldoggengroßen Möwen und den Schwadronen von Pelikanen, die über den Strand marschierten. Ich fühlte mich weit entfernt von der Begeisterung, die ich hätte verspüren sollen, vielmehr empfand ich Groll, als wollten sie sich ein weiteres Mal über mich lustig machen. An die Schweine hatte ich geglaubt, auch an die Haie, aber von den Schwänen wollte ich mich nicht verzaubern lassen, weil das Märchen diesmal zu schön war. Den gleichen Streich hatte man mir schon einmal gespielt, in Quebec, mit Gänsen, die, wie man mir erzählte, im Frühling nach Cap Tourmente zurückkehrten. Was hatte ich nicht an Energie aufwenden müssen, um meine Gastgeber dazu zu bringen, mich an einem Sonntagmorgen nach Cap Tourmente zu fahren! Alles stand bereit für das große Spektakel: der Parkplatz an der wilden Meeresküste, die Wiesen, auf denen die Wurzelstöcke wachsen, auf die die Gänse ganz wild sind, die Andenkenlädchen, das Gänsemuseum, der kleine Musterbauernhof. Alles, bloß keine Gänse. Ich glaube, es war der Vorschlag mit den Schwänen, der mich endlich meine Enttäuschung über die abwesenden Gänse in Cap Tourmente ausleben ließ. Ich brach in Tränen aus und sagte:

– Die Schwäne werde ich doch nie sehen.

Die Schwäne zu sehen hieß, an die Freilassung Davids vor Thanksgiving zu glauben. Ich glaubte nicht an die Schwäne, ich glaubte nicht an die Freilassung Davids.

Mein Kummer erstaunte die beiden. Sie setzten sich zu mir und trösteten mich mit der gleichen Fürsorglichkeit, die sie mir auch schon hatten zuteil werden lassen, als ich so weit hinausgeschwommen war. Sie sagten mir:

– Aber doch, ganz bestimmt werden Sie zu Thanksgiving die Schwäne sehen.

Geschworen haben sie mir das.

37

AM VOR-VORABEND DES SCHICKSALSTAGES, ALS MARTHA und ich gerade von unserer täglichen Tour zur Tankstelle zurückkamen, erwartete Rosario uns vor dem Motel. Sie verfolgte unseren Weg den Strand entlang und durch den Sand, in dem wir einsanken. Ihre Bewegungslosigkeit machte mich stutzig. Sie stand bolzengerade da, mit hochgerecktem Kinn, wie eine Galionsfigur, und mit all der glorreichen und kraftvollen Entschlossenheit einer solchen, die allen Stürmen getrotzt hat. Als ich nah genug war, um ihre Gesichtszüge lesen zu können, wirkten sie entspannt und glatt. Sie war schön. Sie hob langsam die Hand und machte das Siegeszeichen. Ihre Augen strahlten vor Freude. Dann schloß sie Martha fest in die Arme. Martha weinte vor Glück.

Der Untersuchung der Abdrücke war stattgegeben worden. Heather Heath hatte soeben angerufen. Alles verlief genau nach dem Plan, den ihre Anwälte ausgeheckt hatten. Labor, Experten, alles stand bereit. Offiziell würde das ganze 48 Stunden dauern, aber die Ergebnisse würden schon viel eher bekannt werden. Zunächst einmal würde der Gerichtsmediziner konstatieren, daß Davids Kiefer, sein Zahnabstand, nicht zu den auf dem Körper hinterlassenen Spuren paßte. Natürlich würde man dann in einem zweiten Schritt die Abdrücke mit den Kiefern von Buddy, Harry und Anthony vergleichen müssen, aber dieser zweite Teil der Prozedur mußte nicht durchgeführt sein, um David von jeglichem Verdacht freisprechen zu können. Es war also gut möglich, daß er in den kommenden Stunden auf freien Fuß gesetzt werden würde. Die Verhandlungen mit dem Gericht drehten sich jetzt noch um einen Punkt: die Entlastung Davids ohne eine gleichzeitige Anklage der Jungs. Aber das war zu erwarten gewesen!

– Wir haben sie am Arsch gekriegt, meinte Rosario. Die Dreckskerle haben letztendlich doch nachgeben müssen.

Eine gute Nachricht zog die andere nach sich: Heather Heath hatte die Erlaubnis erhalten, David zu treffen. Sie wollte, daß Rosario und Martha mit ihr kämen. Das Treffen war für den folgenden Tag vorgesehen. Dort würden sie dann auch gemeinsam das Ergebnis der Analyse erfahren. Im Augenblick arbeiteten die Anwälte in aller Eile daran, das Aufenthaltsverbot der beiden Frauen für Virginia aufzuheben.

Als wir zu unseren Zimmern hinaufstiegen, wurde mir klar, daß unsere gemeinsame Zeit zuende war. Die Geschichte würde ohne mich weitergehen und sich zwischen Rosario, Martha und jener dritten Frau abspielen, die sie nie getroffen hatten, aber mehr als alles auf der Welt liebten. Es lebe Heather Heath! Ihr war das Unmögliche gelungen. Sie hatte gesagt »Ich werde es tun«, und sie hatte es getan. Ich bestritt keineswegs die strahlende Überlegenheit Heathers, ich verehrte sie vielmehr dafür. Das einzige, was ich bedauerte, war, daß die Geschichte nun ohne mich zu Ende ginge und daß ich in ihr keine andere Rolle spielte als die von Strandgut, das das Meer an Land spült und dort vergißt. Ich hatte gar nicht daran gedacht, daß ich ja weiterleben würde nach alledem. Ich hatte mich nur gegen die Hinrichtung gestemmt und nicht um das Danach gekümmert, das mich zweifelsohne zwingen würde, dort anzuknüpfen, wo ich aufgehört hatte, nämlich nach Rosebud zurückzukehren, meinen Koffer abzuholen, Philip wiederzubegegnen und womöglich auch Richter Edward. Erklärungen abzugeben, mich zu entschuldigen.

Der ganze restliche Tag spielte sich in großer Aufregung zwischen dem Telefon und dem Internet ab. Sehr rasch erhielten Rosario und Martha über Anwälte eine Besuchserlaubnis. Sie war vom Direktor von Greenleaves und von Richter Edward unterzeichnet.

– Er kneift den Schwanz ein, sagte Rosario, und das ist erst der Anfang, er wird ihn mehr und mehr einkneifen, er wird den Schwanz einkneifen bis zu dem Augenblick, wo diejenigen, die er gedeckt hat, verurteilt werden.

Sie triumphierte, ihr Haß war unversehrt. Was Richter Edward betraf, so wollte sie keine mildernden Umstände, und für die drei Verbrecher hoffte sie auf ein verschärftes Urteil, das sie ihrerseits in den Todestrakt brächte. Man mußte das Eisen schmieden, solange es heiß war. Sie fuhr Martha an: Wozu brauchte sie einen Koffer? Eine einfache Tasche, zwei, drei Sachen nur, kein unnötiger Ballast.

Ja, ich würde bleiben. Ich würde die Stellung halten, ich würde die Anrufe entgegennehmen, ich würde die Mails abfragen, die immer zahlreicher eintrafen seit der Bekanntgabe der Neuigkeit, in Großbuchstaben geschrieben und gezeichnet Heather Heath. Im selben Maße, wie die Neuigkeiten sich durch die Zeitzonen verbreiteten, trafen Nachrichten in weiteren Sprachen ein. Alles Glückwünsche, Ermutigungen, Ausrufezeichen, Hurras und Vivatgeschrei.

Wir hockten im Zimmer eines Motels in North Carolina, und in aufeinanderfolgenden Wellen brandete die ganze Welt zu uns herein. Diese Geschichte war nicht mehr der Besitz von Rosebud, der Familie von Candice oder des Richters Edward. Auch nicht mehr der von David, Martha oder Rosario, nicht einmal mehr der von Heather Heath, die doch das Copyright an der ganzen Sache besaß. Sie glich auch nicht mehr jener, die ich aus den Fetzen zusammengebaut hatte, die mir die einen wie die andern hingeworfen hatten. Sie war auf die ganze Welt übergeschwappt, und das Abenteuer von Davids Verurteilung wurde überall herumerzählt. Auf ihrem Weg durch Amerika, mit ihrer Ozeanüberquerung, mit ihrer Ankunft in Europa, wurde Davids Unschuld immer wahrscheinlicher. Alle Internetsurfer plädierten für einen Justizirrtum, stellten die amerikanische Justiz und die Todesstrafe in Frage. Gewiß gab es hier und da auch ein paar Pöbeleien, aber in gewisser Hinsicht freuten wir uns sogar über sie, denn sie waren der Beweis für die Niederlage des Gegners.

Ich mußte zwangsweise an Richter Edward denken, der von keinem Zweifel angekränkelt war, und an Philip, der von Davids Perversität überzeugt war. Sie mußten beide ziemlich am Boden zerstört sein. Wie reagiert man, wenn man einen solchen Fall vor Gericht bringt, durchzieht und dann die Kontrolle darüber verliert? Was für ein Schlag gegen die eigene Gewißheit, wo man doch alles so exakt wie möglich gemacht hatte! Welch eine Ohrfeige für den Glauben an die eigene Geschicklichkeit! Im Grunde meiner Seele war ich der Überzeugung, daß Edward eine derartige Wendung der Dinge nie und nimmer akzeptieren, daß er daran zugrunde gehen würde. Ich sah sein Grab auf dem Friedhof der Professoren vor mir: Verstorben, weil er Rosebud zu sehr liebte und die Erinnerung an Candice hatte hochhalten wollen.

Rosario erklärte mir die Bedienung ihres Computers, wie man eine online-Verbindung herstellte und die Nachrichten ausdruckte. Martha zeigte mir, wo ich die Kleider finden würde, die ich ihr später mitbringen sollte. Sie legte eine manische Halsstarrigkeit an den Tag, die Rosario wahnsinnig machte. Ich antwortete der einen, während ich auf den Bildschirm des Computers blickte, und wandte mich zugleich über die Schulter der anderen zu. Der Computer und Rosario sagten wahnsinnig positive Dinge. Wir verfolgten eine effiziente Strategie, jede einzelne Geste hatte mit Präzision und Ruhe zu erfolgen. Martha dagegen, mit ihren Kleidern im Schrank, ihren Essensvorräten im Kühlschrank, ihren Brotkrusten und Croissantstücken für die Möwen, kommunizierte bestenfalls eine momentane Verwirrung. Sie hatte sich in einem bestimmten Lebensrhythmus eingerichtet und nicht mehr darauf gehofft, ihn noch einmal zu verändern. Und jetzt, mit einem Schlag, sah sie sich einer beängstigenden und freudigen Veränderung gegenüber, die sie nicht verstand. Sie hätte nicht verwirrter sein können, hätte sie soeben die Bestätigung bekommen, ihr Sohn sei hingerichtet worden.

Zwischen den Empfehlungen Rosarios hörte ich die Aufschreie Marthas, die nach Sachen suchte, die sie mitnehmen wollte und die sie nicht fand. Plötzlich war da eine tiefe Stille, die uns stutzig machte. Wir drehten uns um und sahen sie quer auf dem Bett liegen, mit ausgebreiteten Armen, das Gesicht im Laken vergraben, ihr Rücken zuckte unter schweren Schluchzern. Wir sahen zu, wie ein ungeheurer Schmerz in ihr hochstieg, der aus den Eingeweiden kam und sie schüttelte, all dieser eingetrocknete Kummer, der ihr die Knochen brach, die Glieder verrenkte und den Leib walkte. Sie hatte hübsche Beine, weiß, feingliedrig, die Beine eines jungen Mädchens. Ich dachte an das Mädchen, das dem Drängen von Frank Adam nachgegeben hatte und seither nicht aufhörte, dafür zu zahlen.

Als ich die beiden zum Auto begleitete, erkannte ich die Spur der Pute auf der Motorhaube wieder und den Zackenstern, den sie auf der Windschutzscheibe hinterlassen hatte. Ich sagte ihnen noch einmal, daß ich mich um alles kümmern und auf die Anordnungen von Rosario oder von Heather Heath warten würde.

– Es sei denn, sagte Rosario, Sie telefonieren vielleicht mit Ihrer Freundin, dieser französischen Journalistin ... das heißt, ich weiß nicht, was Heather davon hält.

Sie ließ den Motor an, das Auto setzte sich mit knirschenden Reifen in Bewegung. Als sie den Rückwärtsgang einlegte, störte sie die Hündin auf, die sich widerwillig hochrappelte. Ich sah zu, wie sie abfuhren und dann auf der Straße immer kleiner wurden. Ich näherte mich dem Hund, um ihn mit mir zu nehmen. Zum Abendessen würde ich statt Hühnersuppe Würstchen bestellen. Mir war aufgefallen, daß die Hündin sie gerne aß.

38

Ich habe Würstchen bestellt, ich habe den Hund gerufen. Er ist gekommen, und Stück für Stück zwang ich ihn, bei mir zu bleiben. Dann legte er sich schwerfällig neben mir nieder. Das gab mir ein verrücktes Gefühl von Selbstsicherheit. Ich saß auf der Stuhlkante, weder linkisch, noch ungemütlich, sondern sehr bequem, und der Hund lehnte sich gegen mich. Ich zog meine Mahlzeit in die Länge, um ihn nicht zu stören. Und inmitten dieses stillen Glücks hörte ich dann in den Abendnachrichten die Meldung.

Ich hätte diese Nachricht genausogut überhören können, und in gewisser Hinsicht habe ich sie gegen meinen Willen mitbekommen. Der Sprecher meldete, in der Affäre David Dennis, des Mörders der Studentin aus Rosebud, habe sich die Überprüfung der Abdrücke, die nach einer langen juristischen Schlacht gewährt worden sei, als unmöglich erwiesen. Er erteilte einem Arzt das Wort, der erklärte, wie man die Abdrücke genommen hatte. Der Journalist unterbrach ihn, weil, wie er sagte, seine Erklärungen zu fachspezifisch wären, als daß der Fernsehzuschauer ihnen folgen könne. Der Arzt schmollte, die Kamera verließ sein Gesicht, der Sprecher redete von etwas anderem. Als ich wieder zu mir kam, jagte der weibliche Wetterfrosch rasch vorüberziehende Cumulo-Nimbus-Wolken über das ganze amerikanische Territorium, die dem Norden Regen brachten, den Süden verschonten. Ich wünschte mir, ein Flugzeug würde im Nebel abstürzen.

Im Zimmer von Rosario und Martha versuchte ich die ganze Nacht, die Nachricht aufzuspüren, auf allen Kanälen, auf allen Radiofrequenzen. Um Mitternacht erschien Richter Edward persönlich auf dem Bildschirm. Er war genauso wie das erste Mal, als ich ihm begegnet war: klar, selbstsicher, entschlossen. Er erklärte, daß die letzte der Verteidigung stattgegebene Untersuchung den Mörder nicht entlaste und daß es Zeit werde, diesen Fall, der über zehn Jahre hingezogen worden sei, indem man alle Rechtsmittel ausgeschöpft habe, endlich abzuschließen. Er habe den Steuerzahler nun genügend Geld und Geduld gekostet.

– Das ermordete junge Mädchen muß nun endlich in Frieden ruhen können, sagte er ernst und würdevoll, und ihre Familie und ihre Freunde müssen endlich ihre Trauerarbeit beginnen können.

Um zwei Uhr morgens zeigten die Nachrichten einen Ausschnitt aus der Erklärung von Davids letztem Anwalt, der darlegte, die Untersuchung habe sich aufgrund einer unzureichenden Konservierung der Abdrücke als unmöglich erwiesen. Er verlangte eine Ermittlung des FBI wegen vorsetzlicher Beschädigung von Beweismaterial. Danach erhielt Staatsanwalt Benbow das Wort. Er sagte nicht mehr, daß die Abdrücke David nicht entlasteten, sondern daß sie ihn belasteten. Was eben noch defensive Abgrenzung gewesen war, war plötzlich bereits offensive Behauptung.

Ich rief in Frankreich jene Journalistin an, die sich auf Justizskandale spezialisiert und sich für David interessiert hatte, um sie zu fragen, was sie von dieser Wendung der Dinge hielt. Sie antwortete mir mit kurzen Verzögerungen, in denen manchmal das Echo unserer Stimmen erklang, daß für sie der Fall klar sei:

– David Dennis ist schuldig. Schuldig, schuldig, wiederholte das Echo.

Ich antwortete ihr, daß nicht entlastet zu sein noch nicht bedeutete, daß man schuldig war. Sie sagte mir, ich betriebe Wortklaubereien. Ich protestierte, nicht ich betrieb Wortklaubereien, sondern diejenigen, die den Fall auf diese Weise vom Tisch fegten!

– Sie wissen doch sehr gut, sagte sie mir dann, daß es nicht Worte sind, die David Dennis zum Tode verurteilen.

Und nach einem kurzen Schweigen:

– Alles in allem ist es besser, ihn als Schuldigen sterben zu sehen, nicht als Unschuldigen.

Ich antwortete ihr, so etwas zu denken bedeutete, nicht mehr gegen die Todesstrafe zu sein. Es folgte Stille. Dann sagte sie mir, sie glaube nicht, daß für die Unschuld von David Dennis zu kämpfen noch bedeutete, gegen die Todesstrafe zu kämpfen. Wiederum Stille.

– Wer sind wir, um über Unschuld oder Schuld zu richten?

– Er hat immer gesagt, er sei unschuldig!

– Und was beweist das?

Sie erzählte mir, daß sie einen angeblichen Mörder interviewt hatte, der unter schwerwiegendem Verdacht gestanden habe. Sie hätte ihre beiden Hände für ihn ins Feuer gelegt. Ein paar Tage später, aus Mangel an Beweisen auf freien Fuß gesetzt, vergewaltigte und mordete er von neuem und signierte damit zugleich die zwölf vorigen Morde. Ich sagte nichts. Sie fragte mich:

– Und, werden Sie hingehen? Hingehen, hingehen, hingehen, wiederholte das Echo.

Die Journalistin sagte im Grunde das gleiche wie jene große Wärterin mit den golden lackierten Fingernägeln, die mich, als sie mich begleitete, gefragt hatte, warum ich in Greenleaves sei. Sie wollte wissen, ob ich in der Justiz oder Politik arbeitete oder jemand von der Familie sei. Ich hatte ihr geantwortet, ich sei nur zufällig hier, aber auf eine so verwirrte Weise, daß sie der Meinung war, mich warnen zu müssen. Die Verurteilten seien sehr fesselnde Menschen, aber man höre ihnen besser nicht zu, denn sie seien auch sehr intelligent.

– Wollen Sie damit sagen, daß es ihnen gelingt, ihre eigenen Wärter einzuwickeln?

– Soviel ist mal sicher! Man darf so wenig Kontakt zu ihnen haben wie möglich. Nur den vorschriftsmäßigen.

– Man ist also von ihnen gefesselt? fragte ich sie und entdeckte ein weiteres Berufsrisiko: sich fesseln lassen, verstehen, für unschuldig halten, zum Freund werden, sich verlieben.

Sie erzählte mir, wie schrecklich es sei, am Morgen in die leere Zelle zu kommen, diese Zelle, die so stark von einer menschlichen Präsenz erfüllt gewesen sei, über Jahre hinweg, von einem Menschen, dessen Verbrechen man vergessen, aber dessen letzten Kampf man in allen Details mitverfolgt hatte. Am Vorabend der Hinrichtung wurden die ständigen Wärter von den Verurteilten ferngehalten. Aber die leere Zelle, das war, obwohl alles auf die Minute genau programmiert war und jedermann den Zeitplan in allen seinen Details kannte, ein Schock. Sie konnte sich nie daran gewöhnen. Dann verriet sie mir ihr Credo: sie nur für das halten, was sie sind – Hochstapler, Verführer, Lügner, Märchenerzähler. Vorsicht bewahren, und zwar nicht nur körperlich, ihnen nur mit einem Ohr zuhören, ihr Gerede nicht ernst zu nehmen. Aber auch nicht an ihre Opfer denken, das nicht! Sich einfach die Fingernägel wachsen lassen, bis sie zu solchen gewellten Blütenblättern geworden sind, und sie dann golden lackieren. Und dann hinterher, als sie mir meine Handtasche wiedergab:

– So, und nun machen Sie schnell, daß Sie hier wieder rauskommen, und vergessen Sie ihn, er hat es bald hinter sich, und Sie haben sich noch nicht von ihm fesseln lassen.

Fesseln, fesseln, fesseln, das Wort echote merkwürdig durch meine Erinnerung. Unvermittelt trieb es mir Tränen in die Augen.

Radio- und Fernsehsender wärmten alle den Fall David Dennis auf. Sie erzählten die Geschichte noch einmal von Anfang an. Ein Sender zeigte eine Aufnahme von damals, in der David Dennis seine Unschuld beteuerte. Polizisten schleppten ihn zum Gefangenentransporter, indem sie ihn an seinen Ketten hinter sich herzogen. Er hatte sich zu den Kameras umgedreht und brüllte mit einem Gesichtsausdruck, den ich nicht an ihm kannte, wutverzerrt, und einer fürchterlich kehligen Stimme. Ich sah sein ruhiges Gesicht und sein schönes Lächeln aus Greenleaves vor mir. Seine ein wenig geschwollenen Hände und die Rosenkränze, die seine Unterarme bedeckten. Das Radio brachte alle halbe Stunde eine Sondermeldung über die kurz bevorstehende Hinrichtung. Diese manische Wiederholung die ganze Nacht hindurch zerrieb die Zeit, fraß sie auf, beschleunigte sie.

Das Internet wiederum lief über vor aufeinanderfolgenden Wellen widersprüchlicher Meinungen. Manche forderten, das FBI solle den Skandal aufklären und die Hinrichtung müsse ausgesetzt werden, andere hatten es eilig, das Ganze zum Abschluß zu bringen und sagten, es sei nun lange genug gewartet worden. Irgendwelche Leute standen mitten in der Nacht auf, um in ihren Computer zu tippen, daß sie ungeduldig auf den Tod eines Menschen warteten. Bald wandelte sich das Web zu einer Kondolenzliste, in die sich ein Surfer nach dem anderen eintrug, um seine letzten Grüße zu senden. Am nächsten Morgen erschien die Nachricht Avrahams von »A wie Abolition«. In Erwartung der Antwort des Gouverneurs auf die letztmögliche aller Eingaben, das Gnadengesuch, lud er die Mitglieder des Vereins zu einem gemeinsamen öffentlichen Gebet vor den Justizpalast von Norfolk. Das war der Augenblick, in dem ich mich entschloß hinzugehen.

39

Als ich die Erlaubnis, David Dennis zu besuchen, erhalten hatte, machte ich einen Spaziergang durch Rosebud. An jenem Tag hatte ich mir beim Aufstehen nicht die Frage gestellt, was ich anziehen sollte, um einen zum Tode Verurteilten zu besuchen. Ich ging so hin, wie ich gerade war, das heißt, für einen sehr heißen Tag gekleidet. In Erwartung eines Mittagessens am Strand trug ich Sandalen und einen Badeanzug.

In Nags Head trug ich jetzt seit fast drei Wochen dasselbe Hemd und dieselbe Hose über demselben Badeanzug von Nike mit seinem weißen Komma. Ich wusch die Kleider jeden Abend und legte sie dann zum Trocknen vor den Airconditioner, den ich voll aufdrehte, auf die Gefahr hin, daß mein Zimmer vergletscherte. Den Rest besorgte ich dann mit dem Föhn. Man braucht nur sehr wenig Kleidung, vorausgesetzt, man hält sich peinlich sauber. Ich besaß alle Muße, mich zwischen zwei Fernsehserien und der täglichen Soap über Frau Doktor Lester und Bingo darum zu kümmern. Die neueste Episode: Bingo will einen grünen Pulli. Aber jetzt hatte ich andere Sorgen, meine alten Rosebud-Kleider hatten den ganzen Tag und die ganze Nacht mitgemacht. Sie waren verknittert. Ich schaute im Kleiderschrank Marthas nach, ob ich irgendetwas zum Anziehen finden würde. Die hellen Kleider sortierte ich aus. Ich zögerte zwischen einer Kombination, die ich zu feierlich fand, und einem ärmellosen Kleid aus grauer Baumwolle, das aussah wie eine vernachlässigte Schuluniform. Außerdem gab es auch noch ein schwarzes Kleid in einer durchsichtigen Plastikhülle, das aus der Reinigung kam. Ich breitete alles auf dem Bett aus und entschloß mich, meine

Wahl nach dem Duschen zu treffen. Dann ging ich ins Badezimmer und stellte den Fernseher auf volle Lautstärke, damit ich ihn unter der Dusche hören konnte. Die Dame, die die Cumulo-Nimbus-Wolken verjagte, versicherte mit dröhnender Stimme, ganz Virginia liege unter einem Hoch. Im Spiegel erkannte ich mich nicht wieder. Meine fahle Hautfarbe verriet die Nacht, die ich verbracht hatte, und die Angst vor dem Tag, der jetzt anbrach. Auf dem Waschbeckenrand stand noch eine Tube Make-up. Ich verteilte es auf meinen Wangen, um ihnen ein wenig Farbe zu geben. Ich habe auch etwas Rouge aufgelegt. Und wo ich schon einmal dabei war, zog ich mir auch einen Lidstrich mit dem schwarzen Stift und verwischte die Farbe dann auf den Lidern. Ich wählte das schwarze Kleid. Als ich in meine Sandalen schlüpfte, stellte ich fest, daß einer der Riemen nur noch an einem Faden hing, aber ich hatte nicht dieselbe Schuhgröße wie Martha.

Als ich meine Motelrechnung bezahlte, sah der Portier gerade fern. Der Sprecher gab bekannt, der Verurteilte habe ein Gnadengesuch gestellt. Jetzt sei der Gouverneur am Zug. Die Kamera zeigte den Justizpalast von Norfolk, seine dorischen Säulen, seine rote Backsteinfassade, so als ringe das ganze Gebäude um eine Gewissensentscheidung und als fielen die Würfel über Davids Schicksal in diesem Augenblick. Die Hündin hob die Augen zu mir auf, sie hatte den verschrumpelten, faltigen, ausgemergelten und weißhaarigen Kopf sehr alter Boxerhunde, einen richtigen Totenkopf. Der Portier überreichte mir die Quittung, und ich rannte Richtung Tankstelle los.

Dabei stieß ich gegen einen Stein, mein Fuß rutschte zur Seite, und der Riemen riß. Ich zog die Sandale aus und rannte humpelnd weiter. Der Typ von der Tankstelle half mir, er ging einen Hammer und einen Nagel holen. Der Nagel war zu lang, er ragte aus der Sohle hervor. Er knipste ihn mit einer Zange ab. Eine Spitze blieb übrig, die er nicht wegbekam. Ich sagte, ich würde sie mit einem Stein abflachen. Das hat mich beschäftigt, bis der Typ ein Auto aufgetrieben hatte, das mich bis Norfolk mitnehmen wollte.

Es war ein schwarzes Ehepaar, das mir seine Freude darüber zu verstehen gab, eine Ausländerin mitzunehmen, eine Französin, eine so achtbare Dame. Die beiden erklärten mir, daß sie mit einer dritten Person im Wagen die linke Autobahnspur benutzen dürften und so ein wenig Zeit gewinnen konnten. Mein Erstaunen angesichts der Pingeligkeit der Verkehrsregeln hielten sie für Bewunderung und erzählten mir, wie glücklich sie darüber seien, in Amerika zu leben und ganz besonders in Virginia. Ich hatte echte Amerikaner getroffen, stolz und patriotisch.

Ihr Sohn war aufs Virginia Military Institute gekommen, er sei ein guter Junge, ein großartiger Schüler, der Stone durchlaufen habe. Sie erklärten mir, daß Stone die bestmögliche Vorbereitung auf die Kriegsschule sei.

– Haben Sie schon einmal von Yale gehört? fragten sie mich. Nun, und Stone ist das gleiche für den Süden.

Ich sagte mir, daß die Geschworenenbank von David Dennis sich aus genau solchen aufrechten und ehrlichen Leuten zusammengesetzt hatte. Sie erwähnten die für den Abend angesetzte Hinrichtung. Sie waren dafür.

– Nicht, damit noch mehr Blut vergossen wird, das verbietet der Herr, erklärte die Frau, aber damit das Unrecht vergolten wird.

– Und die Ehre von Virginia wiederhergestellt! sagte der Mann. Sagen Sie mir, Madam, versucht man zu fliehen, wenn man unschuldig ist? Ist dieser Mann, der in der Nacht des Verbrechens flüchtet und sich in einem anderen Staat versteckt, ein Unschuldiger? Dieser Mann, der sich für einen Studenten von Stone ausgegeben hat! Wo man doch weiß, wie schwierig es ist, in Stone angenommen zu werden, bei der strengen Auswahl, die dort herrscht, und den Empfehlungen, die man braucht. Ist es anständig, Madam, sich einen Platz zu erschleichen, den andere sich verdient haben, einen unrechtmäßigen Titel zu führen, wenn man nicht vorhat, jemandem zu schaden? Dieser Mann, der ein unschuldiges junges Mädchen vergewaltigt, Madam, eine Minderjährige, die nicht einmal achtzehn Jahre alt ist. Ist es vielleicht anständig, Madam, wenn ein Mann, der schon verheiratet war, wie es heißt, mit einem jungen Mädchen verkehrt, das kaum seine Familie verlassen hat, das noch nichts vom Leben weiß? Und ich spreche gar nicht davon, was er ihr angetan hat, Madam, wie es heißt, hat er sie gefoltert.

Zehn Jahre hat er im Todestrakt gesessen. Was wollen Sie, Madam, das sind meiner Meinung nach zehn Jahre zuviel! Es mußte durch alle Instanzen gehen. Gut, das ist das Gesetz, das gilt für jedermann. Aber wer dafür zahlt, ist der Staat Virginia. Das ist meine Frau, das bin ich, das ist mein Sohn, der in der Armee ist, wir alle sind es, die dafür zahlen. Ich will Ihnen was sagen, wenn das Verbrechen eine so eindeutige Handschrift trägt, dann sollte man sie auf der Stelle umbringen. Hinrichtung sofort nach der Urteilsverkündung. Was hat er denn auch davon gehabt, zehn Jahre in seinem Gefängnis herumzusitzen, um jetzt so zu enden?

– Das Traurige daran ist, sagte die Dame, daß man jetzt wegen dieser häßlichen Geschichte über Virginia reden wird, nicht aufgrund der ehrlichen Menschen und dem schönen Leben, das man hier führt. Dieses Jahr haben wir wirklich Pech. Erst der Hurrikan und jetzt dieser dreckige Kerl. Das ist nicht das, woran Sie sich erinnern dürfen, nicht wahr, Madam.

Die Nagelspitze hatte mich verletzt, mein Fuß blutete, ich ließ ein bißchen Blut auf dem Teppichboden ihres Autos zurück.

40

Vor dem Gerichtsgebäude von Norfolk demonstrierten rund zwanzig Mitglieder von Avrahams Verein. Das Urteil war soeben gefallen. Der Gouverneur hatte das Gnadengesuch abgelehnt. Ich taumelte von einer Katastrophe in die nächste, ohne noch irgendetwas zu fühlen. Ich hatte nicht auf einen Gnadenerlaß des Gouverneurs gehofft, ich hatte auch nicht darauf gehofft, daß die Analyse der Abdrücke erlaubt werden würde, und auch nicht, daß irgendetwas dabei herauskäme. Die Hoffnung hatte sich immer im gegnerischen Lager aufgehalten. Ich folgte lediglich der gnadenlosen Logik einer Affäre, die von Anfang an falsch lief, ohne daß irgendetwas hätte geschehen können, um sie auf ein anderes Gleis zu bringen. Die Heather Heath-Episode war nichts anderes gewesen als ein nettes Zwischenspiel, das uns eine Zeitlang von unseren Ängsten abgelenkt und uns in der Illusion gewiegt hatte, wir könnten irgendetwas bewegen.

Ich stieg also in eines der Autos ein, die nach Greenleaves fuhren, zusammen mit drei Aktivisten des Vereins, alten Kämpen, die das T-Shirt »A wie Abolition« trugen. Sie nahmen es auf sich, mir alles zu erklären. Obwohl es bereits dunkel war, fand der Fahrer, ohne zu zögern, den Weg. Die Frau zu seiner Rechten fragte mich, ob ich daran gedacht hätte, mich mit Antimückencreme einzureiben. Sie sagte, sie würde mir ihr Spray geben, denn die Mücken rund um Greenleaves wären wie wild. Wir schwiegen. Die Frau vorne stimmte ein religiöses Lied an, und alle anderen fielen ein. Es war irgendetwas von der Überquerung des roten Meers und der Kraft Gottes, die Fluten zu teilen. Ein zuversichtlicher Gesang voller Vertrauen in die göttliche Gerechtigkeit. Letztlich hatten sie nicht unrecht, da, wo wir waren, hatten wir gar keine andere Möglichkeit mehr, als uns der Gnade Gottes zu empfehlen.

Das nächtliche Greenleaves erschien mir wie ein großes Raumschiff in Form eines Sechsecks, das inmitten einer Mondlandschaft gelandet ist, etwas Science-fiction-artiges, unpassend und unwirklich, in einer völlig kahlen Umgebung, in der nur die Mücken überlebt hatten. Die Anstalt erstrahlte in tausend Lichtern wie eine fliegende Untertasse, die durch die Lichtkegel der Wachtürme, die sich am Himmel kreuzten und den Boden absuchten, festgehalten wurde. Das war kein Gefängnis mehr, das war eine Abschußrampe in den Kosmos. Polizisten regelten den Verkehr. Sie stoppten uns und zwangen uns, weit entfernt vom Gefängnis zu parken, auf einem extra für den Anlaß abgesteckten Areal. Nur die Wagen der Behörden und der Gäste bekamen, nachdem sie ihren Passierschein vorgezeigt hatten, die Erlaubnis, in den inneren Bereich vorzudringen.

Vom Straßenrand aus sah ich mit zugeschnürter Kehle ganz Rosebud vorüberfahren. Der Rektor der Universität und Philip würdigten mich keines Blickes. In einem anderen Auto folgte Richter Edward, neben ihm ein Mann, den ich nicht erkannte, und im Fond eine Frau, die ich nur zu gut wiedererkannte. Es war jene fehl am Platz wirkende Frau, die mich beim Empfang der Edwards begrüßt und die ich zunächst für die Gattin des Richters gehalten hatte, bevor sie mir von der Woche des französischen Films in Richmond erzählte. Provokant war ihre Art und Weise gewesen, mich anzusprechen, indem sie ihr Französisch testete, schreiend war die Farbe ihres blauen Kleids gewesen, aggressiv die Strassbrosche, die sie auf der Schulter trug, wie ein Designerunikat. Ich hatte sie nicht gesehen, dabei war sie perfekt zu sehen zwischen all den anderen, als wäre sie angestrahlt, unterstrichen, mit Hinweisschildern umstellt. Ich hätte mich nie über ihre Identität täuschen dürfen. Ihr ganzes Wesen schrie es heraus: Sie war die Mutter des ermordeten jungen Mädchens.

Sie hatte sich mir in der Gewißheit genähert, für die kaum angekommene Fremde, die ich war, eine Unbekannte zu sein. Ein paar Minuten lang hatte sie es genossen, nicht die Schmerzensmutter von Candice zu sein. Sie hatte Normal-Sein gespielt, sie hatte die Automatismen gesellschaftlicher Konversation wiedergefunden, die sie in ihrem Bekanntenkreis nicht mehr benutzen konnte. Mir war sie extrem gekünstelt vorgekommen, aber ich hatte mir das so erklärt, daß dieser Mangel an Natürlichkeit auf ihre Weise, Französisch zu sprechen, zurückzuführen sei, nämlich sehr schnell und sich an jeden verfügbaren Gemeinplatz klammernd. Sie hatte von der Erregung gesprochen, die ein Schriftsteller empfinden müsse, wenn er sieht, daß das Leben seine Figuren reproduziert.

Alleine mit mir, glaubte sie sich geschützt vor dem, was ich nicht wußte. Und sei es nur wegen dieser Geschichte von der Frau, die sich anzieht und schminkt, um einer Hinrichtung beizuwohnen, ich war der für sie gefährlichste Mensch auf diesem Empfang. Als sie mich zum Thema meines nächsten Romans befragte, sagte ich ihr zunächst, es gäbe noch keine Geschichte, eigentlich nur eine Figur. Und ganz bestimmt hätte ich es ihr im nächsten Augenblick gesagt, als ihre Leibwache, die sie vor der Welt, der Gewalt, dem Kummer und der Erinnerung abschirmte, die alles dafür getan hatte, damit der Prozeß würdevoll verlief, damit Candy nicht in den Schmutz gezogen wurde, ihre Wache aus Freunden, Professoren, Juristen, Anwälten, der Richter an der Spitze, sich um sie scharte und uns trennte. Richter Edward hatte mich abgedrängt, in Richtung Küche, wo ich ihm dann, immer noch auf meine fixe Idee konzentriert, die Frau beschrieb, die sich schminkt, und das schreiende Blau des Kleides, das ich soeben noch im Blick gehabt hatte, als Lidschatten verwandte.

– Das waren die Eltern und der Richter, sagte meine Betreuerin, jetzt kann es nicht mehr lange dauern.

Sie kramte im Kofferraum und hielt mir das Spray hin.

– Sprühen Sie sich das überall hin, auf die Arme, die Beine, die Füße, in den Nacken, auch auf die Kleider.

Sie hielt ihre Taschenlampe die ganze Zeit auf mich, während ich die ölige Flüssigkeit verrieb.

– Sie bluten ja!

Mein Fluß blutete immer noch, ich hatte es gar nicht bemerkt. Sie ergriff eine Plastiktüte voller Kerzen, und wir machten uns auf den Weg zum äußeren Zaun.

Rund um das Eingangstor, das ich mit Philip zusammen problemlos passiert hatte, hinderte eine weitere Polizeisperre die Demonstranten am Vordringen. Die ersten Eingetroffenen hatten Kerzen auf der Erde verteilt, und die zitternden kleinen Flämmchen verblaßten im weißen Licht der Scheinwerfer von den Wachtürmen. Das knisterte in der Dunkelheit und sprühte metallische Funken über die Aluminiumdächer des Gefängnisses.

– Sie werden sehen, sagte meine Betreuerin, wie schön die sind, wenn alles ausgeht, unsere kleinen Kerzen. Sie bewahren die Erinnerung. Wir bewahren die Erinnerung, fügte sie hinzu, während sie sich hinkniete.

Sie betete mit überkreuzten Armen, die Handflächen gegen den Himmel erhoben. Ringsherum waren ausschließlich Frauen. Ich hätte in ihrem Kreis vergeblich nach der Frau mit dem sanften Gesicht und den zu grell geschminkten Augen aus meinem Buch gesucht, zwischen all diesen Frauen war sie mir verloren gegangen. Ich sah junge Mädchen, andächtig und versunken, und ältere Frauen mit härteren Gesichtszügen, die die Arme über der Brust gekreuzt hatten. Alle zusammen bildeten sie eine einzige Frau, die betete, wehklagte, weinte. Auf der gegenüberliegenden Straßenseite hielt die Polizei Gegendemonstranten in Schach, die die Todesstrafe forderten, die Brüder vom heiligen Grab, Männer in weißen Kutten mit einem schwarzen Kreuz auf der Brust. Sie sahen unheimlich aus, wie aus tiefen Vorzeiten heraufbeschworene Priester, die die Scheiterhaufen entzündeten. Sie beteten mit lauter, dumpf grollender Stimme für die Sühnung der Sünden des Verbrechers, ihre Gesichter waren unter einer nach oben konisch und spitz zulaufen Kapuzenmaske verborgen.

All diese Gebete stiegen ineinander vermischt und widersprüchlich, bittend oder rachsüchtig, bußfertig oder Sühne fordernd, zu Greenleaves auf. Alle flehten sie den Herrn, den Retter, den Gebieter an. Alle Betenden waren sich darin einig, daß das Entscheidende nicht der Tod war, sondern das Leben nach dem Tod. Sie hatten eine mysteriöse Linie überschritten, jenseits derer sich das Unendliche auftat. Das war eine Gewißheit, die ich nicht teilte. Ich fragte mich, was die Form des ewigen Lebens, die Richter Edward gewährte, die, welche Martha, die mit allem abgeschlossen hatte, ihrem Sohn bot, und die, die Candices Mutter sich für den Mörder ihrer Tochter vorstellte, wohl miteinander gemein hatten.

Ich glaube kaum, daß sie hoffte, David werde dort drüben auf einer großen, glücklichen und alles heilenden Surpriseparty wieder ihrer Tochter begegnen. Die Mutter von Candice glaubte, daß auch jenseits des Todes auf David Dennis der Richtspruch ewigen Todes wartete, diesmal aber von Gott persönlich ausgesprochen für Zeit und Ewigkeit. Der Richter stellte sich für seinen Verurteilten einen weiteren Todestrakt vor, Fegefeuer genannt, aus dem er nie herauskommen würde, und Martha ein großes Paradies, das sie sich wie ein Kinderzimmer eingerichtet dachte.

Von demselben Wort erhofften all diese Leute sich nicht die gleiche Sache. Und ich, ich plädierte, angesichts von so wenig Konkretem und so viel Unklarheit, mit aller Kraft meines eigenen Gebets – gerade und steif dastehend, die Arme am Körper angelegt – für nichts als das simple Leben, selbst wenn es hinter Gittern auf so gut wie gar nichts zusammengeschnurrt war. O Herr, daß wir erst einmal wissen, wohin wir ihn da eigentlich schicken, bevor man ihm die tödliche Spritze setzt. Daß man erst einmal ein paar genauere Angaben über das Jenseits einfordert, daß wir uns endlich einmal kundig machen! Daß wir uns alle einig werden darüber, was das denn ist: das Ewige Leben.

41

Die Scheinwerfer und die Fernsehkameras waren auf den Haupteingang gerichtet. Heather Heath kam als erste heraus. Die Journalisten stürzten sich auf sie. Ihr Gesicht, das von diesem blauen und weißen Licht grell angestrahlt wurde, war aufgelöst. Mit einer Handbewegung ließ sie das Geschrei verstummen. Dann zog sie einen Zettel aus der Tasche und las: »David Dennis ist tapfer gestorben. Er hat eine Prämedikation abgelehnt. Er hat den Hinrichtungsraum zusammen mit Avraham betreten. Während er festgeschnallt wurde, haben die beiden miteinander gebetet. Bevor die Injektion gesetzt wurde, hat er sich zu seiner Mutter gewandt. Er hat ihr gesagt, er sei unschuldig und hat die Augen geschlossen.«

Dann faltete sie das Papier langsam zusammen, hob das Kinn, blickte in die Kameras und setzte hinzu: »Der Staat von Virginia hat soeben einen Unschuldigen getötet, dessen einziges Verbrechen darin bestand, nicht aus dem Süden zu kommen, kein Geld gehabt zu haben, um sich einen Anwalt zu nehmen, und nie einem faulen Handel zur Frage seiner Unschuld zugestimmt zu haben. Der Staat von Virginia wird zur Verantwortung gezogen werden. Diese Affäre endet nicht mit dem Tod von David Dennis. Sie beginnt mit ihm.«

Dann wurde die Aufmerksamkeit der Demonstranten und der Kameras vom Krankenwagen abgelenkt, der herausgefahren kam und schon dabei war, mit kreischender Sirene den Leichnam zum gerichtsmedizinischen Institut von Richmond zu transportieren. Ergriffenheit überkam die Menge. Die Frauen warfen Blumen. Viele weinten, andere beteten, mit geschlossenen Augen, auf dem Boden kniend, die kleine Kerze in den Fingern haltend. Hinter dem Krankenwagen erkannte ich im Innern eines Polizeiwagens Rosario und Martha. Rosario hielt Martha im Arm und streichelte ihr die Wange. Das Blaulicht beleuchtete Marthas Gesicht so dramatisch, daß es aussah, als hielte Rosario einen abgeschlagenen Kopf zwischen ihren Händen.

Dann erloschen die Lichter des Hauptblocks. Das gesamte Gefängnis erbebte unter dem Lärm von Eisen, von Ketten und Gittern. Die Sträflinge brüllten eine Art Abschiedsgruß. Ich mußte an die Rosenkränze von David Dennis denken, die jetzt von Hand zu Hand gingen. Eins nach dem anderen verließen die Autos der offiziellen Gäste den Hauptparkplatz. Das Gefängnis blieb schweigsam und leer zurück, bis auch die Scheinwerfer der Wachtürme ausgingen und ein Hauch von Dämmerung aufschimmerte.

Ich stand ganz alleine da. Ich war vergessen worden. Ich erinnerte mich daran, wie ich im Meer geschwommen war, es genügte, einfach geradeaus zu halten, sich Zeit zu lassen und keine Angst zu haben. Ich befreite mich von meinen Schuhen und machte mich barfuß auf den Weg.

Ein Polizeiwagen folgte mir, überholte mich dann und versperrte mir den Weg. Die Polizisten fragten mich, wo ich herkäme, ich deutete auf das Gefängnis. Dann fragten sie mich nach meinem Namen. Jetzt gerade im Moment wußte ich ihn nicht mehr.

1. Auflage 2003
Deutsche Erstausgabe

Die Übersetzung wurde
im Rahmen des Förderprogramms
des französischen Außenministeriums,
vertreten durch die Kulturabteilung
der französischen Botschaft in Berlin, gefördert.
Schutzumschlag- und Einbandgestaltung: Bertsch & Holst
Herstellung: Thomas Pradel, Frankfurt am Main
Satz: Fotosatz Reinhard Amann, Aichstetten
Druck und Bindung: GGP Media, Pößneck
Printed in Germany
ISBN 3-627-00105-2
1 2 3 4 5 – 07 06 05 04 03